中國語言文字研究輯刊

十　編

許鋡輝　主編

第9冊

《廣雅疏證》音義關係術語略考（下）

李福言　著

花木蘭文化出版社

國家圖書館出版品預行編目資料

《廣雅疏證》音義關係術語略考（下）／李福言 著 -- 初版 --
新北市：花木蘭文化出版社，2016〔民 105〕
目 4+224 面；21×29.7 公分
（中國語言文字研究輯刊 十編；第 9 冊）
ISBN 978-986-404-540-2（精裝）
1. 訓詁學

802.08　　　　　　　　　　　　　　　　105002067

ISBN-978-986-404-540-2

9 789864 045402

中國語言文字研究輯刊

十 編　　第 九 冊　　　　　　ISBN：978-986-404-540-2

《廣雅疏證》音義關係術語略考（下）

作　　者　李福言
主　　編　許錟輝
總 編 輯　杜潔祥
副總編輯　楊嘉樂
編　　輯　許郁翎
出　　版　花木蘭文化出版社
社　　長　高小娟
聯絡地址　235 新北市中和區中安街七二號十三樓
　　　　　電話：02-2923-1455 ／傳眞：02-2923-1452
網　　址　http://www.huamulan.tw 信箱 hml 810518@gmail.com
印　　刷　普羅文化出版廣告事業
初　　版　2016 年 3 月
全書字數　337654 字
定　　價　十編 12 冊（精裝）　台幣 30,000 元

《廣雅疏證》音義關係術語略考(下)

李福言 著

目次

2.3　同聲音義關係考

幫　母

捭——擘　捭之言擘也。（1984：106 卷三下釋詁）

　　按，捭，今有多音，依本條例，當音《廣韻》北買切，幫母蟹韻上聲，古音在支部。《古今韻會舉要》有博厄切一音，則與擘音同。擘，《廣韻》博厄切。《說文》：「捭，兩手擊也。从手卑聲。」《說文解字注》：「謂左右兩手橫開旁擊也。」《廣雅・釋詁》：「捭，開也。」《禮記・禮運》：「其燔黍捭豚。」孔穎達疏：「捭析豚肉加於燒石之上而熟之，故云捭豚。」陸德明釋文：「捭，卜麥反，或作擘，又作擘，皆同。」《說文》：「擘，撝也。从手辟聲。」《說文解字注》：「今俗語謂裂之曰擘開。」《廣雅・釋詁》：「擘，裂也。」捭、擘同源，共同義素為開。

潷——逼　潷之言逼，謂逼取其汁也。（1984：68 卷二下釋詁）

　　按，潷，《說文》無此字。《廣雅・釋詁》：「潷，盝也。」盝，《集韻・屋韻》：「《爾雅》：竭也。或从水。通作漉。」王念孫《廣雅疏證》卷二下云：「潷之言逼也，謂逼取其汁也。《玉篇》：『潷，笮去汁也。』《眾經音義》卷五引《通俗文》云：『去汁曰潷。』又云『江南言逼，義同也。』」《說文》：「逼，近也。」《爾雅》：「逼，迫也。」笮去汁需擠壓、壓迫，潷、逼同源，共同義素為壓迫。

篳——蔽　篳之言蔽也。（1984：212，卷七上釋宮）

　　按，《說文》：「篳，藩落也。从竹畢聲。《春秋傳》曰：『篳門圭竇。』」《說文解字注》：「藩落，猶俗云籬落也。」王筠《說文句讀》：「屏蔽之以為院落也。」即籬笆。蔽，今有多音，依本條例，當音《廣韻》必袂切，幫母祭韻去聲，古音在月部。《說文》：「蔽，蔽蔽。小艸也。从艸敝聲。」引申為為障蔽。《玉篇》：「蔽，障也。」篳之本義與蔽之引申義義近，皆有遮蔽義。

箯——編　箯之言編也，編竹為輿也。《說文》：「箯，竹輿也。」（1984：259，卷八上釋器）

按，《說文》：「籩，竹輿也。从竹便聲。」編，今有多音，依本條例，當音《廣韻》布玄切，幫母先韻平聲，古音在元部。《說文》：「編，次簡也。从糸扁聲。」《說文解字注》：「以絲次第竹簡而排列之曰編。」《玉篇·糸部》：「編，連也。」王念孫《廣雅疏證》卷八上云：「籩之言編也，編竹爲輿也。」籩、編同源，共同義素爲編連。

韍──蔽 韍之言亦蔽也。（1984：232，卷七下釋器）

按，此條「之言」來自鄭注《禮記》。《說文》：「市，韠也。上古衣蔽前而已，市以象之。天子朱市，諸侯赤市，大夫蔥衡。从巾，象連帶之形，韍，篆文市从韋从犮。」《說文解字注》：「鄭注《禮》曰：『古者佃漁而食之，衣其皮，先知蔽前，後知蔽後，後王易之以布帛而獨存其蔽前者，不忘本也。』」《禮記·玉藻》：「一命縕韍幽衡，再命赤韍幽衡，三命赤韍蔥衡。」鄭玄注：「此玄冕爵弁服之韠，尊祭服異其名耳。韍之言亦蔽也。」孔穎達疏：「他服稱韠，祭服稱韍，是異其名。韍、韠皆言爲蔽，取蔽鄣之義也。」蔽，今有多音，依本條例，當音《廣韻》必袂切，幫母祭韻去聲，古音在月部。《說文》：「蔽，蔽蔽，小艸也。」引申爲遮蔽。《廣雅》：「蔽，隱也。」韍之本義與蔽之引申義義近，皆指隱蔽。

滂 母

媥──翩 媥之言翩也。翩與媥通。（1984：76 卷三上釋詁）

按，《說文》：「媥，輕兒。从女扁聲。」《說文》：「翩，疾飛也。从羽扁聲。」媥、翩同源，共同義素爲輕舉。王念孫《廣雅疏證》卷三上認爲：「翩與媥通。」《說文》：「扁，署也。从戶冊，戶冊者，署門戶之文也。」扁本義爲題字於區上，與媥、翩義遠，聲符示聲。

菠──披 菠之言披也。披，開也。《玉篇》：「菠，或作畷，云耕外地也。」（1984：297，卷九上釋地）

按，菠，《說文》無此字。《廣雅》：「菠，耕也。」《玉篇》：「菠，亦作畷，耕也，小高也。」蓋用犂耕地，犂成一道道小溝，在鬆軟處播種，今農民猶有此法。《說文》：「披，从旁持曰披。」《釋名·釋喪制》：「兩旁引

之曰披，披，擺也，各於一旁引擺之，備傾倚也。」披本義指古喪具，用在柩車兩旁，以帛牽挽，防其傾斜。《左傳‧成公十八年》：「今將崇諸侯之姦，而披其地，以塞夷庚。」杜預注：「披猶分也。」披指分開，與柀同源。共同義素爲分開。《說文》：「皮，剝取獸革者謂之皮。」本義與披、柀義遠。

孚──剖　孚之言剖也。《淮南子‧泰族訓》：「蛟龍伏寢於淵而卵剖於陵。」唐瞿曇悉達《開寶占經‧龍魚蟲蛇占篇》引此剖作孚。（1984：30 卷一下釋詁）

　　按，《說文》：「孚，卵孚也。一曰信也。」《說文》：「剖，判也。」《廣雅‧釋詁》：「剖，分也。」可知剖、孚義遠，二者屬音近假借關係。

祓──拂　祓之言拂也。（1984：289，卷九上釋天）

　　按，《說文》：「祓，除惡祭也。」《玉篇‧示部》：「祓，除災求福也。」《左傳‧襄公二十九年》：「祓殯而襚，則布帛也。」杜預注：「先使巫祓除殯之凶邪而行襚禮。」拂，今有多音，依本條例，當音《廣韻》敷勿切，敷母物韻入聲，古音在術部。《說文》：「拂，過擊也。」《儀禮‧既夕禮》：「商祝拂柩，用功布。」鄭玄注：「拂，去塵也。」祓、拂同源，共同義素爲除。

簰──比次　簰之言比次也。（1984：305 卷九下釋水）

　　按，簰，《說文》無此字。簰，今有多音，依本條例，當音《廣韻》薄佳切，並母佳韻平聲，古音在支部。《廣雅‧釋木》：「簰，筏也。」比，今有多音，依本條例，當音《廣韻》毗至切，並母至韻去聲，古音在脂部。《說文》：「比，密也。二人爲从，反从爲比。」《廣韻‧質韻》：「比，比次。」「簰」多比次爲之，簰、比同源，共同義素爲比次。

並　母

粰（䉽）──浮（流）　粰䉽之言浮流。（1984：247，卷八上釋器）

　　按，粰，今有多音，依本條例，當音《廣韻》縛謀切，奉母尤韻平聲，古音在之部。粰䉽，即饊子。《說文》無此字。《本草綱目‧穀部‧寒具》：「寒具冬春可留數月，及寒食禁煙用之，故名寒具。捻頭，捻其頭也。環餅，象環釧形也。饊，易消散也。服虔《通俗文》謂之餲，張揖《廣雅》

謂之粔籹，《雜字解詁》謂之膏環，賈思勰《要術》云：『環餅，一名寒具，以水搜，入牛羊脂合作之，入口即碎。』林洪《清供》云：『寒具，捻頭也。以糯粉和麵，麻油煎成，以糖食之。可留月餘，宜禁煙用。』觀此，則寒具即今饊子也。以糯粉和麵，入少鹽，牽索細捻成環釧之形，油煎食之。」《說文》：「浮，氾也。」王念孫《廣雅疏證》卷八將粔籹釋爲浮流，可能與饊子在油上浮動義有關。《說文》：「孚，卵孚也。一曰信也。」孚字本義與浮較遠，引申義亦不與浮義有聯繫，聲符僅示聲。

鼲──皤 鼲之言皤也。《釋器》云：「皤，白也。」（1984：387，卷十下，釋獸）

按，《說文》：「鼲，鼠也。」《玉篇·鼠部》：「鼲，白鼠也。」皤，今有多音，依本條例，當音《廣韻》薄波切，並母戈韻平聲，古音在歌部。《說文》：「皤，老人白也。」老人頭白謂之皤。《廣雅·釋器》：「皤，白也。」《玉篇·白部》：「皤，素也。老人白也。」鼲、皤同源，共同義素爲白。《說文》：「番，獸足謂之番。」番字本義與引申義與鼲、皤義較遠，聲符僅示聲。

艀──浮 艀之言浮也。（1984：304，卷九下釋水）

按，艀，《說文》無此字。《廣雅·釋水》：「艀，舟也。」《玉篇·舟部》：「艀，小艗也。」《集韻·尤韻》：「艀，舟短小者。」《說文》：「浮，氾也。從水孚聲。」浮有泛舟義。《書·禹貢》：「厥貢漆絲，厥篚織文，地宜漆林，又宜桑蠶。浮於濟漯，達于河。」孔傳：「順流曰浮。」浮、艀同源，共同義素爲氾舟。《說文》：「孚，卵孚也。一曰信也。」孚本義爲卵孚，引申爲浮躁、信服、誠信等。本義與引申義皆與艀、浮義遠，聲符僅示聲。

膹──肥 膹之言肥也，《禹貢》：「厥土黑墳。」馬融注云：「墳，有膏肥也。」義與膹相近。（1984：246 卷八上釋器）

按，《說文》：「膹，膗也。從肉賁聲。」《說文》：「膗，肉羹也。」《廣韻》：「膹，切熟肉也。」肥，今有多音，依本條例，當音《廣韻》符非切，奉母微韻平聲，古音在微部。《說文》：「肥，多肉也。從肉從卩。」膹、肥同源，共同義素爲肉。

明 母

䴳——濛 䴳之言濛濛也。（1984：247，卷八上釋器）

按，䴳，《說文》無此字。《廣雅》：「䴳，麴也。」《玉篇・麥部》：「䴳，女麴也。」䴳指酒麴。《玉篇・麥部》：「麴，麴糵。」《集韻・屋韻》；「䴷，《說文》：『酒母也。』或作麴麯。」《齊民要術・笨麴并酒》：「作春酒法：治麴欲淨，剉麴欲細，曝麴欲乾。」《本草綱目・穀部・麴》：「麴以米麥包罨而成，故字从麥从米从包省文，會意也。酒非麴不生，故曰酒母。」糵即櫱。《說文》：「櫱，牙米也。」《說文解字注》：「凡黍稷稻粱，米已出於稃者不牙，麥豆亦得云米，本無稃，故能芽。芽米謂之櫱，猶伐木餘謂之櫱，庶子謂之孽也。」指發芽的麥豆等。䴳即指細碎的麥米等物。《說文》：「濛，微雨也。从水蒙聲。」䴳、濛同源，共同義素為細微的東西。《說文》：「冡，高墳也。」冡字本義與引申義與䴳、濛義遠，聲符僅示聲。

莫——慔 莫之言慔也。（1984：28卷一下釋詁）

按，莫，今有多音，依本條例，當音《廣韻》慕各切，明母鐸韻入聲，古音在鐸部。《說文》：「莫，日且冥也。从日在茻中。」借義為勉勵。《淮南子・繆稱訓》：「其謝之也，猶未之莫與。」高誘注：「莫，勉之也。」《說文》：「慔，勉也。从心莫聲。」《說文解字注》：「勉者，彊也。」《爾雅》：「慔慔，勉也。」郭璞：「皆自勉強。」慔之本義與莫之借義義近，皆有勉勵義。

䴳——蒙 䴳之言濛濛也。（1984：247，卷八上釋器）

按，䴳為細碎的麥米等物。說見「䴳——濛」條。蒙，今有多音，依本條例，當音《廣韻》莫紅切，明母東韻平聲，古音在東部。《說文》：「蒙，王女也。」蒙字本義為一種草，即菟絲，含有幼小義。《易・序卦》：「物生必蒙，蒙者蒙也，物之稚也。」李鼎祚集解引鄭玄曰：「蒙，幼小之貌，齊人謂萌為蒙也。」蒙指幼小，與䴳同源，共同義素為小。《說文》：「冡，高墳也。」冡字本義與引申義與䴳、濛義遠，聲符僅示聲。

勸——茂 勸之言茂也。（1984：28卷一下釋詁）

按，勑，《說文》無此字。《玉篇‧力部》：「勑，勸勵也。」《集韻‧侯韻》：「勑，北燕之外，相勉努力謂之勑。」又《集韻‧侯韻》：「勑，一曰，彊也。」《說文》：「茂，艸豐盛。从艸戊聲。」借義爲勉。《爾雅》：「茂，勉也。」勑之本義與茂之借義義近，皆有勉勵義。

暮──冥 暮之言冥漠也。(1984：118 卷四上釋詁)

按，《說文》：「莫，日且冥也。从日在茻中。」徐鍇《說文繫傳》：「平野中，望日且莫將落，如在茻中也。」暮，今有多音，依本條例，當音《廣韻》莫經切，明母青韻平聲，古音在耕部。《說文》：「冥，幽也。从日从六，冖聲。日數十，十六日而月始虧，幽也。」《廣雅‧釋訓》：「冥，暗也。」暮、冥同源，共同義素爲暗。

絅──蔑 絅之言蔑也。(1984：122 卷四下釋詁)

按，絅，《說文》無此字。絅，今有多音，依本條例，當音《廣韻》莫結切，明母屑韻入聲，古音在質部。《廣雅‧釋詁》：「絅，微也。」《廣韻‧屑韻》：「絅，細也。出《倉頡篇》。」《說文》：「蔑，勞目無精也。」《方言》卷二：「木細枝謂之杪，江淮陳楚之間謂之蔑。」郭璞注：「蔑，小皃也。」《易‧剝》：「六二，剝牀以辨，蔑貞凶。」孔穎達疏：「蔑謂微蔑，物之見削則微蔑也。」絅、蔑同源，共同義素爲微細。

轐──縣連 轐之言縣連也。(1984：240，卷七下釋器)

按，《說文》：「轐，車伏兔下革也。」《說文解字注》：「轐，謂以鞄固之於軸上也。鞄者，生革可以爲縷束也。」指縛於車伏兔下面的皮革。《說文》：「縣，聯微也。从糸从帛。」《說文解字注》：「聯者，連也，微者，眇也，其相連者甚微眇是曰縣。引申爲凡聯屬之稱。」《玉篇‧糸部》：「縣，纏也，縣縣不絕。」轐有纏束義，與縣同源，共同義素爲纏。

從　母

惟──摧 惟之言摧也，《晉》初六：「晉如摧如。」虞翻注云：「摧，憂愁也。」摧與惟通。(1984：19 卷一上釋詁)

按，慛，《說文》無此字。《廣雅・釋詁》：「慛，憂也。」《玉篇・心部》：「慛，悲傷也。」《說文》：「摧，擠也。从手崔聲。」借義爲沮喪。《詩・邶風・北門》：「我入自外，室人交徧摧我。」毛傳：「摧，沮也。」鄭玄箋：「刺譏之言。」摧之借義與慛之本義義近假借，皆有憂傷義。王念孫《廣雅疏證》卷一上云：「摧與慛通。」《說文》：「崔，大高也。」聲符僅示聲。

心 母

憼——邃 憼之言邃也。（1984：78 卷三上釋詁）

按，《說文》：「憼，深也，从心㒸聲。」《說文解字注》：「从心者爲意思之深。」朱駿聲《說文通訓定聲》：「心思深邃也。」《說文》：「邃，深遠也。从穴遂聲。」《禮記・玉藻》：「十有二旒，前後邃延。」鄭玄注：「言皆出冕前後而垂也。」陸德明釋文：「邃，深也。」宋希麟《續一切經音義》卷三：「邃，古文又作憼，音訓同。」李富孫《說文辨字正俗》：「憼爲思意之深，今通作邃。」可知憼、邃同源，共同義素爲深，且二者爲古今字關係。《說文》：「㒸，从意也。」《說文解字注》：「从，相聽也，㒸者，聽从之意，隨从字當作㒸，後世皆以遂爲㒸矣。」《玉篇・八部》：「㒸，從意也，今作遂也。」遂與㒸通。㒸本義爲順从，與憼、邃義遠，聲符僅示聲。

飌——肅 飌之言肅肅也。（1984：121 卷四下釋詁）

按，飌，《說文》無此字。《廣雅》：「飌，風也。」引申爲疾風。《說文》：「肅，持事振敬也。从聿在𣶒上，戰戰兢兢也。」借義爲急。《爾雅・釋詁上》：肅，疾也。」飌之引申義與肅之借義義近，皆有急速義。

死——澌 鄭注《曲禮》云：「死之言澌也。」（1984：40 卷一下釋詁）

按，《說文》：「死，澌也，人所離也。」《說文》：「澌，水索也。」徐鍇《說文繫傳》：「索，盡也。」《方言》卷三：「澌，盡也。」死、澌同源，共同義素爲盡。

騷——蕭 騷之言蕭也。（1984：80 卷三上釋詁）

按，騷，今有多音，依本條例，當音《廣韻》蘇遭切，心母豪韻平聲，古音在幽部。《說文》：「騷，擾也。一曰摩馬。」《玉篇·馬部》：「騷，愁也。」《說文》：「蕭，艾蒿也。」借義爲淒清冷落。晉劉伶《北芒客舍》：「蚊蚋歸豐草，枯葉散蕭林。」騷之本義與蕭之借義義近，皆指憂愁。

飧──羞 飧之言羞也。（1984：246，卷八上釋器）

按，飧，《說文》無此字。《廣雅》：「饋謂之飧。」《說文·食部》：「饋，滫飯也。」《說文》：「羞，進獻也。」《方言》卷十二：「羞，熟也。」郭璞注：「熟食爲羞。」飧之本義與羞之《方言》義同源，共同義素爲熟飯。

見　母

較──皎 較之言皎皎也。（1984：111 卷四上釋詁）

按，較，今有多音，依本條例，當音《廣韻》古孝切，見母效韻去聲，古音在宵部。《說文》：「較，車騎上曲銅也，或作較。」《廣雅》：「較，明也。」《史記·伯夷列傳》：「此其尤大彰明較著者也。」司馬貞索隱：「較，明也。」《說文》：「皎，月之白也。」《廣雅·釋詁四》：「皎，明也。」較、皎同源，共同義素爲明亮。《說文》：「交，交脛也。」交通皎。則交、較爲同音借用。交字本義與引申義與較、皎遠，聲符僅示聲。

柯──榦 柯之言榦也。（1984：258，卷八上釋器）

按，《說文》：「柯，斧柄也。从木可聲。」《廣雅》：「柯，柄也。」榦，今有多音，依本條例，當音《廣韻》古案切，見母翰韻去聲，古音在元部。《說文》：「榦，築牆耑木也。从木倝聲。」指古時築墙時夾板兩旁起固定作用的木柱。《說文解字注》：「榦，『一曰本也』四字今補。」吳楚《說文染指·釋榦栽》：「『本也』一訓當移爲主義，在『築墙耑木』之前。何以證之？即以六書之恉證之……榦从倝从木，爲木既成。」其說當從。《玉篇》：「榦，柄也。」《說文》：「柄，柯也。」《廣韻》：「柄，本也。」榦、柯同源，共同義素爲柄。

箆──刮 箆之言刮也，《說文》作箆，云「刷也」，刷與刷通。（1984：255，卷八上釋器）

按，篦，《說文》無此字。《廣雅》：「篦謂之刷。」王念孫《廣雅疏證》卷八上云：「篦之言刮也。《說文》作莔，云『刷也』，刷與刷通。」今案，《說文》：「莔，刷也。从艸屈聲。」《說文》：「刷，刮也。」《爾雅·釋詁下》：「刷，清也。」《說文》：「刮，掊把也。从刀昏聲。」篦、刮同源，共同義素爲刷。

𦃃——拘　𦃃之言拘也。（1984：117 卷四上釋詁）

按，《說文》：「𦃃，約也。从糸具聲。」《說文》：「約，纏束也。」《玉篇·糸部》：「𦃃，纏也。」拘，今有多音，依本條例，當音《廣韻》舉朱切，見母虞韻平聲，古音在侯部。《說文》：「拘，止也。」《玉篇·句部》：「拘，拘檢也。」𦃃、拘同源，共同義素爲纏束。

溪 母

嬌——綺　嬌之言綺麗也。（1984：26 卷一下釋詁）

按，嬌，《說文》無此字。《廣雅·釋詁》：「嬌，好也。」綺，今有多音，依本條例，當音《廣韻》墟彼切，溪母紙韻上聲，古音在歌部。《說文》：「綺，文繒也。」指有花紋的絲織品。《後漢書·梁冀傳》：「窗牖皆有綺疏青瑣，圖以雲氣仙靈。」《六書故·工事六》：「綺，織采爲文曰錦，織素爲文曰綺。」嬌、綺同源，共同義素爲美好。《說文》：「奇，異也。」聲符有示聲功能。

踦——傾　踦之言傾攲也。（1984：80 卷三上釋詁）

按，踦，今有多音，依本條例，當音《廣韻》去奇切，溪母支韻平聲，古音在歌部。《說文》：「踦，一足也。从足奇聲。」《方言》卷二：「踦，奇也。自關而西，秦晉之間，凡全物而體不具謂之倚，梁楚之間謂之踦，雍梁之西郊，凡獸支體不具者謂之踦。」《廣雅》：「踦，蹇也。」傾，今有多音，依本條例，當音《廣韻》去營切，清母溪韻平聲，古音在耕部。《說文》：「傾，仄也。从人从頃頃亦聲。」《廣雅》：「傾，衺也。」踦、傾同源，共同義素爲傾斜。

康——空　《說文》：「𤮇，康瓠破罌也。」徐鍇《傳》曰：「康之言空也，破則空也。」（1984：46 卷二上釋詁）

按，康，今有多音，依本條例，當音《廣韻》苦岡切，溪母唐韻平聲，古音在陽部。《說文》：「穅，穀皮也。从禾从米庚聲。康，穅或省。」李富孫《辨字正俗》：「穅康本一字，穅从禾米，康省从米。今以穅爲穀皮字，而以康爲康樂康寧字，畫然分爲二義。」穅（康）的古字形：𤔡 前二·三七 𤔡 後上二〇·五 𤔡 輔仁六一 𤔡 矢方彝 𤔡 石鼓 𤔡 詛楚文 𤔡 擊爾鐘。《詩·小雅·賓之初筵》：「酌彼康爵，以奏爾時。」鄭玄箋：「康，虛也。」空，今有多音，依本條例，當音《廣韻》苦紅切，溪母東韻平聲，古音在東部。《說文》：「空，竅也。」《說文解字注》：「今俗語所謂孔也。」康、空同源，共同義素爲空。

鍇——劫　鍇之言劫也。《爾雅》：「劫，固也。」《方言》云：「鍇，堅也。」（1984：251，卷八上釋器）

按，鍇，今有多音，依本條例，當音《廣韻》苦駭切，溪母駭韻上聲，古音在脂部。《說文》：「鍇，九江謂鐵曰鍇。」徐鍇《說文繫傳》：「鍇，字書曰鐵好也。一曰白鐵也，夫鐵精則白。」《方言》卷二：「鍇，堅也。自關而西秦晉之間曰鍇。」《說文》：「劫，愼也。《周書》：『汝劫毖殷獻臣。』」借義爲堅固。《爾雅·釋詁上》：「劫，固也。」鍇之本義與劫之借義義近，皆有堅固義。

羣　母

期——極　期之言極也。（1984：10，卷一上釋詁）

按，《說文》：「期，會也。从月其聲。」《廣雅·釋言》：「期，時也。」引申爲期限。《莊子·則陽》：「今計物之數，不止於萬，而期曰萬物者，以數之多者號而讀之也。」成玄英疏：「期，限也。」極，今有多音，依本條例，當音《廣韻》渠力切，羣母職韻入聲，古音在職部。《說文》：「極，棟也。从木亟聲。」引申爲終窮。《爾雅·釋詁上》：「極，至也。」《廣雅·釋詁》：「極，已也。」《玉篇·木部》：「極，盡也。」期之引申義與極之引申義義近，皆有期限義。

捉——儀　捉之言儀象也。（1984：115 卷四上釋詁）

　　按，捉，《說文》無此字。捉，今有多音，依本條例，當音《廣韻》
研啓切，疑母薺韻上聲，古音在脂部。《廣雅・釋詁四》：「捉，擬也。」
《說文》：「擬，度也。从手疑聲。」《說文解字注》：「今所謂揣度也。」
《說文》：「儀，度也。」《說文解字注》：「法制也。」捉、儀同源，共同
義素爲擬度。

疑　母

胺——壅遏　胺之言壅遏也。（1984：89 卷三上釋詁）

　　按，胺，《說文》無此字。《廣雅・釋詁》：「胺，敗也。」《廣韻》：「胺，
肉臭敗。」壅，《說文》無此字。壅，今有多音，依本條例，當音《廣韻》
於容切，影母鍾韻平聲，古音在東部。《春秋繁露・五行順逆》：「賜予不
當，則民病血壅腫，目不明。」胺、壅同源，共同義素爲臃腫。《說文》：
「遏，微止也。从辵曷聲。讀若桑蟲之蝎。」借義爲害。朱駿聲《說文通
訓定聲》認爲遏假借爲害。《玉篇》：「遏，病也。」胺之本義與遏之借義
義近，皆有害義。

影　母

擪——壓　擪之言壓也。（1984：100 卷三下釋詁）

　　按，《說文》：「擪，一指按也。从手厭聲。」《玉篇・手部》：「擪，
指按也。」《廣雅・釋詁》：「擪，按也。」《說文》：「壓，壞也。一曰塞
補。从土厭聲。」《廣韻・狎韻》：「壓，笮也。」《說文》：「笮，迫也。」
擪、壓同源，共同義素爲壓迫。《說文》：「厭，笮也。从厂猒聲。一曰合
也。」《說文解字注》：「《竹部》曰笮者，迫也。此義今人字作壓，乃古
今字之殊。」可知厭、壓爲古今字。聲符「厭」有示源示聲功能。

趶——夭　趶之言夭夭然也。（1984：131 卷四下釋詁）

　　按，趶，《說文》無此字。《玉篇・長部》：「趶，趶跳，長也。」《廣
雅・釋詁》：「趶，長也。」《集韻・号韻》：「趶，長兒。」夭，今有多音，
依本條例，當音《廣韻》於兆切，影母小韻上聲，古音在宵部。《說文》：

「夭，屈也。从大象形。」《漢書・地理志上》：「篠簜既敷，艸夭木喬。」
顏師古注：「夭，盛貌也。」肤、夭同源，共同義素爲盛長。聲符有示源
示聲功能。

澳──奧 澳之言奧也。（1984：299，卷九下釋地）

按，《說文》：「澳，隈厓也。其內曰澳，其外曰隈，从水奧聲。」澳即
水邊地。《禮記・大學》：「《詩》：『瞻彼淇奧，菉竹猗猗。』」鄭玄注：「澳，
隈崖也。」《說文》：「奧，宛也，室之西南隅。」《詩・衛風・淇奧》：「瞻
彼淇奧，菉竹猗猗。」毛傳：「奧，隈也。」奧與澳通。奧、澳爲同源通用
字，共同義素爲水邊地。

矮──委 矮之言委積也。《玉篇》音於果切，《廣韻》又烏禾切。燕人云多也。
（1984：93 卷三下釋詁）

按，矮，《說文》無此字。《廣雅・釋詁三》：「矮，多也。」《集韻・戈
韻》：「矮，燕人謂多曰矮。」委，今有多音，依本條例，當音《廣韻》於
詭切，影母紙韻上聲，古音在微部。《說文》：「委，委隨也。」借義爲積。
《公羊傳・桓公十四年》：「御廩者何？粢盛委之所藏也。」何休注：「委，
積也。」矮之本義與委之借義義近，皆有積多義。

㡓──掩 㡓之言掩也。《說文》云：「掩，斂也。」（1984：243 卷七下釋器）

按，㡓，《說文》無此字。㡓，今有多音，依本條例，當音《集韻》
烏含切，影母覃韻平聲，古音在侵部。《廣雅・釋器》：「㡓兜，囊也。」
《說文》：「囊，橐也。」《管子・任法篇》：「皆囊于法以事其主。」尹知
章注：「囊者，所以斂藏也。」掩，今有多音，依本條例，當音《廣韻》
衣儉切，影母琰韻上聲，古音在談部。《說文》：「掩，斂也。小上曰掩。
从手奄聲。」《方言》卷六：「掩，薆也。」戴震疏證：「《釋名》：『薆，隱
也。』注云：『謂隱蔽。』」㡓、掩同源，共同義素爲掩藏。《說文》：「奄，
覆也。」《廣韻》：「奄，藏也。」奄通作掩。㡓、掩、奄三者同源，皆有
掩藏義。聲符有示源示聲功能。

医──翳 医之言蔽翳也。《說文》：「医，盛弓弩矢器也。」引《齊語》「兵不解

医」。今本作翳。韋昭注云：「醫，所以蔽兵也。」按医字從矢，固當訓爲矢藏，若《齊語》所云，則兵藏之通稱也。（1984：262，卷八上釋器）

按，《說文》：「医，盛弓弩矢器也。从匚从矢。《國語》云：『兵不解医。』」《說文解字注》：「今《國語》作翳，假借字。韋曰：『翳，所以蔽兵也。』案古翳隱、翳薈字皆當於医義引申，不當借華蓋字也。翳行而医廢矣。」《說文》：「翳，華蓋也。从羽殹聲。」朱駿聲《說文通訓定聲》：「以羽覆車蓋，所謂羽葆幢也。」翳指用羽毛製成的車蓋。《方言》卷十三：「翳，掩也。」郭璞注：「謂掩覆也。」《說文》：「殹，擊中聲也。从殳医聲。」《說文解字注》：「此字本義亦未見。《西部》醫从殹，王育說殹，惡姿也，一曰殹，病聲也。此與擊中聲義近。」《方言》卷十二：「殹，幕也。」郭璞注：「謂蒙幕也。殹音翳。」殹有蒙幕義，與翳義近。医指盛弓弩矢器，有隱藏義，與翳同源假借，共同義素爲隱藏。医有示源功能。

骫——委 骫之言委曲也。（1984：33卷一下釋詁）

按，骫，今有多音，依本條例，當音《廣韻》於詭切，影母紙韻上聲，古音在歌部。《說文》：「骫，骨耑骫奊也。从骨丸聲。」《說文解字注》：「骫奊者，謂屈曲之狀。」《廣雅·釋詁》：「骫，曲也。」《漢書·淮南厲王劉長傳》：「皇帝骫天子正法而許大王，甚厚。」顏師古注：「骫，古委字。」委，今有多音，依本條例，當音《廣韻》於詭切，影母紙韻上聲，古音在歌部。《說文》：「委，委隨也。从女从禾。」徐鉉曰：「委，曲也，取其禾穀垂穗委曲之皃。故从禾。」骫、委同源，共同義素爲屈曲，且骫、委爲古今字。

裀——蘊 裀之言蘊積也。（1984：256，卷八上釋器）

按，《說文》：「裀，袿也。从衣𡩀聲。」裀指臥席。又借義指盛米器。《廣雅·釋器》：「裀，貯也。」蘊，《說文》無此字。蘊，今有多音，依本條例，當音《廣韻》於問切，影母問韻去聲，古音在諄部。《廣韻·吻韻》：「蘊，積也。」《方言》：「蘊，臧也。」郭璞注：「蘊，藹茂皃。」裀之借義與蘊之本義義近，皆有盛義。

隱——意　隱之言意也。意隱古同聲。（1984：30 卷一下釋詁）

　　按，隱，今有多音，依本條例，當音《廣韻》於謹切，影母隱韻上聲，古音在諄部。《說文》：「隱，蔽也。」引申爲隱占、隱度。《爾雅・釋言》：「隱，占也。」郭璞注：「隱度。」邢昺疏：「占者視兆以知吉凶也，必先隱度。故曰隱占也。」《廣雅・釋詁》：「隱，度也。」《禮記・少儀》：「軍旅思險，隱情以虞。」鄭玄注：「隱，意也，思也。虞，度也。當思念己情之所能以度彼之將然否。」意，今有多音，依本條例，當音《廣韻》於記切，影母志韻去聲，古音在之部。《說文》：「意，志也，从心，察言而知意也。」引申爲思。《玉篇・心部》：「意，思也。」隱之引申義與意之引申義義近，皆指思度。

戻——隱　戻之言隱也。（1984：113 卷四上釋詁）

　　按，《說文》：「戻，戶牖之間謂之戻。」《書・顧命》：「狄設黼戻綴衣。」孔傳：「戻，屏風，畫爲斧文，置戶牖間。」《廣雅・釋詁四》：「戻，藏也。」隱，今有多音，依本條例，當音《廣韻》於謹切，影母隱韻上聲，古音在諄部。《說文》：「隱，蔽也。」戻、隱同源，共同義素爲藏。

曉　母

悗——忽　悗之言悗忽也。（1984：117 卷四上釋詁）

　　按，《說文》：「悗，狂之兒。」《廣雅・釋詁》：「悗，狂也。」《說文》：「忽，忘也。」借義爲輕狂。《玉篇・心部》：「忽，輕也。」悗之本義與忽之借義義近，皆指狂妄。

緦——恍　緦之言恍惚。（1984：122 卷四下釋詁）

　　按，緦，《說文》無此字，《廣雅・釋詁》：「緦，微也。」恍，《說文》無此字。恍，今有多音，依本條例，當音《集韻》虎晃切，曉母蕩韻去聲，古音在陽部。恍有模糊義，《老子》第二十一章：「恍兮忽兮，其中有物。」緦、恍同源，共同義素爲模糊。

興——喜　《學記》：「不興其藝，不能樂學。」鄭注曰：「興之言喜也，歆也。」（1984：33 卷一下釋詁）

按，興，今有多音，依本條例，當音《廣韻》虛陵切，曉母蒸韻平聲，古音在蒸部。《說文》：「興，起也。」引申爲喜樂。《墨子·非樂上》：「昔者齊康公興樂萬。」孫詒讓《閒詁》引俞樾云：「興猶喜也。」喜，今有多音，依本條例，當音《廣韻》虛里切，曉母止韻上聲，古音在之部。《說文》：「喜，樂也。」興之引申義與喜之本義義近，皆指喜。

興──歆　《學記》：「不興其藝，不能樂學。」鄭注曰：「興之言喜也，歆也。」（1984：33 卷一下釋詁）

按，興，今有多音，依本條例，當音《廣韻》虛陵切，曉母蒸韻平聲，古音在蒸部。《說文》：「興，起也。」引申爲喜樂。《墨子·非樂上》：「昔者齊康公興樂萬。」孫詒讓《閒詁》引俞樾云：「興猶喜也。」《說文》：「歆，神食气也。」引申爲喜悅。《爾雅·釋詁》：「歆，興也。」《周禮·春官·笙師》：「大喪，廞其樂器。」鄭玄注：「廞，興也，興謂作之。」興之引申義與歆之引申義義近，皆指喜。

昒──荒　昒之言荒忽也。（1984：118 卷四上釋詁）

按，《說文》：「昒，尚冥也。」《玉篇·日部》：「昒，旦明也。」《廣雅·釋詁》：「昒，冥也。」荒，今有多音，依本條例，當音《廣韻》呼光切，曉母唐韻平聲，古音在陽部。《說文》：「荒，蕪也。从艸巟聲。一曰艸淹地也。」《文選·張衡〈思玄賦〉》：「追荒忽於地底兮，軼無形而上浮。」李善注：「荒忽，幽昧貌。」昒、荒同源，共同義素爲模糊。

嶮──嶮巇　嶮之言嶮巇也。（1984：70 卷二下釋詁）

按，嶮，今有多音，依本條例，當音《廣韻》虛檢切，曉母琰韻上聲，古音在談部。《說文》：「嶮，阻難也。」《玉篇·阜部》：「嶮，難也，阻也。」巇，《說文》無此字。《文選·王褒〈洞簫賦〉》：「又似流波，泡溲汎溂，趨巇道兮。」李善注：「巇道，嶮巇之道。」嶮、巇同源，共同義素爲嶮難。

匣　母

骸——核　骸之言亦核也。（1984：244，卷八上釋器）

　　按，骸，今有多音，依本條例，當音《廣韻》戶皆切，匣母皆韻平聲，古音在之部。《說文》：「骸，脛骨也。」《廣雅・釋器》：「骸，骨也。」核，今有多音，依本條例，當音《廣韻》下革切，匣母麥韻入聲，古音在職部。《說文》：「核，蠻夷以木皮爲篋，狀如籈尊。从木亥聲。」《說文解字注》：「今字果實中曰核，本義廢矣。」借義爲果核。《爾雅・釋木》：「桃，李，醜核。」郭璞注：「子中有核人。」骸的本義與核的借義義近，皆指實。《說文》：「亥，荄也。十月微陽起，接盛陰。从二，二古文上字。一人男，一人女也。从乙，象裹子咳咳之形。《春秋傳》曰：『亥有二首六身。帀，古文，亥爲豕，與豕同。亥而生子，復从一起。』」《說文解字注》：「荄，根也。」亥的古文字形：𠀚 京津四〇三　𠀘 前七・四〇　𠀗 鐵二五八・三　𠀙 史頌簋　𠀚 昌鼎　𠀘 號季子白盤　𠀚 鄀公華鐘　𠀗 鄂君舟節　𠀙 趙亥鼎。吳其昌《金文名象疏證》：「亥字原始之初誼爲豕之象形。」當是。《論衡・物勢》：「亥，水也，其禽豕也。」《通雅・天文・陰陽》：「戌亥陰斂而拘守，狗爲盛，豬次之，故狗豬配戌亥，狗豬者，圈守之物也。」亥本義爲豕，假借爲根荄，義爲草根。《說文》先釋假借義，後釋本義。骸、核與亥本義無涉，與亥假借義有關。聲符可看做示聲示源。

譁——悻　譁之言悻悻也。（1984：116　卷四上釋詁）

　　按，譁，《說文》無此字。《廣雅》：「譁，言也。」《玉篇》：「譁，瞋語也。」悻，《說文》無此字。《孟子・公孫丑下》：「諫於君而不受，則怒，悻悻然見於面。」朱熹注：「悻悻，怒意也。」《玉篇・心部》：「悻，怨也。」譁、悻同源，共同義素爲怒。《說文》：「夅，吉而免凶也。从屰从夭，夭，死之事，故死謂之不夅。」胡瑛《羣經正字》：「今經典作幸。」幸爲吉而免凶，義與譁、悻較遠，聲符僅示聲。

鷚——皜　鷚之言皜皜也。（1984：272，卷八上釋器）

　　按，鷚，今有多音，依本條例，當音《廣韻》胡沃切，匣母沃韻入聲，古音在沃部。《說文》：「鷚，鳥白肥澤貌。从羽高聲。《詩》云：『白鳥鷚

皛。』」皛，《說文》無此字。《玉篇・白部》：「皛同皓。」《孟子・滕文公上》：「江漢以濯之，秋陽以暴之，皛皛乎不可尚已。」趙岐注：「皛皛，白甚也。」《說文》：「皓，日出皃。」王筠《說文句讀》：「皃蓋光之譌。《釋詁》：『皓，光也。』當爲許君所本。字俗作皓。」皛、皓同源，共同義素爲白。《說文》：「高，崇也。」高義與皛、皛義遠，聲符僅示聲。

愠——患 愠之言患也。（1984：19 卷一上釋詁）

按，《說文》：「愠，憂也。从心圂聲。一曰擾也。」《玉篇・心部》：「愠，患也，憂也。」《說文》：「患，憂也。从心上貫吅，吅亦聲。」《廣韻・諫韻》：「患，病也，亦禍也，憂也。」患、愠同源，共同義素爲患。

蘥——芛 蘥之言芛也。（19844：335 卷十上釋草）

按，《說文》：「芛，艸之蔓榮也。从艸尹聲。」《爾雅・釋草》：「蘥、芛、葟、華、榮。」郭璞注：「今俗呼草木華初生者爲芛。」邢昺疏：「芛，華初生之名也。」蘥，《說文》無此字。《廣雅》：「蘥，華也。」蘥、芛同源，共同義素爲華。

役——爲 茂、蔿聲近而轉也。茂從役聲，蔿從爲聲，茂之轉爲蔿，猶爲之轉爲役。《表記》鄭注云：「役之言爲也。」（1984：326，卷十上釋草）

按，《說文》：「役，戍邊也。从殳从彳。」引申爲「爲」。《廣雅・釋詁》：「役，爲也。」《國語・齊語》：「桓公親見之，遂使役官。」韋昭注：「役，爲也。」爲，今有多音，依本條例，當音《廣韻》薳支切，云母支韻平聲，古音在歌部。《說文》：「爲，母猴也。」借義爲「作爲」。《爾雅》：「作，爲也。」《周禮・春官・典同》：「典同掌六律六同之和，以辨天地四方陰陽之聲，以爲樂器。」鄭玄注：「爲，作也。」役之引申義與爲之借義義近，皆有作爲義。

扐——移 扐之言移也。移加之也。《趙策》云：「知伯來請地不與，必加兵于韓矣。」韓子《十過篇》加作移，是移與扐同義。《玉篇》扐音與紙、與支二切，《集韻》又音他可切。《小雅・小弁篇》：「舍彼有罪，予之佗矣。」《毛傳》云：「佗，加也。」佗與扐亦聲近義同。（1984：46 卷二上釋詁）

　　按，扲，今有多音，依本條例，當音《廣韻》弋支切，以母支韻平聲，古音在歌部。扲，《說文》無此字。《廣雅・釋詁》：「扲，加也。」移，今有多音，依本條例，當音《廣韻》當音《廣韻》弋支切，以母支韻平聲，古音在歌部。《說文》：「移，禾相倚移也，从禾多聲。一日禾名。」《廣雅・釋詁》：「移，轉也。」《廣韻・支韻》：「移，徙也。」扲、同源，共同義素爲移加。

蹪——躍　蹪之言躍。（1984：100 卷三下釋詁）

　　按，蹪，《說文》無此字。《方言》卷一：「蹪，登也。」《玉篇・足部》：「蹪，拔也。」《廣雅・釋詁》：「蹪，拔也。」《說文》：「躍，迅也。从足翟聲。」《說文解字注》：「迅，疾也。」《廣雅・釋詁》：「躍，跳也。」《玉篇・足部》：「躍，跳躍也。」躍、蹪同源，共同義素爲上升。

懲——遺　懲之言遺。（1984：72 卷二下釋詁）

　　按，懲，《說文》無此字。《玉篇・心部》：「懲，忘也。」《廣雅》：「懲，忘也。」遺，今有多音，依本條例，當音《廣韻》以追切，以母脂韻平聲，古音在微部。《說文》：「遺，亡也。」《孔子家語・五刑解》：「鬬變者，生於相陵，相陵者，生於長幼無序而遺敬讓。」王肅注：「遺，忘。」懲、遺同源，共同義素爲忘。

昱——燿　昱之言燿燿也。（1984：112 卷四上釋詁）

　　按，《說文》：「昱，明日也。」《玉篇・日部》：「昱，日明也。」燿，今有多音，依本條例，當音《廣韻》弋照切，以母笑韻去聲，古音在藥部。《說文》：「燿，照也。」昱、燿同源，共同義素爲明。

哃——洪　哃之言洪大也。（1984：278，卷八下釋樂）

　　按，哃，《說文》無此字。哃，今有多音，依本條例，當音《廣韻》徒弄切，定母送韻去聲，古音在東部。《玉篇》：「哃，多言也。」《廣雅》：「哃，歌也。」《集韻・送韻》：「哃，大聲歌也。」《說文》：「洪，洚水也。」洚水即大水。《爾雅・釋詁上》：「洪，大也。」哃、洪同源，共同義素爲大。

鷻——衛 衛之言鷻也。前《釋器》云：「鷻，羽也。」羽謂之鷻，箭羽謂之衛，聲義同矣。（1984：345，卷十上釋草）

按，鷻，《說文》無此字。《廣雅》：「鷻，羽也。」《玉篇·羽部》：「鷻，六翮之末。」《說文》：「衛，宿衛也。」《玉篇·行部》：「衛，護也。」鷻指羽毛，起保護作用、衛指護衛，同源。

（薲）蕩——（權）輿 《說文》：「夢，灌渝，讀若萌。」夢灌渝即《爾雅》之其萌薲蕩也。郭璞讀其萌薲爲句，云今江東呼蘆筍爲薲，然則萑葦之類，其初生者皆名薲，以蕩字屬下芛葟華榮讀，云蕩猶敷蕩，亦華之貌，所未聞。案郭氏以蕩爲華而云未聞，則亦無實據，或當依《說文》讀其萌薲蕩，薲蕩之言權輿也。《爾雅》云：「權輿。始也。」始生故以爲名。」（1984：336卷十上釋草）

按，薲蕩爲聯綿詞，指蘆葦嫩芽，有始義，與權、輿同源，共同義素爲初始。

或——有 《小雅·天保篇》：「無不爾或承。」鄭箋云：「或之言有也。」或即邦域之域。域、有一聲之轉。（1984：6，卷一上釋詁）

按，或，今有多音，依本條例，當音《集韻》越逼切，云母職韻入聲，古音在職部。《說文》：「或，邦也，从口从戈以守一。一，地也，域，或又从土。」《廣雅》：「域，有也。」有，今有多音，依本條例，當音《廣韻》云久切，云母有韻上聲，古音在之部。《說文》：「有，不宜有也。」朱駿聲《說文通訓定聲·頤部》認爲有，假借爲或，即域字。《詩·商頌·玄鳥》：「方命厥后，奄有九有。」毛傳：「九有，九州也。」《老子·第十四章》：「執古之道，以御今之有。」劉師培注：「有即域之假字也，有通作或，或即古域字。」「有」與「或」之異文「域」字音近通借。

來 母

氀——摟 氀之言摟也。（1984：251，卷八上釋器）

按，氀，《說文》無此字。氀，今有多音，依本條例，當音《廣韻》力朱切，來母虞韻平聲，古音在魚部。《廣雅》：「氀，薵也。」《玉篇·毛部》：「氀，毛布也。」《廣韻·虞韻》：「氀，毛布。」摟，今有多音，依

本條例，當音《廣韻》落侯切，來母侯韻平聲，古音在侯部。《說文》：「摟，曳聚也。从手婁聲。」氄指毛布，摟指曳聚，毛布與曳聚之間關聯較遠。《說文》：「婁，空也。」婁可假借爲摟，但與氄義遠。聲符僅示聲。

露——落　露之言落也。（1984：89 卷三上釋詁）

　　按，《說文》：「露，潤澤也。从雨路聲。」《方言》卷三：「露，敗也。」《荀子·富國篇》：「入其境，其田疇穢，都邑露。」王念孫《讀書雜志》：「露者，敗也。謂都邑敗壞也。」落，今有多音，依本條例，當音《廣韻》盧各切，來母鐸韻入聲，古音在鐸部。《說文》：「落，凡艸曰零，木曰落。从艸洛聲。」《爾雅·釋詁下》：「落，死也。」《書·舜典》：「帝乃殂落。」孔穎達疏：「蓋殂爲往也。言人命盡而往。落者，若草木葉落也。」露之《方言》義與落之本義同源，共同義素爲荒敗。《說文》：「路，道也，从足从各。」徐鍇繫傳：「从足各聲。」《說文》：「洛，水，从水各聲。」《說文》：「各，異辭也。」「各」義與露、落義遠，聲符輾轉示聲。

秠（粃）——浮（流）（1984：247 卷八上釋器）

　　說見並母秠「（粃）——浮（流）」條。

搽——纍　搽之言纍也。（1984：57 卷二上釋詁）

　　按，搽，《說文》無此字。《廣雅·釋詁》：「搽，理也。」纍，今有多音，依本條例，當音《廣韻》力追切，來母脂韻平聲，古音在微部。《說文》：「纍，綴得理也。一曰大索也。从糸畾聲。」《說文解字注》：「綴者，合箸也。合箸得其理則有條不紊，是曰纍。《樂記》曰『纍纍乎端如貫珠。』此其證也。」搽、纍同源，共同義素爲有條理。

陵——隆　陵之言隆也。（1984：299，卷九下釋地）

　　按，《說文》：「陵，大阜也。从阜夌聲。」大阜指高大的土山。《爾雅·釋地》：「大阜曰陵。」《說文》：「隆，豐大也。从生，降聲。」《史記·高祖本紀》：「高祖爲人，隆準而龍顏，美鬚髯。」裴駰集解引應劭曰：「隆，高也。」陵、隆同源，共同義素爲大。

烈——爛　《大雅・生民篇》：「載燔載烈。」鄭箋云：「烈之言爛也。」（1984：49
卷二上釋詁）

　　按，《說文》：「烈，火猛也。从火列聲。」《廣雅》：「烈，爇也。」《廣
韻》：爛同爤。《說文》：「爛，孰也。从火蘭聲。」《方言》卷七：「自河以
北，趙魏之間火熟曰爛，氣熟曰䐹。」《廣韻・翰韻》：「爛，火熟。」烈、
爛同源，共同義素爲火熟。

蠃——露　蠃之言露也。（1984：113 卷四上釋詁）

　　按，《說文》：「蠃，袒也，裸，蠃或从果。」《說文》：「袒，衣縫解也。」
《禮記・曲禮上》：「冠毋免，勞毋袒，暑勿褰裳。」鄭玄注：「袒，露也。」
《說文》：「露，潤澤也。」借義爲露出。《玉篇・雨部》：「露，見也。」蠃
之本義與露之借義義近，皆有露出義。

櫺——闌　櫺之言闌也。（1984：208，卷七上釋宮）

　　按，《說文》：「櫺，楯間子也。」《說文解字注》：「闌楯爲方格，又於
其橫直交處爲圜子，如綺文玲瓏，故曰櫺。」闌，今有多音，依本條例，
當音《廣韻》落干切，來母寒韻平聲，古音在元部。《說文》：「闌，門遮
也。」《說文解字注》：「謂門之遮蔽也。俗謂櫳檻爲闌。」櫺、闌同源，
共同義素爲遮蔽物。

來　母

臨——隆　臨之言隆也。《說文》：「隆，豐大也。」隆與臨古亦同聲，故《大雅・
皇矣篇》：「與爾臨沖」，《韓詩》作隆沖，《漢書・地理志》隆慮，《荀子・強國篇》
作臨慮矣。（1984：5，卷一上釋詁）

　　按，臨，有多音，依本條例，當音《廣韻》力尋切，來母侵韻平聲，
古音在侵部。《說文》：「臨，監臨也。」借義爲大，《易・序卦》：「臨者，
大也。」《廣韻・侵韻》：「臨，大也。」《說文》：「隆，豐大也。」臨之借
義與隆之本義義近，皆有大義。

廩——斂　廩之言斂也。（1984：209，卷七上釋宮）

按，廩，有多音，依本條例，當音《廣韻》力稔切，來母寑韻上聲，古音在侵部。《說文》：「靣，穀所振入，宗廟粢盛，倉黃靣而取之，故謂之靣。从入，回象屋形，中有戶牖。廩，靣或从广从禾。」《廣雅》：「廩，倉也。」斂，今有多音，依本條例，當音《廣韻》良冉切，來母琰韻平聲，古音在談部。《說文》：「斂，收也。」《爾雅・釋詁》：「斂，聚也。」廩、斂同源，共同義素爲收藏。

艫──羅 艫之言羅也。（1984：224，卷七下釋器）

按，《說文》：「艫，江中大船名。」借義爲捕鳥網。《廣雅・釋器》：「罜、罛，兔罟也。其胃謂之艫。」《說文》：「羅，以絲罟鳥也。」《爾雅・釋器》：「鳥罟謂之羅。」《詩・王風・兔爰》：「有兔爰爰，雉離於羅。」毛傳：「鳥網爲羅。」艫之借義與羅之本義義近，皆指網。

蜻蛉──蒼筤 蜻蛉之言蒼筤也。（1984：362，卷十下釋蟲）

按，《說文》：「蛉，蜻蛉也。」《爾雅・釋蟲》：「螟蛉，桑蟲。」邢昺疏：「陸璣云：『桑上小青蟲也，似步屈，其色青而細小，或在草萊上。果臝，土蜂也。似蜂而小腰，取桑蟲負之於木空中，七日而化爲子。』」《說文》：「筤，籃也。」《易・說卦》：「震爲蒼筤竹。」孔穎達疏：「竹初生之時，色蒼筤，取其春生之美也。」蜻蛉、蒼筤在青色義上同源。

櫳──牢 櫳之言籠也。（1984：206，卷七上釋宮）

按，《說文》：「櫳，檻也。」《玉篇》：「櫳，欄也，牢也。」牢，今有多音，依本條例，當音《廣韻》魯刀切，來母豪韻平聲，古音在幽部。《說文》：「牢，閑，養牛馬圈也。从牛冬省，取其四周帀也。」櫳、牢同源，共同義素爲圈欄。

日　母

醰──佴 《玉篇》：「醰，重釀也。」按醰之言佴也，仍也。《爾雅》：「佴，貳也。」《廣雅》：「仍，重也。」（1984：248卷八上釋器）

按，《說文》：「醰，酒也。从酉覃聲。」《說文解字注》：「醰，重釀

酒也。此篆各本作醶。解云酒也……《廣韻》《玉篇》皆有酗無醶。解云重釀也。《玉篇》列字正與《說文》次第相合，然則古本《說文》作酗可知矣。」《廣雅》：「醶，酘也。」《廣韻・候韻》：「酘，酘酒。」《集韻・候韻》：「酘，《字林》：『重醶也。』通作投。」佴，今有多音，依本條例，當音《廣韻》仍吏切，日母志韻去聲，古音在之部。《說文》：「佴，佽也。從人耳聲。」佴，本義爲相次、隨後。《爾雅・釋言》：「佴，貳也。」郭璞注：「佴，次，爲副貳。」邢昺疏：「次即副貳之義。」醶、佴同源，共同義素爲重複、再次。《說文》：「耳，主聽也。」耳字本義與引申義與醶、佴義遠，聲符僅示聲。

溽——濡 溽之言濡濕也。（1984：37 卷一下釋詁）

按，溽，今有多音，依本條例，當音《廣韻》而蜀切，日母燭韻入聲，古音在屋部。《說文》：「溽，溼暑也。從水辱聲。」《廣雅・釋詁》：「溽，濕也。」濡，今有多音，依本條例，當音《廣韻》人朱切，日母虞韻平聲，古音在侯部。《說文》：「濡，水，出涿郡故安，東入漆涑。從水需聲。」《禮記・曲禮上》：「濡肉齒決，乾肉不齒決。」孔穎達疏：「濡，濕也。濕軟不可用手擘，故用齒斷決而食之。」濡、溽同源，共同義素爲濕。

畘——懦 畘之言懦也。《玉篇》仁緣、奴過二切，字亦作堧。（1984：296，卷九上釋地）

按，《說文》：「畘，城下田也。一曰畘，郶也。從田奕聲。」指鬆軟的土地。《廣雅・釋地》：「畘，土也。」《說文》：「懦，駑弱者也。從心需聲。」《左傳・僖公二年》：「宮之奇之爲人也，懦而不能強諫。」杜預注：「懦，弱也。」畘、懦同源，共同義素爲柔軟。

蘃——蕤 蘃之言蕤也。（1984：336，卷十上釋草）

按，蘃，《說文》無此字。《廣雅》：「蘃，華也。」《廣韻・紙韻》：「蘃，花外曰萼，花內曰蘃。」《說文》：「蕤，草木華垂貌。從艸甤聲。」蕤、蘃同源，共同義素爲花。

毤——（蒙）戎 毤之言蒙戎也。（1984：251，卷八上釋器）

按，毪，《說文》無此字。《廣雅·釋器》：「毪，罻也。」《說文》：「罻，魚網也。」《爾雅·釋言》：「氂，罻也。」郭璞注：「毛氂所以為罻。」戎，今有多音，依本條例，當音《廣韻》如融切，日母東韻平聲，古音在冬部。《說文》：「戎，兵也。」戎或假借為茸。《說文》：「茸，艸茸茸皃。」毪之本義與戎之假借義義近，皆指柔軟毛。

定　母

瀆——竇　瀆之言竇也。《說文》：「竇，空也。」故《周官》注：「四瀆或作四竇。」（1984：303，卷九下釋水）

按，瀆，今有多音，依本條例，當音《廣韻》徒谷切，定母屋韻入聲，古音在屋部。《說文》：「瀆，溝也。从水賣聲。一曰邑中溝。」《字彙·水部》：「瀆與竇同。」竇，今有多音，依本條例，當音《廣韻》田侯切，定母侯韻去聲，古音在侯部。《說文》：「竇，空也，从穴瀆省聲。」可指水溝。徐鍇《說文繫傳》：「竇，水溝口也。」《集韻·屋韻》：「瀆，《說文》：『溝也。』一曰江河淮濟為四瀆，或作竇。」《墨子·兼愛中》：「北為防原泒，注后之邸，嘑池之竇。」孫詒讓《閒詁》引顧廣圻曰：「竇即瀆字。」《周禮·春官·大宗伯》：「以貍沈祭山林川澤。」鄭玄注：「不見四竇者，四竇，五嶽之匹，或省文。」陸德明釋文：「竇音獨，本亦作瀆。」瀆、竇同源通用，共同義素為溝。《說文》：「賣，出物貨也。」賣字本義與瀆、竇義遠，聲符僅示聲。

條——（條）治　條之言條治萬物而出之。（1984：280，卷九上釋天）

按，條，今有多音，依本條例，當音《廣韻》徒聊切，定母蕭韻平聲，古音在幽部。《說文》：「條，小枝也。」借義為教。《廣韻·蕭韻》：「條，教也。」治，今有多音，依本條例，當音《廣韻》直利切，澄母至韻去聲，古音在之部。《說文》：「治，水，出東萊曲城陽丘山，南入海，从水台聲。」借義為修治。《玉篇·水部》：「治，修治也。」《廣韻·至韻》：「治，理也。」條之借義與治之借義義近，皆有治理義。

禪——澹　禪之言澹澹然，平安意也。（1984：290，卷九上釋天）

按，《說文》：「禫，除服祭也。从示覃聲。」《釋名‧釋禮制》：「閒月而禫，亦祭名，孝子之意澹然，哀思益衰也。」澹，今有多音，依本條例，當音《廣韻》徒敢切，定母敢韻上聲，古音在談部。《說文》：「澹，水搖也。从水詹聲。」借義爲安。《廣雅‧釋詁》：「澹，安也。」《後漢書‧馮衍傳》：「意斟愖而不澹兮，俟回風而容與。」李賢注：「澹，定也。」禫字本義有澹然安定義，與澹借義義近，皆有安義。

軸——持　軸之言持也。《說文》：「軸，持論也。」（1984：241，卷七下釋器）

按，軸，今有多音，依本條例，當音《廣韻》直六切，澄母屋韻入聲，古音在幽部。《說文》：「軸，持輪也。」指貫穿車輪中間用以支撐輪子的柱形長軑。《釋名‧釋車》：「軸，抽也。入轂中可抽出也。」《說文》：「持，握也。」軸、持同源，共同義素爲支撐。

娘　母

穠——濃　穠之言濃，皆盛多之意也。（1984：93 卷三下釋詁）

按，穠，《說文》無此字。《方言》卷十：「緫，穠，多也。南楚凡大而多謂之緫，或謂之穠。」《說文》：「濃，露多也。从水農聲。」穠、濃同源，共同義素爲多。《說文》：「農，耕也。」聲符示聲。

泥　母

薾——苶　薾之言疲苶也。（1984：42 卷一下釋詁）

按，《說文》：「薾，智少力劣也。从鬥爾聲。」《廣雅‧釋詁》：「薾，弱也。」苶，《說文》無此字。《莊子‧齊物論》：「苶然疲役而不知所歸。」成玄英疏：「苶然，疲頓貌。」《廣韻‧帖韻》：「苶，病劣皃。」薾、苶同源，共同義素爲疲弱。

端　母

釘到——顛到　《淮南‧說林訓》：「孑孓爲䖟。」高誘注：「孑孓，結蟦，水上到跂蟲。」《眾經音義》卷三引《通俗文》云：「蜎化爲蚊。」案，到蚑蟲，今止水中多生之，其形首大而尾銳，行則掉尾至首，左右回還，止則尾浮水面，首反在下，

故謂之到趿蟲。《爾雅翼》云:「俗名釘到蟲。」即到趿之義。釘到之言顛倒也,今揚州人謂之翻跟頭蟲,將為蚊,則尾端生四足,蛻于水面而蚊出焉。(1984:363 卷十下釋蟲)

按,此用一般詞「顛到」解釋聯綿詞「釘到」。

著——丁　著之言相丁著也。(1984:122 卷四下釋詁)

按,著,今有多音,依本條例,當音《廣韻》張略切,知母藥韻入聲,古音在鐸部。《廣雅·釋言》:「著,納也。」丁,今有多音,依本條例,當音《廣韻》當經切,端母青韻平聲,古音在耕部。《說文》:「丁,夏時萬物皆丁實。」徐灝《說文解字注箋》:「疑丁即今之釘字,象鐵弋形。」朱駿聲《說文通訓定聲》:「丁,鐕也。象形。今俗以釘為之,其質用金或竹若木。」丁、釘相通。「著」有補義,釘亦有釘補義,二者同源,共同義素為補。

清　母

趡——造——次　趡之言造次也。(1984:69 卷二下釋詁)

按,趡即趡字,《說文》:「趡,蒼卒也。」造,有多音,依本條例,當音《廣韻》七到切,清母號韻去聲,古音在幽部。《說文》:「造,就也。」借義為倉猝。《廣雅》:「造,猝也。」賈誼《新書·容經》:「造而勿趣。」劉師培斠補:「造為疾義。」《禮記·玉藻》:「造受命於君前,則書於笏。」趡之本義與造之借義義義近,皆指倉促。

2.4　「旁轉」音義關係考

東　冬

熧——窮　熧之言窮也。(1984:40 卷一下釋詁)

熧,《說文》無此字。《廣雅·釋詁一》:「熧,盡也。」《集韻·東韻》:「熧,爌也。」《說文》:「窮,極也。從穴躬聲。」《列子·湯問》:「飛衛之矢先窮。」張湛注:「窮,盡也。」熧、窮同源,共同義素為盡。

鍾──充　鍾之言充也。（1984：277，卷八下釋樂）

按，《說文》：「鍾，酒器也。」借指樂器。《集韻・用韻》：「鍾，《字林》：酒器也。一曰樂器。」《玉篇・金部》：「鍾，聚也。」《左傳・昭公二十一年》：「天子省風以作樂，器以鍾之，輿以行之。」杜預注：「鍾，聚也，以器聚音。」《說文》：「充，長也，高也。」借指充滿、充足。《廣雅・釋詁》：「充，滿也。」《周禮・天官・大府》：「凡萬民之貢，以充府軍。」鄭玄注：「充猶足。」鍾之借義與充之借義義近，皆有充足義。

歌　脂

闌──疲（茶）　闌之言疲茶也。（1984：42 卷一下釋詁）

按，《說文》：「闌，智少力劣也。」《廣雅・釋詁》：「闌，弱也。」《說文》：「疲，勞也。」《玉篇・疒部》：「疲，倦也。」《管子・小匡》：「故使天下諸侯以疲馬犬羊爲幣。」尹知章注：「疲謂瘦也。」闌、疲同源，共同義素爲弱。

稿──離（邐）　稿之言離邐也。《齊民要術》：「至春稿種。」注云：「離而種之曰稿。」（1984：297，卷九下釋地）

按，稿，《說文》無此字。《廣雅・釋地》：「稿，種也。」《玉篇・耒部》：「稿，種也。」《廣韻・霽韻》：「稿，不耕而種。」離，有多音。依「之言」義，當音《廣韻》呂支切，來母支韻平聲，古音在歌部。義爲分開。《說文》：「離，離黃，倉庚也。鳴則蠶生。」《廣雅・釋詁二》：「離，去也。」《方言》卷六：「參，蠡，分也。齊曰參，楚曰蠡，秦晉曰離。」《廣雅・釋詁一》：「離，分也。」《玉篇・牛部》：「犂，耕具也。」犂與離通。《禮記・少儀》：「牛羊之肺，離而不提心。」鄭玄注：「提猶絕也，到離之不絕。」陸德明釋文本作「犂」，曰：「犂，本又作離，同。」稿之本義與離之借義義近。稿、犂同源。

侵　談

摻──纖　摻之言纖也。《魏風・葛履篇》：「摻摻女手。」毛傳云：「摻摻，猶纖纖也。」古詩云：「纖纖出素手。」纖與摻聲近義同。（1984：53 卷二上釋詁）

　　按，纖，今有多音，依「之言」義，當音《廣韻》息廉切，心母鹽韻平聲，古音在談部。《說文》：「纖，細也。」《方言》卷二：「纖，小也。」摻，《說文》無此字。摻，今有多音，依「之言」義，當音《廣韻》所咸切，生母咸韻平聲，古音在侵部。義爲細小、纖細。《詩·魏風·葛屨》：「摻摻女手，可以縫裳。」毛傳：「摻摻猶纖纖也。」《方言》卷二：「摻，細也。自關而西秦晉之間，斂物而細謂之挈，或曰摻。」摻、纖同源，共同義素爲細小。

渷——閃　　《禮運》：「龍以爲畜，故魚鮪不渷。」鄭注云：「渷之言閃也。」（1984：83卷三上釋詁）

　　按，《說文》：「渷，濁也。」渷，有多音，依「之言」義，當音《廣韻》式任切，書母寑韻上聲，古音在侵部。《禮記·禮運》：「龍以爲畜，故魚鮪不渷。」孔穎達疏：「渷，水中驚走也。」《說文》：「閃，闚頭門中也。」《禮記·禮運》：「故魚鮪不渷。」孔穎達疏：「閃是忽有忽無，故從門中人也。人在門或見或不見。」渷、閃同源，共同義素爲忽見忽不見。

窞——深　　窞之言深也。《說文》：「窞，坎中小坎也。」（1984：303，卷九下釋水）

　　按，《說文》：「窞，坎中小坎也。从穴从臽，臽亦聲。《易》曰：『入于坎窞。』一曰旁入也。」徐鍇《說文繫傳》：「坎中復有坎也。」《廣雅·釋水》：「窞，坑也。」《說文》：「深，水。出桂陽南平，西入營道，从水罙聲。」《詩·小雅·小旻》：「如臨深淵，如履薄冰。」窞、深同源，共同義素爲距離深。

菡萏——巳嗿　　菡萏之言巳嗿也。《說文》云：「巳，嗿也，艸木之華未發函然，象形，讀若含。」嗿，（《說文》）含深也。（1984：339，卷十上釋草）

　　按，《說文》：「菡，菡萏也。」菡萏、巳嗿同源，共同義素爲含苞未放。

質　月

劈——檗　　劈之言檗也。（1984：73卷三上釋詁）

　　按，《說文》：「劈，斷也。从刀辟聲。」《廣雅·釋詁三》：「劈，餘

也。」鬤，《說文》無此字。《廣雅・釋詁一》：「鬤，始也。」《集韻》：「藥，木餘也。或作鬤。」劈、鬤同源，共同義素爲餘。

轊——銳 轊之言銳也。昭十六年《左傳》注云：「銳，細小也。」軸兩耑出轂外細小也。小聲謂之噬，小鼎謂之錜，小棺謂之橞，小星謂之噬，蜀細布謂之繠，鳥翮末謂之瑞，車軸兩端謂之轊，義竝同也。（1984：241，卷七下釋器）

按，轊，《說文》無此字。《方言》卷九：「車轊，齊謂之轄。」郭璞注：「車軸頭也。」銳，有多音，依「之言」義，當音《廣韻》以芮切，以母祭韻去聲，古音在月部。《說文・金部》：「銳，芒也。」《說文解字注》：「芒者，艸耑也，艸耑必鐵，故引申爲芒角字。」《廣雅・釋詁二》：「銳，利也。」《淮南子・時則》：「柔而不剛，銳而不挫。」高誘注：「銳，利也。」轊指車軸端，銳指芒端，皆有銳利義，轊、銳同源，共同義素爲銳利。

之 侯

殕——腐 殕之言腐也。（1984：90 卷三上釋詁）

按，殕，《說文》無此字。殕，有多音，依本條例，當音《廣韻》方久切，非母有韻上聲，古音在之部。《廣雅・釋詁三》：「殕，敗也。」《玉篇・歺部》：「殕，敗也，腐也。」《說文》：「腐，爛也。」《廣雅・釋器》：「腐，臭也。」殕、腐同源，共同義素爲腐敗。

椇——枳椇 椇之言枳椇也。謂曲橈之也。（1984：268，卷八上釋器）

按，椇，《說文》無此字。《廣韻・麌韻》：「椇，枳椇。」《集韻・噳韻》：「椇，枳椇，木名，曰白石李。」《禮記・明堂位》：「俎，有虞氏以梡，夏后氏以嶡，殷以椇，周以房俎。」鄭玄注：「椇之言枳椇也，謂曲橈之也。」孔穎達疏：「枳椇之樹，其枝多曲橈，故陸機《草木疏》云：『椇曲來巢，殷俎似之』，故云曲橈之也。」陳澔《禮記集說》：「椇者，俎之足間橫木，爲曲橈之形，如枳椇之樹枝也。」《說文》：「枳，木似橘。」椇即枳椇，枳即枸橘。枳與椇不同，椇與枳椇爲同義詞。

稻——剖 稻之言剖也。（1984：297，卷九上釋地）

按，稻，《說文》無此字。稻，有多音，依本條例，當音《集韻》蒲

侯切，並母侯韻平聲，古音在侯部。《玉篇》：「耚，耕器，耛屬。」爲名詞。《集韻》：「耚，《博雅》：『鑃耚，耕也。』」爲動詞。《說文》：「剖，判也。从刀音聲。」耚、剖同源，共同義素爲分開。

檽──邱 檽之言邱也。（1984：353，卷十上釋草）

按，檽，《說文》無此字。《爾雅・釋木》：「檽，莖。」郭璞注：「今之刺榆。」又《廣雅・釋木》：「檽，梌也。」《說文》：「邱，地名。」又通作丘。義爲墳墓。《文心雕龍・檄移》：「發邱摸金，誣過其虐。」又義爲廢墟。《廣雅・釋詁三》：「邱，空也。」檽借義爲梌，義爲枯死樹，邱借義爲墳墓、廢墟，檽之借義與邱之借義義近。

元 諄

蕁──攢（聚） 蕁之言攢聚也。（1984：93 卷三下釋詁）

按，《說文》：「蕁，叢艸也。」《玉篇・艸部》：「蕁，苯蕁，草叢生。」《廣雅・釋詁三》：「蕁，聚也。」攢有多音，依「之言」例，當音《集韻》徂丸切，從母桓韻平聲，古音在元部。《說文》：「攢，積竹杖也，从木贊聲。一日穿也，一日叢木。」《廣雅・釋詁三》：「攢，聚也。」蕁、攢同源，共同義素爲聚。

陽 耕

蜻蛉──蒼筤 蜻蛉之言蒼筤也。（1984：362，卷十下釋蟲）

按，蜻有多音。《說文》：「蜻，蜻蜓也。」《方言》卷十一：「蜻蛉謂之蜖蛉。」《廣韻・青韻》：「蜻，蜻蛉。」《說文》：「蒼，艸色也。」蒼筤，聯綿詞，即蜻蛉之轉音，蒼筤、蜻蛉爲同源詞。

歌 微

臥──委 臥之言委也。（1984：117 卷四上釋詁）

按，《說文・臥部》：「臥，休也。」《玉篇・臥部》：「臥，眠也。」《廣雅・釋詁四》：「臥，僵也。」委，有多音。依「之言」義，當音《廣韻》於詭切，影母紙韻上聲，古音在微部，義爲委隨、安等。《說文》：「委，委

隨也。」《集韻・紙韻》：「委，安也。」臥有安義，委亦有安適義，臥之引申義與委之引申義義近。

宵　幽

跳——佻佻　跳之言佻佻然也。（1984：130 卷四下釋詁）

按，跳，《說文》無此字。《廣雅・釋詁四》：「跳，長也。」《廣韻・皓韻》：「跳，趒跳，長兒。」佻有多音，依本條例，當音《廣韻》徒聊切，定母蕭韻平聲，古音在宵部。《說文》：「佻，愉也。从人兆聲。」義爲獨行。《詩・小雅・大東》：「佻佻公子，行彼周行。」毛傳：「佻佻，獨行貌。」佻本義爲愉，借義爲獨行。跳本義與佻借義義近。

鱎——皢　鱎之言皢也。（1984：367，卷十下釋魚）

按，鱎，《說文》無此字。《廣雅・釋魚》：「鮊，鱎也。」《玉篇・魚部》：「鱎，白魚也。」《本草綱目・鱗部白魚》：「白魚，鱎魚，白亦作鮊，白者，色也。鱎者，頭尾向上也。」皢，《說文》無此字。《玉篇・白部》：「皢同皓。」《孟子・滕文公上》：「江漢以濯之，秋陽以暴之，皢皢乎不可尚已。」趙岐注：「皢皢，白甚也。」鱎、皢同源，共同義素爲白。

幽　侯

甃——聚　甃之言聚也，脩也。（1984：210，卷七上釋宮

按，《說文》：「甃，井壁也。」《說文解字注》：「井壁者，謂用塼爲井垣也。」引申爲砌井壁。桂馥《說文義證・瓦部》：「甃，《五經文字》：『甃，甎壘井。』《風俗通》：『甃井，聚塼脩井也。』《易》：『井甃。』釋文：『馬云爲瓦裏下達上也。』《干》云：『以甎壘井曰甃。』馥案：『虞翻云：以瓦甓壘井稱甃。』」《說文》：「聚，會也。」砌井壁需聚塼，與聚會義近。甃之引申義與聚之本義義近。

斗——斞　斗之言斞。（1984：221，卷七下釋器）

按，《說文》：「斗，十升也。」斗，有多音，依「之言」義，當音《廣韻》當口切，端母厚韻上聲，古音在侯部。《漢書・律曆志上》：「十升爲

斗……斗者，聚升之量也。」《說文》：「魁，挹也。从斗兩聲。」徐灝《說文解字注箋》：「魁，酌也。」《廣雅·釋詁二》：「魁，抒也。」斗、魁同源，共同義素爲盛。

糗——炒　糗之言炒。（1984：246，卷八上釋器）

按，《說文》：「糗，熬米麥也。」桂馥《說文義證》：「米麥火乾之乃有香氣，故謂之糗……無論米部擣與未擣也。」《玉篇·米部》：「糗，糒也。」炒，《說文》無此字。《集韻·巧韻》：「䄶，《說文》：『熬也。』或作炒。』糗、炒同源，共同義素爲炒。

酒——乳　乳與酒，古聲近而義同。《北堂書鈔》引《春秋說題辭》云：「酒之言乳也」，《太平御覽》引《春秋元命包》云：「文王四乳，是爲含良。善法酒旗，布恩舒明。」宋均注云：「乳，酒也。」（1984：248 卷八上釋器）

按，《說文》：「酒，就也，所以就人性之善惡。一曰造也，吉凶所造也。」《釋名·釋飲食》：「酒，酉也。釀之米麴酉澤，久而味美也。」《說文》：「乳，人及鳥生子曰乳，獸曰產。」《廣雅·釋詁一》：「乳，生也。」引申爲孵化。《篇海類編·干支類·乙部》：「乳，孚也。」酒之引申義爲生發，與乳之引申義近。

文　元

匜——浚　匜之言浚也。（1984：222，卷七下釋器）

按，匜，《說文》無此字。匜，有多音。依「之言」義，當音《廣韻》似宣切，邪母仙韻平聲，古音在元部。《玉篇·匚部》：「匜，盜米籔也。」《方言》卷五：「炊籔，或謂之匜。」郭璞注：「音旋，江東呼浙籤。」浚，有多音，依「之言」義，當音《廣韻》私潤切，心母稕韻去聲，古音在諄部。《說文》：「浚，抒也。」《說文解字注》：「抒者，挹也，取諸水中也。」《廣雅·釋詁二》：「浚，盜也。」匜、浚同源，共同義素爲挹取。

䡝——關　䡝之言關也。橫互之名也。（1984：241，卷七下釋器）

按，䡝，有多音，依「之言」義，當音《集韻》牛尹切，疑母準韻上

聲，古音在諄部。《說文》:「軝，軺車前橫木也。」《說文解字注》:「軺車前橫木，謂小車軾輢之直者、衡者也。」《方言》卷九:「軝謂之軸。」關，有多音，依「之言」義，當音《廣韻》古還切，見母刪韻平聲，古音在元部。《說文》:「關，以木橫持門戶也。」軝、關同源，共同義素爲橫軸。

䈽——圓 䈽之言圓也。《說文》云:「圓謂之囷，方謂之京。」是囷、圓聲近義同。箭竹小而圓，故謂之䈽也。竹圓謂之䈽，故柱之圓如竹者，亦謂之䈽。故簿箸形圓亦謂之䈽。（2004:335，卷十上釋草）

　　按，䈽有多音，依「之言」義，當音《廣韻》渠殞切，羣母準韻上聲，古音在諄部。《說文》:「䈽，䈽簬也。从竹囷聲。一曰博棊也。」《說文解字注》:「䈽簬，二字一竹名，《吳都賦》之『射筒』也。劉逵曰:『細小通長，長丈餘無節，可以爲矢笴。』」《說文》:「圓，圜也，全也。」䈽指箭竹小而圓，䈽、圓同源，共同義素爲圓。

檹——殄 檹之言殄也。鄭注《周官·稻人》云:「殄，病也，絕也。」（1984:353，卷十上釋草）

　　按，檹，《說文》無此字。檹，有多音，依「之言」義，當音《廣韻》旨善切，章母獮韻上聲，古音在元部。《玉篇·木部》:「檹，木瘤也。」《廣韻·獮韻》:「檹，木瘤。」《說文》:「殄，盡也。」《爾雅·釋詁上》:「殄，盡也。」又引申爲病。《周官·地官·稻人》:「凡稼澤，夏以水殄草而芟夷之。」鄭玄注:「殄，病也。」檹之本義與殄之引申義義近，皆有枯死義。

物　月

劂——屈折 劂之言屈折也。《說文》:「剞劂，曲刀也。」刞與劂同。（1984:164，卷八上釋器）

　　按，《說文》:「剞，剞劂，曲刀也。」指刻鏤工具。屈，有多音，依「之言」義，當音《廣韻》區勿切，溪母物韻入聲，古音在物部。《說文》:「屈，無尾也。」引申爲曲。《玉篇》:「屈，曲也。」《易·繫辭下》:「尺蠖之屈，以求信也。」劂、屈同源，共同義素爲曲。

蛣蟩——詰屈　蛣蟩之言詰屈也。皆象其狀。孑孑猶蛣蟩耳。（1984：363，卷十下釋蟲）

按，《爾雅·釋蟲》：「蜎，蠉。」郭璞注：「井中小蛣蟩，赤蟲，一名孑孑。」《玉篇·虫部》：「蠉，井中蟲。」蛣蟩，聯綿詞，詰屈即蛣蟩之轉音。詰屈、蛣蟩爲同源詞。

魚　侯

釜——府　釜之言府也。卷三云：「府，聚也。」（1984：269，卷八上釋器）

按，《說文》：「鬴，鍑屬。从鬲甫聲。釜，鬴或从金父聲。」指古炊器。又指古量器。《左傳·昭公三年》：「齊舊四量，豆、區、釜、鍾。」杜預注：「四豆爲區，區斗六升，四區爲釜，釜六斗四升。」《說文》：「府，文書藏也。」《玉篇·广部》：「府，藏貨也。」釜、府同源，共同義素爲聚藏。

藥　錫

勺藥——適歷　勺藥之言適歷也。（1984：309，卷十上釋草）

按，勺藥，聯綿詞，勺藥即適歷之轉音，勺藥、適歷爲同源詞。

屋　鐸

薄——剝　薄之言剝也。馬融注剝卦云：「剝，落也。」鄭注云：「陰氣侵陽，上至於五，萬物零落，故謂之剝也。」《說文》云：「枼，木葉陊也，讀若薄。」亦聲近而義同。（1984：353，卷十上釋草）

按，薄，《說文》無此字。《廣雅·釋木》：「薄，落也。」《說文》：「剝，裂也。」引申爲削、脫落。《荀子·彊國》：「然不剝脫，不砥厲，則不可以斷繩。」楊倞注：「剝脫，謂刮去其生澀。」《廣雅·釋詁三》：「剝，落也。」《釋詁四》：「剝，脫也。」薄、剝同源，共同義素爲脫落。

術　月

怖——勃　怖之言勃然也。（1984：47卷二上釋詁）

按，《說文》：「怫，恨怒也。」《說文》：「勃，排也。」《說文解字注》：「排者，擠也。今俗語謂以力旋轉曰勃，當用此字。」《玉篇·力部》：「勃，卒也。」《廣雅·釋言》：「勃，懟也。」怫、勃同源，共同義素爲怒。

2.5　「對轉」音義關係考

魚　鐸

薄——傅　薄之言傅也，迫也。（1984：168，卷五下釋詁）

按，聲符爲訓釋字和被釋字共同部份。薄，今有多音，依本條例，當音《廣韻》傍各切，並母鐸韻入聲，古音在鐸部。《說文》：「薄，林薄也，一曰蠶薄，从艸溥聲。」《說文》：「溥，大也。从水專聲。」專爲薄的隱含聲符。《說文解字注》：「《吳都賦》：『傾藪薄。』劉注曰：『薄，不入之叢也。』案林木相迫不可入曰薄。」《楚辭·九章·涉江》：「腥臊並御，芳不得薄兮。」洪興祖補注：「薄，迫也，逼近之意。」傅，今有多音，依本條例，當音《廣韻》方遇切，非母遇韻去聲，古音在魚部。《說文》：「傅，相也。从人尃聲。」借義爲迫近。《詩·小雅·菀柳》：「有鳥高飛，亦傅於天。」鄭玄箋：「傅，至也。」薄的本義與傅的借義義近，都指「至、逼近」。《說文》：「尃，布也。从寸甫聲。」聲符與訓釋字和被釋字義遠，聲符僅示聲。

脯——輔　脯之言輔也，兩肩謂之脯，義亦同也。（1984：204，卷六下釋親）

按，聲符爲訓釋字和被釋字共同部份。脯，今有多音，依本條例，當音《廣韻》匹各切，滂母鐸韻入聲，古音在鐸部。《說文》：「脯，薄脯，脯之屋上。从肉尃聲。」《說文》：「尃，布也，从寸甫聲。」甫爲脯的隱含聲符。《釋名·釋飲食》：「脯，迫也，薄椓肉迫著物使燥也。」脯本義爲曬肉，引申爲脅。《周禮·天官·醢人》「豚拍」，鄭玄注引鄭司農云：「鄭大夫杜子春皆以拍爲脯，謂脅也，或曰豚拍肩也。」《說文》：「輔，人頰車也。从車甫聲。」輔本義指綁在車輪外用以夾轂的兩條直木，可增強車輪載重，引申爲面頰、輔助。脯之引申義與輔之引申義義近，皆指面頰。《說文》：「甫，男子美稱也。从用父，父亦聲。」甫與脯、輔義較遠。聲符僅示聲。

幽　沃

摵——造　《方言》：「摵，到也。」摵之言造也。造亦至也。造與摵古同聲。
（1984：7，卷一上釋詁）

　　按，摵，《說文》無此字。摵，今有多音，依「之言」義，當音《廣韻》所六切，生母屋韻入聲，古音在屋部。《說文新附》：「摵，捎也。从手戚聲。」《方言》卷十三：「摵，到也。」《廣雅·釋詁一》：「摵，至也。」造，今有多音，依「之言」義，當音《廣韻》七道切，清母号韻去聲，古音在幽部。《說文》：「造，就也。」《廣雅·釋言》：「造，詣也。」《小爾雅·廣詁一》：「造，適也。」摵之《方言》義與造之本義同源，共同義素爲到達。

脂　質

侄——緻　侄之言堅緻也。（1984：40卷一下釋詁）

　　按，侄，《說文》無此字。《玉篇·人部》：「侄，牢也，堅也。」《說文》：「緻，密也。从糸致聲。」侄、緻同源，共同義素爲密。《說文》：「致，送詣也，从夊至聲。」《說文》：「至，鳥飛从高下至地也。」聲符與侄、緻義遠，聲符僅示聲。

緲——切　緲之言切也，謂切撚之使緊也，亦通作切。（1984：107卷三下釋詁）

　　按，聲符爲訓釋字。緲，《說文》無此字。《廣雅·釋詁三》：「緲，索也。」緲指繩索。切，今有多音，依本條例，當音《廣韻》千結切，清母屑韻入聲，古音在質部。《說文》：「切，刌也。」《廣雅·釋詁一》：「切，斷也。」又《釋詁三》：「切，割也。」「切」由切斷引申爲摩擦。《淮南子·俶眞訓》：「可切循把握而有數量。」高誘注：「切，摩也。」王念孫《廣雅疏證》卷三下云：「緲之言切也，謂切撚之使緊也，亦通作切，《淮南子·氾論訓》：『糸炎麻索縷。』高誘注云：『索，切也。』」訓釋字和被釋字音近通假。

桎——密　桎之言比密也。（1984：210，卷七上釋宮）

　　按，《說文》：「桎，桎柏也。从木陛省聲。」指古代官署前阻擋行人的

障礙物。又指牢。《廣雅》：「桎，牢也。」《說文》：「密，山如堂者。從山宓聲。」《說文解字注》：「密，主謂山，假爲精密字而本義廢矣。」《爾雅·釋山》：「山如堂者，密。」郭璞注：「形如堂室者。」引申爲閉。《禮記·樂記》：「使之陽而不散，陰而不密。」鄭玄注：「密之言閉也。」桎之本義與密之引申義義近。

砥——縝密　砥之言縝密也。（1984：254，卷八上釋器）

按，《說文》：「厎，柔石也。從厂氐聲。砥，厎或從石。」《說文》：「密，山如堂者。」《說文解字注》：「密，主謂山，假爲精密字而本義廢矣。」引申爲周密、堅實。《管子·內業》：「凡道必周必密。」砥之本義與密之引申義義近，皆有堅實義。

支　錫

適——枝　適之言枝也，相枝梧也。（1984：158卷五下釋詁）

按，適，今有多音，依本條例，當音《廣韻》施枝切，審母昔韻入聲，古音在錫部。《說文》：「適，之也。」《方言》：「適，牾也。」郭璞注：「相觸牾也。」戴震《方言疏證》：「《說文》：『牾，逆也。』」《玉篇·午部》：「牾，相觸也，逆也。」枝，今有多音，依本條例，當音《廣韻》章移切，章母支韻平聲，古音在支部。《說文》：「枝，木別生枝條也。」《廣韻·支韻》：「枝，枝柯。」《易·繫辭下》：「中心疑者其辭枝。」孔穎達疏：「中心於事疑惑，則其心不定，其辭分散，若閒枝也。」方言義與枝之引申義義近，皆有分散、抵觸之義。

微　物

愄——喟　愄之言喟然也。（1984：195，卷六上釋訓）

按，愄，《說文》無此字。《廣雅·釋訓》：「愄怦，忼慨也。」《集韻·未韻》：「愄，一曰心不安皃也。」喟，今有多音，依本條例，當音《廣韻》丘愧切，溪母至韻去聲，古音在微部。《說文》：「喟，大息也。從口胃聲。嘳，喟或從貴。」愄、喟同源，共同義素爲歎息。

之　職

械──礙　桎之言窒，械之言礙，皆拘止之名也。（1984：216，卷七上釋宮）

按，《說文》：「械，桎梏也。从木戒聲。一曰器之總名。一曰持也。」礙，今有多音，依本條例，當音《廣韻》五漑切，疑母代韻去聲，古音在之部。《說文》：「礙，止也。」械、礙同源，共同義素爲限制。

綦──戒　綦之言戒也。（1984：235，卷七下釋器）

按，《說文·糸部》：「綥，帛蒼艾色。或从其。」《書·顧命》：「四人綦弁，執戈上刃。」孔穎達疏引鄭玄曰：「青黑曰綦。」借爲鞋帶。《廣雅·釋器》：「其紟謂之綦。」《儀禮·士喪禮》：「夏葛履，冬白屨，皆繶緇絇純，組綦繫于踵。」鄭玄注：「綦，屨係也，所以拘止屨也。」《說文》：「戒，警也。」《易·萃》：「君子以除戒器，戒不虞。」孔穎達疏：「修治戒器，以戒備不虞也。」綦之借義與戒之本義義近，皆有預防義。

侯　屋

轐──附　轐之言附著也。（1984：240，卷七下釋器）

按，《說文》：「轐，車伏兔也。」徐灝《說文解字注箋》：「蓋轐在輿底軫下，爲半規形，與軸相銜，狀似伏兔，又與屐齒相類，故因名焉，亦謂之鉤心。」王念孫《廣雅疏證》：「轐之言附著也。」蓋轐附著輿底下，與軸相銜，因以名焉。附，今有多音，依本條例，當音《廣韻》符遇切，奉母遇韻去聲，古音在侯部。《說文》：「附，附婁，小土山也。」《小爾雅·廣詁》：「附，因也。」《玉篇·阜部》：「附，著也。」附之引申義揭示轐之本義某部份特徵。

椇──（句）曲　椇之言句曲也。《明堂位》正義云：「枳椇之樹，其枝多曲橈。」故陸機《草木疏》云：「椇曲來巢，殷俎足似之也。」（1984：268，卷八上釋器）

按，椇，《說文》無此字。椇本指木名，即拐棗，也叫椇枳。果梗肥厚扭曲。後指盛放祭祀品的禮器。《廣雅》：「椇，俎，几也。」陳澔《禮記集說》：「椇者，俎之足間橫木，爲曲橈之形，如椇枳之樹枝也。」《說文》：「曲，象器曲受物之形。」椇、曲同源，共同義素爲曲。

宵　藥

校——較　校之言較也。《爾雅》云：「較，直也。」（1984：257，卷八上釋器）

　　按，聲符爲訓釋字和被釋字共同部份。校，《說文》無此字。較，今有多音，依本條例，當音《廣韻》古岳切，見母覺韻入聲，古音在藥部。《廣雅・釋器》：「校，槌也。」《集韻・爻韻》：「校，枑也。」《說文》：「較，車騎上曲銅也。从車爻聲。」《說文解字注》：「較之制，蓋漢與周異。周時較高於軾，高處正方有隅，故謂之較。較之言角也。至漢乃圓之如半月然。故許云車上曲鉤。曲鉤，言句中鉤也。圓之則亦謂之車耳。其飾，則崔豹云：『文官青耳，武官赤耳。』」指車廂兩旁板上的橫木，士大夫以上的乘車，較上飾有曲銅鉤。較即較字。《爾雅》：「較，直也。」郭璞注：「正直也。」校、較同源，共同義素爲直木。《說文》：「爻，交也。」聲符與訓釋字和被釋字無關，聲符僅示聲。

東　屋

匬——容　匬之言容也。（1984：223，卷七下釋器）

　　按，《說文》：「匬，匱也。」容，今有多音，依「之言」義，當爲《廣韻》餘封切，以母鍾韻平聲，古音在東部。《說文》：「容，盛也。」匬、容同源，共同義素爲盛。

櫝——容　櫝之言容也，義與匱匬同，亦通作匬。（1984：274，卷八上釋器）

　　《說文》：「櫝，匱也。从木賣聲。一曰木名。又曰大梡也。」又爲棺。《廣雅・釋器》：「櫝，棺也。」《廣韻・屋韻》：「櫝，函也，又曰小棺。」《漢書・成帝紀》：「其爲水所流壓死，不能自葬，令郡國給槥櫝葬埋。」顏師古注：「槥櫝謂小棺。」容，今有多音，依本條例，當音《廣韻》餘封切，以母鍾韻平聲，古音在東部。《說文》：「容，盛也。」櫝、容同源，共同義素爲盛。

元　月

戲——（薆）扞　戲之言薆扞也。《說文》：「戲，盾也。」（1984：266，卷八上釋器）

按，《說文》：「戲，盾也。」《方言》卷九：「盾，自關而東，或謂之戲，或謂之干，關西謂之盾。」扞，今有多音，依「之言」義，當爲《廣韻》侯旰切，匣母翰韻去聲，古音在元部。《說文》：「扞，忮也。」《漢書·刑法志》：「夫仁人在上，爲下所印，猶子弟之衛父兄，若手足之扞頭目，何可當也？」顏師古注：「扞，禦難也。」戲、扞同源，共同義素爲抵禦。

支　錫

鯷——糜　案鯷亦黏滑之稱，鯷之言糜。《釋詁》云：「糜，黏也。」（1984：366，卷十下釋魚）

按，聲符爲訓釋字和被釋字共同部份。《說文》：「鯷，大鮎也，从魚弟聲。」《戰國策·趙策二》：「黑齒雕題，鯷冠秫縫，大吳之國也。」鮑彪注：「鯷，大鮎，以其皮爲冠。」楊慎《異魚圖贊》卷一：「鮧魚偃額，兩目上陳，頭大尾小，身滑無鱗，或名曰鮎，粘滑是因。」糜，《說文》無此字。《玉篇·米部》：「糜，糜黏也。」鯷、糜同源，共同義素爲粘。《說文》：「是，直也。」聲符與訓釋字和被釋字無關，聲符僅示聲。

歌　元

拌——播　拌之言播棄也。（1984：13 卷一上釋詁）

按，拌，《說文》無此字。拌有多音，依本條例，當音《廣韻》普官切，滂母桓韻平聲，元部。《方言》卷十：「楚人凡揮棄物，謂之拌。」《廣雅·釋詁一》：「拌，棄也。」播，有多音，依本條例，當音《廣韻》補過切，幫母過韻去聲，古韻在歌部。《說文》：「播，種也。一曰布也。」本義爲播種，引申爲捨棄。《書·多方》：「爾乃屑播天命。」孔傳：「是汝乃盡播棄天命。」拌之《方言》義與播之引申義義近。

尬——頗　尬之言偏頗也。（1984：80 卷三上釋詁）

按，聲符爲訓釋字和被釋字共同部份。《說文·尢部》：「尬，蹇也。从尢皮聲。」《玉篇·尢部》：「尬，今爲跛。」頗，今有多音，依本條例，當音《廣韻》滂禾切，滂母戈韻平聲，古音在歌部。《說文》：「頗，頭偏

也。从頁皮聲。」《玉篇・頁部》:「頗,不平也。」旇、頗同源,共同義素爲偏。《說文》:「皮,剝取獸革者謂之皮。」聲符與訓釋字和被釋字詞義無關,聲符僅示聲。

之 蒸

臺──等　臺之言相等也。(1984:23 卷一上釋詁)

《說文》:「臺,觀,四方而高者。」《方言》卷二:「臺,敵,匹也。東齊海岱之間曰臺,自關而西秦晉之間物力同者謂之臺敵。」《廣雅》:「臺,輩也。」《說文》:「等,齊簡也。」引申爲等齊。《說文解字注・竹部》:「凡物齊之,則高下歷歷可見,故曰等級。」《廣雅・釋詁四》:「等,齊也。」《廣雅・釋詁一》:「等,輩也。」臺之《方言》義與等之引申義義近,皆有等齊義。

微 文

頓──委　頓之言委頓也。(1984:117 卷四上釋詁)

按,頓,今有多音,依本條例,當音《廣韻》都困切,端母慁韻去聲,古音在諄部。《說文》:「頓,下首也。」委,今有多音,依本條例,當音《廣韻》於詭切,影母紙韻上聲,古音在微部。《說文》:「委,委隨也。」頓、委同源,共同義素爲下垂。

糞──肥　糞之言肥饒也。(1984:129 卷四下釋詁)

按,《說文》:「糞,棄除也。」爲動詞。《說文解字注》:「古謂除穢曰糞,今人直謂穢曰糞,此古義今義之別也。」引申肥饒,爲形容詞。《廣雅・釋詁四》:「糞,饒也。」肥,今有多音,依「之言」義,當音《廣韻》符非切,奉母微韻平聲,古音在微部。《說文》:「肥,多肉也。」引申爲肥沃。《廣雅・釋詁二》:「肥,盛也。」《荀子・富國篇》:「掩地表畝,刺屮殖穀,多糞肥田,是農夫眾庶之事也。」糞之引申義與肥之引申義義近,皆有肥沃義。

幓——圍　案幓之言圍也，圍繞要下也，故又謂之繞領。（1984：231，卷七下釋器）

按，《說文》：「幓，下裳也。」《方言》卷四：「幓，陳魏之間謂之帔，自關而東或謂之襬。」又「繞衿謂之幓。」《說文》：「圍，守也。」《玉篇·口部》：「圍，繞也。」幓、圍同源，共同義素為圍繞。

墳——賁賁　墳之言賁賁然也。（1984：297，卷九上釋地）

按，聲符為訓釋字。墳，今有多音，依本條例，當音《廣韻》符分切，奉母文韻平聲，古音在諄部。《說文》：「墳，墓也。从土賁聲。」《說文解字注》：「此渾言之也。析言之則墓為平處，墳為高處。」《方言》卷一：「墳，地大也，青幽之間，凡土而高大者謂之墳。」賁，今有多音，依本條例，當音《廣韻》符分切，奉母文韻平聲，古音在諄部。《說文》：「賁，飾也。」《玉篇·貝部》：「賁，飾也。」《集韻·文韻》：「賁，大也。」賁通作墳。《穀梁傳·僖公十年》：「覆酒於地而地賁。」范寧注：「賁，沸起也。」墳本義為墓，引申為高大，賁本義為飾，借義為大。墳之引申義與賁之借義義近通假。

2.6　旁對轉

宵　鐸

疕——秭　疕之言秭也。（1984：15 卷一上釋詁）

按，《說文》：「疕，瑕也。从广匕聲。」《說文解字注》：「疕之言疵也。」《廣雅·釋詁一》：「疕，病也。」《說文》：「秭，五稯為秭。从禾朿聲。一曰數億至萬曰秭。」《廣雅·釋詁一》：「秭，積也。」疕、秭義遠，僅音近。《說文》：「朿，止也，从宋盛而一橫止之也。」聲符與訓釋字和被釋字無關，聲符僅示聲。

魚　物

朏——詘　朏之言詘也，其體詘曲也。（1984：205，卷六下釋親）

按，聲符為訓釋字和被釋字共同部份。朏，今有多音，依本條例，當

音《廣韻》苦骨切，溪母沒韻入聲，古音在術部。《說文》：「朏，月未盛之明。从月出。《周書》曰：『丙午朏。』」又《廣韻》苦骨切。《玉篇·肉部》：「朏，臀也。」《集韻·沒韻》：「朏，髖也。」《廣雅·釋親》：「朏，曲腳也。」《玉篇·肉部》：「朏，胅朏也。」《集韻·沒韻》：「朏，一曰䐔朏，曲腳也，一曰胅也。」詘，今有多音，依本條例，當音《廣韻》區勿切，溪母物韻入聲，古音在術部。《說文》：「詘，詰詘也。一曰屈襞。从言出聲。誳，詘或从屈。」朏之借義與詘之本義義近，皆指彎曲。

支　元

辯——俾　辯之言俾也。俾亦使也。《書序》：「王俾榮伯作賄，肅慎之命。」馬融本俾作辯，是辯俾同聲同義。（1984：39卷一下釋詁）

　　按，辯，今有多音，依本條例，當音《廣韻》符蹇切，並母獮韻上聲，古音在元部。《說文》：「辯，治也。从言在辡之間。」借義為「使」。《廣雅·釋詁一》：「辯，使也。」俾，今有多音，依本條例，當音《廣韻》并弭切，幫母紙韻上聲，古音在支部。《說文》：「俾，益也。从人卑聲。一曰俾，門侍人。」借義為「使」。《爾雅·釋詁下》：「俾，使也。」《詩·大雅·民勞》：「式遏寇虐，無俾民憂。」毛傳：「俾，使也。」辯、俾借義義近。

沙——斯白　案沙之言斯白也。《詩·小雅·瓠葉》箋云：「斯，白也。」今俗語斯、白字作鮮，齊魯之間聲近斯，斯沙古音相近，實與根皆白，故謂之白參。（1984：321，卷十上釋草）

　　按，沙，今有多音，依本條例，當音《廣韻》所加切，生母麻韻平聲，古音在歌部。《說文》：「沙，水散石也。」《周禮·天官·內饔》：「鳥皫色而沙鳴，貍。」鄭玄注：「沙，嘶也。」《禮記·內則》：「鳥皫色而沙鳴，鬱。」鄭玄注：「沙猶嘶也。」《集韻·禡韻》：「沙，聲嘶也。」《字彙·水部》：「沙，嘶也，聲破曰嘶。」斯，今有多音，依本條例，當音《廣韻》息移切，心母支韻平聲，古音在支部。《說文》：「斯，析也。」《詩·小雅·瓠葉》：「有兔斯首，炮之燔之。」鄭玄箋：「斯，白也。今俗語斯白之字作鮮，齊魯之間聲近斯。」王念孫《廣雅疏證》認為「斯訓為沙猶嘶之為

沙矣」。按《易・旅》：「斯其所。」焦循章句：「斯同澌，竭也。」斯可通澌，澌又通作嘶。章太炎《新方言・釋形體》：「澌即嘶字。《漢書・王莽傳》：『大聲而嘶。』釋詁曰：『嘶，聲破也。』今通謂聲破爲『沙喉嚨』。」沙、斯義遠，音近。

之　覺

罯──覆　罯之言覆也。（1984：224，卷七下釋器）

按，《說文》：「罯，兔罟也。」《集韻・虞韻》：「罜，《爾雅》：『覆車也。』今曰翻車。或从否。」《說文》：「覆，覂也，一曰蓋也。」罯、覆同源，共同義素爲蓋。

籔──縮　《玉篇》：「籔，或作籓、籔。」《方言》又作縮。縮、籓、籔、籔四字，古聲竝相近。籔之言縮也。（1984：222，卷七下釋器）

按，《方言》卷五：「炊籔，或謂之籔。」戴震《方言疏證》：「案《廣雅・釋器》『笢臣，籔也』本此。笢即籔之正體。」《說文》：「籔，漉米籔也。」《急就篇》第三章：「籔篅筥箅籔筭籌。」顏師古注：「籔，炊之漉米箕也。」《說文》：「縮，亂也，从糸宿聲，一曰蹴也。」《方言》卷五：「炊籔謂之縮。」郭璞注：「縮，漉米籔也。」籔、縮同源，共同義素爲漉米器。

之　元

轅──連　轅之言縣連也。（1984：240，卷七下釋器）

按，《說文》：「轅，車伏兔下革也。从車䜌聲。」《說文解字注》：「謂以鞉固之於軸上也。鞉者，生革可以爲縷束也。」連，有多音，依本條例，當音《廣韻》力延切，來母仙韻平聲，古韻在元部。本義爲人拉車，引申爲聯合、連續。《說文》：「連，員連也。从辵从車。」《說文解字注》：「即古文輦也。」《廣雅・釋詁二》：「連，續也。」連之引申義「連續」揭示轅之本義部份特徵。

葉 月

緤——曳 緤之言曳。（1984：242，卷七下釋器）

按，緤，今有多音，依「之言」義，當音《廣韻》私列切，心母薛韻入聲，古音在月部。《說文・糸部》：「紲，系也。《春秋傳》曰：『臣負羈紲。』緤，紲或从枼。」《禮記・少儀》：「犬則執緤。」鄭玄注：「緤，所以繫制之者。」孔穎達疏：「緤，牽犬繩也。」《楚辭・離騷》：「朝吾將濟於白水兮，登閬風而緤馬。」王逸注：「緤，繫也。」《說文》：「曳，臾曳也。」《說文解字注》：「臾曳，雙聲，猶牽引也。引之則長，故衣長曰曳地。」《玉篇・曰部》：「曳，申也，牽也，引也。」緤、曳同源，共同義素爲牽制。

物 錫

骨——覈 骨之言覈也。《說文》：「骨，肉之覈也。」（1984：244，卷八上釋器）

按，《說文》：「骨，肉之覈也。」《說文解字注》：「覈，實也，肉中骨曰覈。」《說文》：「覈，實也。考事而笮，邀遮其辭，得實而覈。」《文選・班固〈典引〉》：「肴覈仁誼之林藪。」李善注引蔡邕注：「肴覈，食也。肉曰肴，骨曰覈。」骨、覈同源，共同義素爲實。

沃 月

糘——末 糘之言末也。（1984：247 卷八上釋器）

按，《說文・𪎭部》：「𪎭，涼州謂鬻爲𪎭。从𪎭，糘聲。糘，𪎭或省从末。」《爾雅・釋言》：「𪎭，糜也。」桂馥《札樸・鄉里舊聞・麩糊》：「沂州南境，以大豆大麥細屑爲𪎭，謂之麩糊。」《說文》：「末，木上曰末。从木，一在其上。」徐灝《說文解字注箋》：「木梢曰末，故於木上作畫，指事。」糘、末同源，共同爲碎屑。聲符示源示聲。

幽 諄

醇——純 醇之言純也。（1984：248，卷八上釋器）

按，醇，今有多音，依本條例，當音《廣韻》常倫切，禪母諄韻平

聲，古音在諄部。《說文》:「酎，三重醇酒也。」《說文解字注》:「《廣韻》作『三重釀酒』，當从之。謂用酒爲水釀之，是再重之酒也。次又用再重之酒爲水釀之，是三重之酒也。」《漢書・景帝紀》:「高廟酎，奏《武德》《文始》《五行》之舞。」顏師古注:「張晏曰:『正月旦作酒，八月成，名曰酎。酎之言純也。至五帝時，因八月嘗酎會諸侯廟中，出金助祭，所謂酎金也。』師古曰:『酎，三重釀，醇酒也，味厚，故以薦宗廟。』」《說文》:「純，絲也。」引申爲純粹。《淮南子・原道》:「純德獨存。」高誘注:「純，不雜糅也。」酎之本義與純之引申義義近，皆有純粹義。

文　耕

澱——定　澱之言定也，其滓定在下也。（1984:250卷八上釋器）

按，《說文》:「澱，滓滋也。」《爾雅・釋器》:「澱謂之垽。」郭璞注:「滓澱也。今江東呼垽。」郝懿行《爾雅義疏》:「澱，今之滓泥是也。」《說文》:「定，安也。」《爾雅・釋詁下》:「定，止也。」沉澱則安定。澱、定同源，共同義素爲安定。

歌　屋

劶——（阿）曲　劶之言阿曲。（1984:264，卷八上釋器）

按，《說文》:「劶，劶剭，曲刀也。」曲，今有多音，依本條例，當音《廣韻》丘玉切，溪母燭韻入聲，古音在屋部。《說文》:「曲，象器曲受物之形。或說，曲，蠶薄也。」劶、曲同源，共同義素爲曲。

脂　文

霵——啍啍　霵之言啍啍然也。《廣韻》云:「霵，雷也，出《韓詩》。」（1984:283，卷九上釋天）

按，霵，《說文》無此字。《廣雅・釋天》:「霵，雷也。」《廣韻・脂韻》:「霵，雷也，出《韓詩》。」《玉篇》:「霵，隱也。」《說文》:「啍，口气也。从口享聲。《詩》曰:『大車啍啍。』」啍，今有多音，按「之言」義，當音《廣韻》徒渾切或《集韻》他昆切，定母魂韻平聲，古音在諄部。

《說文解字注》：「《王風》毛云：『啴啴，重遲之貌。』按，啴言口氣之緩，故引申以爲重遲之皃。」啴之引申義與鼉本義義近。

文　月

茇——本　茇之言本也。本、茇聲義相近。（1984：336，卷十上釋草）

　　按，茇，今有多音，依「之言」例，當音《廣韻》蒲撥切，並母末韻入聲，古音在月部。《說文》：「茇，艸根也。从艸犮聲。春艸根枯引之而發土爲拔，故謂之茇。一曰艸之白華爲茇。」《方言》卷三：「茇，根也。東齊或曰茇。」本，有多音，依「之言」例，當音《廣韻》布忖切，幫母混韻上聲，古音在諄部。《說文》：「本，木下曰本。从木，一在其下。」茇、本同源，共同義素爲根。

屋　盍

蜎——曲　蜎之言曲也。（1984：363，卷十下釋蟲）

　　按，蜎，有多音，依本條例，當音《集韻》丘六切，溪母屋韻入聲，古音在沃部。《說文》：「蜎蠅，詹諸。」《集韻‧屋韻》：「蜎，蟲名，《廣雅》：『蛈蠆也。』」《廣雅‧釋蟲》：「蚯蚓，蜿蟺，引無也。」曲，有多音，依「之言」義，當音《廣韻》丘玉切，溪母燭韻入聲，古音在屋部。《說文》：「曲，象器曲受物之形。」蜎、曲同源，共同義素爲彎曲。

魚　屋

輴——（附）著　輴之言附著也。（1984：240，卷七下釋器）

　　按，《說文》：「輴，車伏兔也。」徐灝《說文解字注箋》：「蓋輴在輿底軫下，爲半規形，與軸相銜，狀似伏兔，又與屐齒相類，故因名焉，亦謂之鉤心。」王念孫《廣雅疏證》：「輴之言附著也。」蓋輴附著輿底下，與軸相銜，因以名焉。著，《說文》無此字。著，今有多音，依「之言」義，當音《廣韻》張略切，知母藥韻入聲，或直略切，古音在鐸部。慧琳《一切經音義》卷十二引《桂苑珠叢》：「著，附也。」《字彙‧艸部》：「著，麗也，黏也。」《國語‧晉語四》：「今戾久矣，戾久將底，底著滯淫，誰

能興之？」韋昭注：「著，附也。」襮、著同源，共同義素爲附著。

月　錫

晰——（明）哲　晰之言明哲也。（1984：112 卷四上釋詁）

　　按，晰，《說文》無此字。《後漢書·張衡傳》：「死生錯而不齊兮，雖司命其不晰。」李賢注：「晰，明也。」《集韻·錫韻》：「晰，明也。」《說文》：「哲，知也。」《爾雅·釋言》：「哲，智也。」邢昺疏引舍人注：「哲，大哲也。」晰、哲同源，共同義素爲明智。

3、「聲近義同」音義關係考

伴──般 《說文》：「伴，大貌。」伴與般亦聲近義同。凡人憂則氣斂，樂則氣舒，故樂謂之般，亦謂之凱，亦謂之般，義相因也。（1984：5，卷一上釋詁）

按，伴，今有多音，依本條例，當音《廣韻》蒲旱切，並母緩韻上聲，古音在元部。《說文》：「伴，大兒。从人半聲。」《玉篇・人部》：「伴，侶也。」般，今有多音，依本條例，當音《廣韻》薄官切，並母桓韻平聲，古音在元部。《說文》：「般，辟也。象舟之旋。从舟从殳。殳，所以旋也。」《方言》卷一：「般，大也。」伴之本義與般之《方言》義同源，共同義素爲大。

廢──奰 廢與奰亦聲近義同。（1984：5，卷一上釋詁）

按，《說文》：「廢，屋頓也。从广發聲。」借義爲大。《爾雅・釋詁上》：「廢，大也。」《說文》：「奰，大也。从大弗聲。讀若『予違汝弼。』」錢大昕《十駕齋養新錄・奰》：「經典不見奰字。《詩》：『佛時仔肩。』毛傳：『佛，大也。』佛、奰古今字。」奰，《玉篇》作奰。奰、奰當爲異體字關係。廢之借義與奰之本義義近，皆有大義。

祜──胡 《賈子・容經篇》云：「祜，大福也。」祜與胡亦聲近義同。（1984：5，卷一上釋詁）

按，《說文》：「祜，上諱。」徐鉉等認爲，「此漢安帝名也。福也。當從示，古聲。」《爾雅・釋詁下》：「祜，福也。」又「祜，厚也。」邢昺疏：「祜者，福厚也。」《說文》：「胡，牛頷垂也。从肉古聲。」借義爲大。《逸周書・謚法》：「胡，大也。」祜之本義與胡之借義義近。《說文》：「古，故也。」聲符本義與祜、胡義遠。

俺──奄　俺與奄亦聲近義同。大則無所不覆，無所不有，故大謂之憮，亦謂之奄；覆謂之奄，亦謂之憮；有謂之憮，亦謂之撫，亦謂之奄；矜憐謂之撫掩，義並相因也。（1984：5，卷一上釋詁）

按，俺，今有多音，依本條例，當音《廣韻》於驗切，影母艷韻去聲，古音在談部，義爲大。《說文》：「俺，大也。从人奄聲。」《說文解字注》：「與奄義略同，奄，大有餘也，其音當亦同。」徐鍇《說文繫傳》：「《詩》『俺有龜蒙』，是大有之也。」奄，今有多音，依本條例，當音《廣韻》衣儉切，影母琰韻上聲，古音在談部。《說文》：「奄，覆也，大有餘也。又欠也，从大从申，申，展也。」俺、奄同源，共同義素爲大。

柔──㹱　《大雅・烝民篇》：「柔嘉維則。」柔與㹱亦聲近義同。（1984：8，卷一上釋詁）

按，《說文》：「柔，木曲直也。从木矛聲。」《說文解字注》：「凡木曲者可直，直者可曲曰柔……柔之引伸，爲凡㹱弱之偁。」《說文》：「㹱，牛柔謹也。从牛夒聲。」《廣韻・宵韻》：「㹱，牛馴伏。」王念孫《廣雅疏證》卷一：「故《史記・夏紀》『㹱而毅』，《集解》引徐廣音義云『㹱，一作柔。』」柔、㹱同源，共同義素爲柔，且二者屬異文關係。

〔厲〕──〔浮〕　厲之言浮也……厲與浮聲近義同。（1984：10 卷一上釋詁）

按，此條見「厲之言浮也」條。

儐──賓　賓者，《楚辭・天問》：「啓棘賓商。」王逸注云：「賓，列也。」《小雅・常棣篇》：「儐爾籩豆。」毛傳云：「陳也。」儐與賓聲近義同。（1984：13 卷一上釋詁）

按，《說文》：「儐，導也。从人賓聲。擯，儐或从手。」借義爲陳列。

《詩・小雅・常棣》：「儐爾籩豆，飲酒之飫。」毛傳：「儐，陳。」《說文》：「賓，所敬也。从貝丏聲。」《玉篇・貝部》：「賓，客也。」借義爲陳列。《楚辭・天問》：「啓棘賓商。」王逸注：「賓，列也。」儐之借義與賓之借義義近，皆義爲陳列。二者又爲假借關係。《說文通訓定聲・貝部》認爲賓，假借爲儐。

乏──覂 《莊子・天地篇》：「子往矣，無乏吾事。」《釋文》云：「乏，廢也。」乏與覂亦聲近義同。（1984：13 卷一上釋詁）

按，《說文》：「乏，《春秋傳》曰：『反正爲乏。』」借義爲荒廢。《莊子・天地》：「子往矣，無乏吾事。」陸德明釋文：「乏，廢也。」《說文》：「覂，反覆也。从丙乏聲。」覂，今有多音，依本條例，當音《集韻》補范切，幫母范韻上聲，古音在侵部。由本義借義爲棄。《廣雅》：「覂，棄也。」乏之借義與覂之借義義近，皆有「廢棄」義。朱駿聲《說文通訓定聲・謙部》認爲乏可假借爲覂。可知二者義近假借。

䂥──捪 捪者，《說文》：「捪，撮取也，或作捪。」又云：「䂥，上摘山巖空青珊瑚墮之。」《周禮》有䂥蔟氏，䂥與捪聲近義同。（1984：18 卷一上釋詁）

按，《說文・石部》：「䂥，上摘巖空青、珊瑚墮之。从石折聲。」《文選・左思〈吳都賦〉》：「精曜潛穎，䂥珕山谷。」李周翰注：「䂥，摘也。」《說文・手部》：「捪，撮取也。从手帶聲。讀若《詩》『蟊蜮在東。』捪，捪或从折从示，兩手急持人也。」䂥、捪同源，共同義素爲摘取。

慘──瘮 《爾雅》：「慘，憂也。」慘與瘮聲近義同。（1984：20 卷一上釋詁）

按，《說文》：「慘，毒也。从心參聲。」引申爲憂愁。《爾雅・釋詁下》：「慘，憂也。」瘮，《說文》無此字。《方言》卷一：「瘮，憂也。宋衛或謂之慎，或曰瘮。」郭璞注：「瘮者，憂而不動也。」慘之引申義與瘮之《方言》義義近，皆有憂義。

懠──濟 （《廣雅》）卷四云：「懠，愁也。」懠與濟聲近義同。（1984：20 卷一上釋詁）

按，懠，今有多音，依本條例，當音《集韻》才詣切，從母霽韻去

聲，古音在脂部。憏，《說文》無此字。《玉篇・心部》：「憏，怒也，疾也。」《廣雅・釋詁四》：「憏，愁也。」《說文》：「濟，水。出常山房子贊皇山，東入泜。從水齊聲。」借義爲憂。《廣雅・釋詁一》：「濟，憂也。」《方言》卷一：「濟，憂也。陳楚或曰湇，或曰濟。」憏之本義與濟之借義義近，皆指憂。《說文》：「齊，禾麥吐穗上平也。」共同聲符與憂義義遠。

堵──屠　屠者，《逸周書・周祝解》：「國孤國屠。」孔晁注云：「屠，謂爲人所分裂也。」《管子・版法解》：「則必有崩阤堵壞之心。」堵與屠聲近義同。（1984：20卷一上釋詁）

　　按，《說文・土部》：「堵，垣也。五版爲一堵。從土者聲。」《說文・尸部》：「屠，刳也。從尸者聲。」引申爲分裂。《楚辭・天問》：「何勤子屠母，而死分竟地？」王逸注：「屠，裂剝也。」《廣韻・模韻》：「屠，裂也。」堵，沒有訓「裂」義者，屠、堵義遠。

弛──阤　阤與陁一字也。《方言》：「阤、壞也。」《周語》：「聚不阤崩。」《後漢書・蔡邕傳》注引賈逵注云：「小崩曰阤。」《說文》：「阤，小崩也。」《淮南子・繆稱訓》云：「岸崝者必陀。」劉昌宗《考工記音》讀阤爲陀。阤、陁、陀三字竝通。《魯語》：「文公欲弛孟文子之宅。」韋昭注云：「弛，毀也。」弛與阤亦聲近義同。（1984：20卷一上釋詁）

　　按，《說文》：「弛，弓解也。從弓從也。」引申爲廢弛，毀壞。《國語・魯語上》：「文公欲弛孟文子之宅。」韋昭注：「弛，毀也。」阤，今有多音，依本條例，當音《廣韻》池爾切，澄母紙韻上聲，古音在歌部。《說文》：「阤，小崩也。從𨸏也聲。」《國語・周語下》：「是故聚不阤崩，而物有所歸。」韋昭注：「大曰崩，小曰阤。」《玉篇・𨸏部》：「阤，毀也。」弛之引申義與阤之本義義近，皆有毀壞義。

挃──捯　《玉篇》：「捯，挃也。」挃、捯亦聲近義同。（1984：21卷一上釋詁）

　　按，《說文・手部》：「挃，穫禾聲也。從手至聲。《詩》曰：穫之挃挃。」借義爲刺。《廣雅・釋詁一》：「挃，刺也。」《說文》：「捯，刺也。從手致聲。一曰刺之財至也。」捯之本義與挃之借義義近。朱駿聲《說

文通訓定聲》：「揫、捚，一字也。」二者義近可通。

釗——刉　釗與刉聲近義同。（1984：21 卷一上釋詁）

　　按，《說文》：「釗，刓也。从刀从金。周康王名。」《玉篇·金部》：「釗，剽也。」義爲磨削。刉，《說文》無此字。《玉篇·刀部》：「刉，斷取也。」釗、刉同源，共同義素爲削。共同形符與共同義素有關。

鋌——逞　《文》十七年《左傳》：「鋌而走險，急何能擇。」杜預注云：「鋌，疾走貌。」鋌與逞亦聲近義同。（1984：21 卷一上釋詁）

　　按，鋌，有多音，依本條例，當音《集韻》他頂切，透母迥韻上聲，古音在耕部。《說文》：「鋌，銅鐵樸也。从金廷聲。」借義爲疾走。《左傳·文公十七年》：「鋌而走險，急何能擇！」杜預注：「鋌，疾走貌。」逞，今有多音，依本條例，當音《廣韻》丑郢切，徹母靜韻去聲，古音在耕部。《說文》：「逞，通也，从辵呈聲，楚謂疾行爲逞。《春秋傳》曰：『何所不逞欲。』」鋌之借義與逞之方言義義近，皆有疾走義。

均——徇　《商子·弱民篇》：「齊疾而均速。」均與徇亦聲近義同。（1984：22 卷一上釋詁）

　　按，均，今有多音，依本條例，當音《廣韻》居勻切，見母諄韻平聲，古音在諄部。《說文》：「均，平，徧也，从土从勻，勻亦聲。」《玉篇·土部》：「均，平也。」徇，今有多音，依本條例，當音《廣韻》辭閏切，邪母稕韻去聲，古音在眞部。《說文》：「徇，疾也。从人旬聲。」均、徇義無關。王念孫《廣雅疏證》卷一：「《商子·弱民篇》：『齊疾而均速。』均與徇亦聲近義同。」均有平均義，當與齊義近，王念孫所訓，當受「齊」義類化有關。

駙——拊　《說文》：「駙，疾也。」駙與拊亦聲近義同。（1984：22 卷一上釋詁）

　　按，《說文》：「駙，副馬也，从馬付聲。一曰近也，一曰疾也。」拊，今有多音，依本條例，當音《廣韻》芳武切，敷母麌韻上聲，古音在侯部。《說文》：「拊，揗也。从手付聲。」《方言》卷十二：「拊，疾也。」郭璞注：「謂急疾也。」駙之本義與拊之《方言》義同源，共同義素爲疾。

卉──飍　卉與飍亦聲近義同。（1984：22 卷一上釋詁）

　　按，《說文》：「卉，艸之總名也。从艸屮。」引申爲眾多、蓬勃。《文選·司馬相如〈上林賦〉》：「鄉風而聽，隨流而化，卉然興道而遷義。」李善注引郭璞曰：「卉猶勃也。」呂向注：「皆勃然興道義也。」《說文》：「飍，疾風也。从風从忽，忽亦聲。」《玉篇·風部》：「飍，疾風皃。」王念孫《廣雅疏證》卷一上云：「《漢書·禮樂志》：『卉汨臚。』顏師古注云：『卉汨，疾意也。』」《說文》：「汨，治水也。」《方言》卷六：「汨，疾行也。」郭璞注：「汨汨，急貌也。」「卉」可能受「汨」義類化進而有疾義。卉之引申義與飍之本義義近，皆有疾義。

決──赹　《莊子·逍遙遊篇》：「我決起而飛。」李頤注云：「決，疾貌。」決與赹亦聲近義同。（1984：22 卷一上釋詁）

　　按，《說文》：「決，行流也。从水夬聲。廬江有決水，出於大別山。」決，今有多音，依本條例，當音《廣韻》呼決切，曉母屑韻去聲，古音在月部。借義爲疾。《莊子·逍遙遊》：「我決起而飛，槍榆枋。」陸德明釋文：「李頤云：疾貌。」赹，今有多音，依本條例，當音《廣韻》古穴切，見母屑韻入聲，古音在月部。《說文》：「赹，踶也。从走決省聲。」段玉裁本作「夬聲」，徐灝《說文解字注箋》：「《說文》玦抉契鈌等篆皆从夬聲。」由「踶」引申爲急速。《廣雅·釋詁一》：「赹，疾也。」《廣韻·屑韻》：「赹，馬疾行也。」決之借義與赹之引申義義近，皆有疾義。

簪──鬵　簪、鬵聲近義同，古或通用也。（1984：22 卷一上釋詁）

　　按，《說文》：「兂，首笄也。从人匕，象簪形。簪，俗兂。从竹从朁。」簪，今有多音，依本條例，當音《集韻》子感切，精母感韻上聲，古音在侵部。借義爲急速。《易·豫》：「由豫，大有得，勿疑，朋盍簪。」王弼注：「簪，疾也。」朱駿聲《說文通訓定聲·臨部》：「兂簪假借爲寁。」《說文·宀部》：「寁，居之速也。」王筠《說文釋例》：「夫居之安，乃是物惰，居之速豈是物惰哉？故知寁字之意，重速不重居也，與疌同意同音。」《說文·鬲部》：「鬵，大釜也。一曰鼎大上小下若甑曰鬵。」借義爲疾。《廣雅·釋詁一》：「鬵，疾也。」朱駿聲《說文通訓定聲·鬲部》

認爲鷟假借爲疌。《說文》：「疌，疾也。」簪之借義與鷟之借義義近，皆有疾義。簪、疌假借，鷟、疌假借，疌、疌義近，皆有疾義，故簪、鷟義近。

憯——鷟 《墨子・明鬼篇》云：「鬼神之誅若此之憯遫也。」憯與鷟亦聲近義同。（1984：22 卷一上釋詁）

按，《說文》：「憯，痛也。从心朁聲。」借義爲急疾。《墨子・明鬼下》：「凡殺不辜者，其得不祥。鬼神之誅，若此之憯遫也。」孫詒讓《墨子閒詁》：「憯、速義同。」憯與摺通。鷟字訓釋見上條。憯之借義與鷟之借義義近，皆有急疾義。

亶——誕 李善注引薛君《韓詩章句》云：「誕，信也。」《爾雅》：「亶，信也。」亶與誕聲近義同。（1984：24 卷一上釋詁）

按，亶，今有多音，依本條例，當音《廣韻》多旱切，端母旱韻上聲，古音在元部。《說文》：「亶，多穀也。从㐭旦聲。」引申爲厚實。《爾雅・釋詁下》：「亶，厚也。」《爾雅・釋詁上》：「亶，信也。」邢昺疏：「皆謂誠實不欺也。」《書・盤庚中》：「誕告用亶其有眾。」孔傳：「大告用誠於眾。」陸德明釋文：「亶，誠也。」《說文》：「誕，詞誕也。从言延聲。」義爲虛妄之言。反訓爲誠。《廣雅・釋詁》：「誕，信也。」亶之引申義與誕之反訓義義近，皆有誠實義。

覶——嫡 變者，《邶風・泉水篇》：「變彼諸姬。」毛《傳》云：「變，好貌。」《齊風・甫田篇》：「婉兮變兮。」《傳》云：「婉變，少好貌。」《說文》作嫡，同。又云：「覶，好視也。」覶與嫡亦聲近義同。（1984：25 卷一上釋詁）

按，覶，今有多音，依本條例，當音《集韻》盧戈切，來母戈韻平聲，古音在歌部。義爲好視。《說文・見部》：「覶，好視也。从見䜌聲。」《說文解字注》：「《女部》曰：『嫡，順也。』覶與嫡義近。」嫡，今有多音，依本條例，當音《廣韻》力兗切，來母獮韻上聲，古音在元部。義爲順從。《說文・女部》：「嫡，順也。从女䜌聲。《詩》曰：『婉兮嫡兮。』」《廣韻・獮韻》：「嫡，從也。」覶、嫡同源，共同義素爲好。《說文》：「䜌，治也。幺子相亂，受治之也。讀若亂同，一曰理也。」共同義素與共同聲符義遠。

祖——珇　祖者，《說文》：「祖，事好也。」祖與珇聲近義同。（1984：26 卷一下釋詁）

　　按，珇，今有多音，依本條例，當音《廣韻》則古切，精母姥韻上聲，古音在魚部。《說文》：「珇，琮玉之瑑。」《方言》卷十三：「珇，美也。」《廣韻·姥韻》：「珇，美好。」祖，今有多音，依本條例，當音《廣韻》慈呂切，从母語韻上聲，古音在魚部。《說文》：「祖，事好也。从衣且聲。」珇之《方言》義與祖之本義同源，共同義素爲美好。《說文》：「且，薦也。」共同義素與共同聲符無關。

遒——婤　《文選·答賓戲》注引應劭注云：「遒，好也。」遒與婤亦聲近義同。（1984：26 卷一下釋詁）

　　按，遒，今有多音，依本條例，當音《廣韻》自秋切，从母尤韻平聲，古音在幽部。《說文》：「遒，迫也。从辵酉聲。遒，遒或从酋。」借義爲好。《文選·班固〈答賓戲〉》：「〈說難〉既遒，其身乃囚。」李善注引應劭曰：「遒，好也。」婤即敵字。《說文》：「敵，醜也。一曰老嫗也。从女酋聲。」反訓爲美好。《正字通·女部》：「敵，《六書統》：嫋也。」《說文》：「嫋，直好皃，一曰嬈也。从女翟聲。」遒之借義與婤之反訓義義近，皆有美好義。

挺——逞　挺與逞亦聲近義同。（1984：27 卷一下釋詁）

　　按，挺，今有多音，依本條例，當音《廣韻》徒鼎切，定母迥韻上聲，古音在耕部。《說文》：「挺，拔也。从手廷聲。」借義爲緩解。《禮記·月令》：「（仲夏之月）挺重囚，益其食。」鄭玄注：「挺猶寬也。」《後漢書·臧宮傳》：「宜小挺緩，令得逃亡。」李賢注：「挺，解也。」逞，今有多音，依本條例，當音《廣韻》丑郢切，徹母靜韻上聲，古音在耕部。《說文》：「逞，通也。从辵呈聲。楚謂疾行爲逞。《春秋傳》曰：『何所不逞欲。』」借義爲緩解。《方言》卷十二：「逞，解也。」《左傳·隱公九年》：「先者見獲，必務進，進而遇覆，必速奔，後者不救，則無繼矣。乃可以逞。」杜預注：「逞，解也。」挺之借義與逞之借義義近，皆有緩解義。

霍——劚 劚劃者，《方言》：「劚，劃解也。」注云：「劚音廓。劃音儷。」劚亦作劃。卷二云：「劃，裂也。」《荀子・議兵篇》：「霍焉離耳。」霍與劚亦聲近義同。（1984：28 卷一下釋詁）

按，「劚」通「劃」。霍之借義與劚之《方言》義義近，皆有解散義。說見「霍——劚」條。

胥——覷 胥與覷亦聲近義同。（1984：32 卷一下釋詁）

按，胥，今有多音，依本條例，當音《廣韻》相居切，心母魚韻平聲，古音在魚部。《說文》：「胥，蟹醢也。从肉疋聲。」借義爲相視。《管子・樞言》：「與人相胥。」尹知章注：「胥，視也。」《說文・見部》：「覷，拘覷，未致密也。从見盧聲。」段玉裁於「覷」後補「覻覷也，一曰」五字。《廣韻・御韻》：「覷，伺視也。」胥之借義與覷之本義義近，皆有視義。

谷——郤 谷與郤聲近義同。（1984：33 卷一下釋詁）

按，《說文・谷部》：「谷，口上阿也。」《說文解字注》：「《大雅》『有卷者阿』，箋云：『有大陵卷然而曲，口上阿，謂口吻已上之肉隨口卷曲。』」《說文》：「郤，晉大夫叔虎邑也。从邑谷聲。」借義爲間隙。《禮記・曲禮》：「相見於郤地曰會。」鄭玄注：「郤，間也。」《說文・辵部》：「迟，曲行也。从辵只聲。」《莊子・人間世》：「吾行郤曲，無傷吾足。」陸德明釋文：「郤，《字書》作迟。」迟、郤音近假借，詞義無關。谷與郤之音近假借字迟同源，共同義素爲曲。

姑——沾 姑與沾亦聲近義同。（1984：34 卷一下釋詁）

按，姑，今有多音，依本條例，當音《廣韻》處占切，昌母鹽韻平聲，古音在談部。《說文》：「姑，小弱也，一曰女輕薄善走也，一曰多技藝也。从女占聲，或讀若占。」沾，今有多音，依本條例，當音《廣韻》張廉切，知母鹽韻平聲，古音在談部。《說文・水部》：「沾，水，出壺關，東入淇，一曰沾，益也。从水占聲。」借義爲輕薄。《集韻・鹽韻》：「沾，沾沾，輕薄也。」姑之本義與沾之借義義近，皆有輕薄義。

駭——挾　駭與挾聲近義同。（1984：37 卷一下釋詁）

　　按，《說文・馬部》：「駭，驚也。从馬亥聲。」《玉篇・馬部》：「駭，驚起也。」挾，《說文》無此字。挾，今有多音，依本條例，當音《廣韻》胡改切，匣母海韻上聲，古音在之部。《玉篇・手部》：「挾，撼動也。」《廣雅・釋詁一》：「挾，動也。」駭、挾同源，共同義素為動。《說文》：「亥，荄也。」共同聲符與共同義素無關。

戚——俶　《孟子・梁惠王篇》：「於我心有戚戚焉。」趙岐注云：「戚戚然心猶動也。」戚與俶亦聲近義同。（1984：37 卷一下釋詁）

　　按，戚，今有多音，本本條例，當音《廣韻》倉歷切，清母錫韻入聲，古音在沃部。《說文》：「戚，戉也。从戉尗聲。」借義為憂戚。《易・離》：「出涕沱若，戚嗟若。」孔穎達疏：「憂傷之深，所以出涕滂沱，憂戚而咨嗟也。」俶，今有多音，依本條例，當音《廣韻》昌六切，昌母屋韻入聲，古音在沃部。《說文》：「俶，善也。从人叔聲。《詩》曰：『令終有俶。』一曰始也。」引申為動。《爾雅・釋詁下》：「俶，作也。」《方言》卷十二：「俶，動也。」《詩・大雅・嵩高》：「有俶其城。」毛傳：「俶，作也。」王念孫《廣雅疏證》卷一下云：「《孟子・梁惠王篇》：『於我心有戚戚焉。』趙岐注云：『戚戚然心有動也。』戚與俶亦聲近義同。」戚，憂傷，王念孫認為戚與俶義同，皆有動義。顯示王氏將「戚」看作受「心有動」的類化而有「動」義。戚之借義與俶之引申義義近，皆有動義。

瞤——蝡　《說文》：「瞤，目動也。」瞤與蝡亦聲近義同。（1984：37 卷一下釋詁）

　　按，《說文》：「瞤，目動也。从目閏聲。」《說文》：「蝡，動也。从虫耎聲。」瞤、蝡同源，共同義素為動。

潏——矞　《說文》：「潏，涌出也。」潏與矞亦聲近義同。（1984：40 卷一下釋詁）

　　按，潏，今有多音，依本條例，當音《廣韻》古穴切，見母屑韻入聲，古音在質部。《說文》：「潏，涌出也。一曰水中坁，人所為為潏。一曰潏，水名，在京兆杜陵，从水矞聲。」矞，今有多音，依本條例，當音《廣韻》餘律切，以母術韻入聲，古音在術部。《說文》：「矞，以錐有所穿也。从矛从冏。一曰滿有所出也。」潏、矞同源，共同義素為「出」。

素——索　索者,《眾經音義》卷三引《倉頡解詁》云:「索,盡也。」《牧誓》云:「惟家之索。」卷三云:「素,空也。」《爾雅》:「空,盡也。」素與索聲近義同。(1984:40卷一下釋詁)

　　按,《說文》:「素,白緻繒也。从糸㐬,取其澤也。」引申爲空。《易·漸·象傳》:「不素飽也。」李鼎祚集解引虞翻曰:「素,空也。」《說文》:「索,艸有莖葉可作繩索。从朩糸。」借義爲空、盡。《書·牧誓》:「牝雞之晨,惟家之索。」孔傳:「索,盡也。」《玉篇·索部》:「索,盡也。」素之引申義與索之借義義近,皆有盡義。

鮮——斯　《繫辭傳》:「故君子之道鮮矣。」《釋文》師說云:「鮮,盡也。」鮮與斯亦聲近義同。故《小雅·瓠葉》箋云:「今俗語斯白之字作鮮,齊魯之間聲近斯矣。」(1984:41卷一下釋詁)

　　按,鮮,今有多音,依本條例,當音《廣韻》息淺切,心母獮韻上聲,古音在元部。《說文》:「鮮,魚名,出貉國,从魚羴省聲。」借義爲少。《爾雅·釋詁》:「鮮,寡也。」郭璞注:「謂少。」《易·繫辭上》:「百姓日用而不知,故君子之道鮮矣。」陸德明釋文:「鮮,盡也。」《詩·大雅·蕩》:「靡不有初,鮮克有終。」鄭玄箋:「鮮,寡。」斯,今有多音,依本條例,當音《廣韻》息移切,心母支韻平聲,古音在支部。《說文》:「斯,析也,从斤其聲。《詩》曰:『斧以斯之。』」引申爲盡。《詩·大雅·皇矣》:「王赫斯怒。」鄭玄箋:「斯,盡也。」《呂氏春秋·報更》:「斯食之。」高誘注:「斯,猶盡也。」《易·解》:「朋至斯孚。」焦循章句:「斯,澌也。」鮮之借義與斯之引申義義近,皆有盡義。

爵——釂　《周南·卷耳》正義引《五經異義》云:「韓詩說,一升曰爵,爵,盡也,足也。」《白虎通義》云:「爵者,盡也。各量其職,盡其才也。」爵與釂亦聲近義同。(1984:41卷一下釋詁)

　　按,《說文》:「爵,禮器也。象爵之形,中有鬯酒,又持之也,所以飲。器象爵者,取其鳴節節足足也。」借義爲盡。《禮記·王制》:「王者之制祿爵。」孔穎達疏:「爵者,盡也。」《白虎通義·爵》:「爵者,盡也,各量其職,盡其才也。」《說文·酉部》:「釂,歙酒盡也。从酉,嚼省聲。」《說

文解字注》：「酒當作爵，此形聲包會意字也。」《禮記・曲禮》：「長者舉未
釂，少者不敢飲。」鄭玄注：「盡爵曰釂。」釂之本義與爵之借義義近，皆
爲盡。

翦──煎 煎者，《方言》：「煎，盡也。」又云：「煎，火乾也。」凡有汁而乾謂之
煎，成二年《左傳》：「余姑翦滅此而朝食。」杜預注云：「翦，盡也。」翦與煎聲近
義同。（1984：41 卷一下釋詁）

　　按，《說文》：「翦，羽生也，一曰夭羽。从羽前聲。」借義爲盡。《左
傳・襄公八年》：「敝邑之眾，夫婦男女，不皇啓處，以相救也。翦焉傾
覆，無所控告。」杜預注：「翦，盡也。」《文選・張衡〈西京賦〉》：「錫
用此土而翦諸鶉首。」李善注引薛綜曰：「翦，盡也……盡取鶉首之分爲
秦之境也。」煎，今有多音，依本條例，當音《廣韻》子仙切，精母仙
韻平聲，古音在元部。《說文》：「煎，熬也。从火前聲。」《方言》卷十
三：「煎，盡也。」錢繹《方言箋疏》：「是煎爲汁之盡也。」翦之借義與
煎之《方言》義義近，皆有盡義。

逞──鋌 鋌者，《方言》：「鋌，盡也。南楚凡物空盡者曰鋌。」《釋訓篇》云：
「逞，盡也。」逞與鋌通。《文選・思元賦》注引《字林》云：「逞，盡也。」逞與
鋌聲近義同。（1984：41 卷一下釋詁）

　　按，逞，今有多音，依本條例，當音《廣韻》丑郢切，徹母靜韻上
聲，古音在耕部。《說文》：「逞，通也。从辵呈聲。楚謂疾行爲逞。《春
秋傳》曰：『何所不逞欲？』借義爲極、盡。《玉篇・辵部》：「逞，極也，
盡也。」《左傳・襄公二十五年》：「今陳忘周之大德，蔑我大惠，棄我姻
親，介恃楚眾，以馮陵我敝邑，不可億逞。」杜預注：「億，度也；逞，
盡也。」《文選・張衡〈西京賦〉》：「逞欲畋敫，效獲麑麛。」李善注引
薛綜曰：「逞，極也。」《說文》：「鋌，銅鐵樸也。从金廷聲。」鋌，今
有多音，依本條例，當音《集韻》他頂切，透母迥韻上聲，古音在耕部。
《方言》卷三：「鋌，盡也。物空盡者曰鋌。」逞之借義與鋌之《方言》
義義近，皆有盡義。

墨——挴 昭十四年《左傳》云：「貪以敗官爲墨。」墨與挴亦聲近義同。（1984：43 卷二上釋詁）

按，墨，今有多音，依本條例，當音《廣韻》莫北切，明母德韻入聲，古音在職部。《說文》：「墨，書墨也。从土从黑，黑亦聲。」引申爲貪污。《左傳・昭公十四年》：「己惡而掠美爲昏，貪以敗官爲墨，殺人不忌爲賊。」杜預注：「墨，不絜之稱。」《周禮・秋官・司刑》：「墨刑五百。」鄭玄注：「墨，黥也，先刻其面，以墨窒之。」挴，《說文》無此字。《方言》卷十三：「挴，貪也。」《玉篇・手部》：「挴，貪也。」墨之引申義與挴之《方言》義義近，皆有貪義。

糒——㷶 糒與㷶亦聲近義同。（1984：45 卷二上釋詁）

按，《說文》：「糒，乾也。从米葡聲。」糒即糒字。段注作「乾飯」。《玉篇・米部》：「糒，乾飯。」《廣韻・至韻》：「糒，糗也。」《集韻・怪韻》：「糒，乾餱。」㷶，《說文》無此字。《方言》卷七：「㷶，火乾也。凡以火而乾五穀之類，關西隴冀以往謂之㷶。」《玉篇・火部》：「煏，㷶同上。」《玉篇・火部》：「煏，火乾也。」糒之本義與㷶之《方言》義同源，共同義素爲乾。《說文》：「葡，具也。」共同聲符與「乾」義義遠。

鞏——㶿 㶿者，《玉篇》：「㶿，乾也。」《廣韻》云：「火乾物也。」《方言》：「鞏，火乾也。凡有汁而乾，東齊謂之鞏。」鞏、㶿聲近義同。（1984：45-46 卷二上釋詁）

按，《說文》：「鞏，以韋束也。《易》曰：『鞏用黃牛之革。』从革巩聲。」《方言》卷七：「鞏，火乾也。凡有汁而乾謂之煎，東齊謂之鞏。」㶿，《說文》無此字。《玉篇・火部》：「㶿，乾也。」《廣韻・東韻》：「㶿，乾也。」《廣韻・送韻》：「㶿，火乾物也。」鞏之《方言》義與㶿之本義同源，共同義素爲乾。

赫——捇 宣六年《公羊傳》：「則赫然死人也。」何休注云：「赫然，已解之貌。」《續漢書・禮儀志》：「赫女軀，拉女幹，節解女肉。」赫與捇亦聲近義同。（1984：47 卷二上釋詁）

按，《說文・赤部》：「赫，火赤皃。从二赤。」《玉篇・赤部》：「赫，

赤皃。」借義爲支解。《公羊傳・宣公六年》：「趙盾就而視之，則赫然死人也。」何休注：「赫然，已支解之貌。」挔，有多音，依本條例，當音《廣韻》呼麥切，曉母麥韻入聲，古音在鐸部。《說文・手部》：「挔，裂也。从手赤聲。」赫之借義與挔之本義義近。

霍──劃 《方言》：「劃，解也。」《釋名》云：「殳矛，長九尺者也。殳，霍也，所以霍然即破裂也。」霍與劃亦聲近義同。（1984：47 卷二上釋詁）

按，霍，《說文》無此字。依本條例，當音《廣韻》虛廓切，曉母鐸韻入聲，古音在鐸部。《玉篇・隹部》：「霍，鳥飛急疾皃也，揮霍也。」借義爲離散。《荀子・議兵篇》：「霍焉離耳。」楊倞注：「霍焉，猶渙焉也。」《說文》：「渙，流散也。」《類篇・刀部》：「劃，解也。」《玉篇・刀部》，「劃」，籀文作「劃」。《集韻・陌韻》：「劃，解也，裂也，或作劃。」《方言》卷十三：「劃，解也。」《廣韻・鐸韻》：「劃，解也，裂也。」霍之借義與劃之《方言》義義近，皆有離散義。

闞──虓 虓者，《玉篇》云虓，虎怒貌。《大雅・常武篇》闞如虓虎。鄭箋云闞然如虎之怒。闞與虓聲近義同。（1984：47 卷二上釋詁）

按，《說文》：「闞，望也。从門敢聲。」闞，今有多音，依本條例，當音《廣韻》火斬切，曉母豏韻去聲，古音在談部。借義爲怒聲、虎聲。《廣韻・豏韻》：「闞，虎聲。」《字彙・門部》：「闞，怒聲，又聲大貌。」《說文》：「虓，虝屬。从虎九聲。」虓，今有多音，依本條例，當音《廣韻》呼濫切，曉母闞韻去聲，古音在談部。引申義爲虎怒貌。《玉篇・虎部》：「虓，虎怒皃。」闞之借義與虓之引申義義近，借有怒義。

〔烈〕──〔辣〕（1984：48 卷二上釋詁）

按，說見「烈之言辣」條。

隱──慇 慇者，《說文》：「慇，痛也。」《小雅・正月篇》：「憂心慇慇。」毛傳云：「慇慇然痛也。」《邶風・北門篇》作殷。《釋文》：「殷又音隱。」《邶風・柏舟篇》：「如有隱憂。」毛傳云：「隱，痛也。」隱與慇聲近義同。（1984：48 卷二上釋詁）

按，隱，今有多音，依本條例，當音《廣韻》於謹切，影母隱韻上

聲，古音在諄部。《說文》：「隱，蔽也，从𨸏㥯聲。」借義爲痛。《詩·邶風·柏舟》：「耿耿不寐，如有隱憂。」毛傳：「隱，痛也。」孔穎達疏：「如人有痛疾之憂，言憂之甚也。」《楚辭·九章·悲回風》：「孰能思而不隱兮，照彭咸之所聞。」王逸注：「隱，憂也。」殷，今有多音，依本條例，當音《廣韻》於斤切，影母欣韻平聲，古音在諄部。《說文》：「殷，作樂之盛稱殷，从𠂤从殳。《易》曰：『殷薦之上帝。』」殷沒有傷痛義，殷當借爲慇，《說文》：「慇，痛也。从心殷聲。」桂馥《說文義證》：「慇，或通作殷。」《爾雅·釋訓》：「慇慇，憂也。」陸德明釋文：「慇慇，今作殷殷。」隱之借義與殷之假借字義近，皆有傷痛義。

苦——𦹩　《爾雅》：「苦，息也。」苦與𦹩亦聲近義同。（1984：49卷二上釋詁）

　　按，《說文》：「苦，大苦，苓也。从艸古聲。」苦，今有多音，依本條例，當音《集韻》果五切，見母姥韻上聲，古音在魚部。借義爲息。《爾雅·釋詁下》：「苦，息也。」𦹩，《說文》無此字。《玉篇·虎部》：「𦹩，息也。」苦之借義與𦹩之本義義近，皆有息義。

熱——爇　熱與爇亦聲近義同。故《釋名》云：「熱，爇也，如火所燒爇也。」（1984：49卷二上釋詁）

　　按，《說文》：「熱，溫也。从火埶聲。」《說文》：「爇，燒也。从火蓺聲。《春秋傳》曰：『爇僖負羈。』」徐鉉注：「《說文》無蓺字。當从火从艸，熱省聲。」熱、爇同源，共同義素爲熱。

焯——灼　焯與灼亦聲近義同。（1984：49卷二上釋詁）

　　按，焯，今有多音，依本條例，當音《廣韻》之若切，章母藥韻入聲，古音在藥部。《說文》：「焯，明也。从火卓聲。《周書》曰：『焯見三有俊心。』」《漢書·揚雄傳上》：「焯爍其陂。」顏師古注：「焯，古灼字也。」《集韻·藥韻》：「焯，通作灼。」《說文》：「灼，炙也。从火勺聲。」《玉篇·火部》：「灼，明也。」焯、灼同源，共同義素爲明，且有假借關係。

〔星〕——〔笙〕（1984：53卷二上釋詁）

　　按，說見「星之言笙」條。

〔纖〕——〔摻〕（1984：53 卷二上釋詁）

按，說見「纖之言摻」條。

〔蔽〕——〔冪〕（1984：54 卷二上釋詁）

按，說見「蔽之言冪」條。

矯——趫　　《中庸》：「強哉矯。」鄭注云：「矯，強貌。」矯與趫亦聲近義同。
（1984：56 卷二上釋詁）

　　按，矯，今有多音，依本條例，當音《廣韻》居夭切，見母小韻上
聲，古音在宵部。《說文》：「矯，揉箭箝也。从矢喬聲。」引申爲強。《玉
篇·矢部》：「矯，強也。」《禮記·中庸》：「故君子和而不流，強哉矯。」
鄭玄注：「矯，強貌。」《說文》：「趫，善緣木走之才。从走喬聲。讀若
王子蹻。」引申爲矯健。《玉篇·走部》：「趫，善走也。」《六書故·人
九》：「趫，輕走也。」矯之引申義與趫之引申義義近，皆有矯健義。

撩——料　　撩與料聲近義同。（1984：57 卷二上釋詁）

　　按，撩，今有多音，依本條例，當音《廣韻》落蕭切，來母蕭韻平
聲，古音在宵部。《說文》：「撩，理也。从手寮聲。」《說文》：「料，量
也。从斗，米在其中。」引申爲理。《玉篇·斗部》：「料，理也。」撩之
本義與料之引申義義近，皆有料理義。

曳——跡　　曳與跡亦聲近義同。（1984：64 卷二下釋詁）

　　按，《說文》：「曳，臾曳也。从申丿聲。」《玉篇·曰部》：「曳，申也，
牽也，引也。」引申爲跳。《文選·王褒〈洞簫賦〉》：「狀若捷武，超騰踰
曳，迅漂巧兮。」李善注：「曳亦踰也。或爲跩。」跡，《說文》無此字。
跡，今有多音，依本條例，當音《廣韻》丑例切，徹母祭韻去聲，古音在
月部。《方言》卷一：「踏、蹪、蹄，跳也。楚曰跡。」《廣韻·祭韻》：「跡，
躍兒。」曳之引申義與跡之《方言》義義近，皆有跳義。

周——弨　　《初學記》引《論語》摘衰聖云：「鳳有九苞，六曰冠短周，七曰距
銳周。亦短也。」周與弨聲近義同。（1984：68 卷二下釋詁）

按，《說文》：「周，密也。从用口。」䩱，《說文》無此字。《玉篇‧矢部》：「䩱，犬短尾。」王念孫《廣雅疏證》卷二：「《初學記》引《論語摘衰聖》云：『鳳有九苞。六曰冠短周，七月距銳鉤。』周亦短也。周與䩱聲近義同。」周訓短，不見於故訓，王氏此訓，恐受「短」義類化有關。

恭——拱　《逸周書‧謚法解》云：「執事堅固曰恭。」恭與拱亦聲近義同。
（1984：69 卷二下釋詁）

按，《說文》：「恭，肅也。从心共聲。」引申爲堅固。《釋名‧釋言語》：「恭，拱也，自拱持也。」《逸周書‧謚法》：「執事堅固曰恭。」《說文‧手部》：「拱，斂手也。从手共聲。」《爾雅‧釋詁下》：「拱，執也。」郭璞注：「兩手持爲拱。」引申爲鞏固。《廣雅‧釋詁二》：「拱，固也。」朱駿聲《說文通訓定聲‧手部》認爲拱假借爲鞏。恭之引申義與拱之引申義義近，皆有鞏固義。

鬌——墮　鬌與墮聲近義同。（1984：72 卷三上釋詁）

按，鬌，今有多音，依本條例，當音《廣韻》直垂切，澄母支韻平聲，古音在歌部。《說文‧髟部》：「鬌，髮鬌也。从髟隋省。」徐鍇《說文繫傳》：「鬌，髮墮。从髟，墮省聲。」顏師古《匡謬正俗》卷六：「關中俗謂髮落頭禿爲椎……《說文解字》云：『鬌，髮墮也。』呂氏《字林》《玉篇》《唐韻》並直垂反，今俗呼鬌。音訛，故爲椎耳。」《方言》卷十二：「鬌，盡也。」郭璞注：「鬌，毛物漸落去之名。」墮，《說文》無此字。墮，今有多音，一音《廣韻》許規切，曉母支韻平聲，古音在歌部。義爲毀。《字彙‧土部》：「墮，俗作隳。」《左傳‧僖公三十三年》：「墮軍實而長寇讎，亡無日矣。」杜預注：「墮，毀也。」又音《廣韻》徒果切，定母果韻上聲，古音在歌部。義爲落。《廣韻‧果韻》：「墮，落也。」《廣雅‧釋詁四》：「墮，脫也。」又音《廣韻》呼恚切，曉母寘韻去聲，古音在歌部。鬌、墮同源，共同義素爲落。

羉——粹（1984：73 卷三上釋詁）

《說文》：「羉，摶飯也，从廾釆聲。釆，古文辨字。」段注作「辨」。

粮，今有多音，依本條例，當音《廣韻》去阮切，溪母阮韻上聲，古音在元部。《說文》：「粮，粉也。从米卷聲。」引申為搏。《廣雅・釋詁三》：「粮，搏也。」弄之本義與粮之引申義義近假借。朱駿聲《說文通訓定聲・米部》：「粮，假借為弄。」

硰──甀 甀瓵者，《廣韻》：「甀瓵，屑瓦洗器也。」《方言》：「磑，或謂之硰。」郭璞注：「即磨也。」硰與甀聲近義同。（1984：76 卷三上釋詁）

按，硰，《說文》無此字。《玉篇・石部》：「硰，磑也。」《方言》卷五：「磑或謂之硰。」郭璞注：「硰，即磨也。」甀，有多音，依本條例，當音《廣韻》楚佳切，初母佳韻平聲，古音在支部。甀，《說文》無此字。《廣雅》：「甀瓵，磨也。」《廣韻・佳韻》：「甀，甀瓵，屑瓦洗器。」《集韻・麻韻》：「甀，甀瓵，磑垢也。」硰、甀同源，共同義素為磨。《說文》：「妻，婦與夫齊者也。」共同聲符與「磨」義無關。

秋──酋 《說文》：「秋，穀熟也。」秋與酋亦聲近義同。（1984：78 卷三上釋詁）

按，《說文》：「秋，禾穀熟也。从禾龜省聲，𥤙，籀文不省。」《說文》：「酋，繹酒也。从酉，水半見於上。《禮》有『大酋』，掌酒官也。」《禮記・月令》：「乃命大酋。」鄭玄注：「酒熟曰酋。」《方言》卷七：「酋，熟也。自河以北，趙魏之間火熟曰爛，氣熟曰糦，久熟曰酋。」《玉篇・酋部》：「酋，熟也。」秋、酋同源，共同義素為熟。

訰──頓 《爾雅》：「訰訰，亂也。」訰與頓聲近義同。（1984：79 卷三上釋詁）

按，訰，《說文》無此字。《玉篇・言部》：「訰，亂也。」《廣韻・諄韻》：「亂言之皃。」《集韻・諄韻》：「訰，心亂皃。」《爾雅・釋訓》：「訰訰，亂也。」《廣韻・稕韻》：「訰，訰訰，亂也。」《說文》：「頓，下首也。从頁屯聲。」借義為亂。《廣雅・釋詁三》：「頓、怋，亂也。」訰之本義與頓之借義義近，皆為亂。

汩──猾 《周語》：「滑夫二川之神。」韋昭注云：「滑，亂也。」滑與猾通。《洪範》：「汩陳其五行。」汩與猾亦聲近義同。（1984：79 卷三上釋詁）

按，汩，今有多音，依本條例，當音《廣韻》古忽切，見母沒韻入

聲，古音在術部。《說文》:「汩,治水也。从水曰聲。」《說文解字注》:
「引申之凡治皆謂汩。」《集韻·沒韻》:「汩,治也。」《書·洪範》:「汩
陳其五行。」孔安國傳:「汩,亂也。」《小爾雅·廣言》:「汩,亂也。」
王筠《說文句讀·水部》:「儶孔傳以汩訓亂,則美惡不嫌同詞也。」汩
訓爲亂,當爲反訓。猾,《說文》無此字,《玉篇·犬部》:「猾,亂也。」
《書·舜典》:「蠻夷猾夏。」孔安國傳:「猾,亂也。」《漢書·刑法志》:
「蠻夷猾夏。」顏師古注:「猾,亂也。」汩之反訓義與猾之本義義近,
皆爲亂。

惹——疙　疙者,《眾經音義》卷十六引《通俗文》云:「小癡曰疙。」《說文》:「惹,
癡皃。」惹與疙聲近義同。(1984:80 卷三上釋詁)

　　按,《說文》:「惹,癡皃。从心气聲。」《說文解字注》:「癡,不慧
也。」《玉篇·心部》:「惹,癡也。」疙,《說文》無此字。《玉篇·疒部》:
「疙,癡皃。」《玄應音義》卷十六:「癡疙」注引《通俗文》:「小癡曰
疙。」惹、疙同源,共同義素爲癡。

芮——炳　《玉篇》:「炳,乃困切,熱也。」《呂氏春秋·必己篇》云:「不食穀實,
不衣芮溫。」芮與炳聲近義同。(1984:81 卷三上釋詁)

　　按,芮,今有多音,依本條例,當音《廣韻》而銳切,日母祭韻去
聲,古音在月部。《說文》:「芮,芮芮,艸生皃。从艸內聲。讀若汭。」
借義爲溫暖。《呂氏春秋·必己》:「不食穀食,不衣芮溫。」高誘注:「芮,
絮也。」陳奇猷校釋:「此芮溫當从《釋名》之義。不衣汭溫謂不衣細頓
溫暖之衣。」《釋名·釋首飾》:「毳冕,毳芮也,畫藻文於衣,象水草之
毳芮溫暖而潔也。」炳,《說文》無此字。《玉篇·火部》:「炳,熱也。」
《廣韻·混韻》:「炳,炳熱也。」芮之引申義與炳之本義義近,皆有溫
暖義。

華——譁　《風俗通義》云:「西方崋山。崋者,華也,萬物滋然變華於西方也。」
華與譁聲近義同。(1984:82 卷三上釋詁)

　　按,《說文》:「譁,讙也。从言華聲。」譁,今有多音,依本條例,
當音《集韻》吾瓜切,疑母麻韻平聲,古音在魚部。《方言》卷三:「譁,

涅，化也。燕、朝鮮、洌水之間曰涅，或曰譁。」《說文·華部》：「華，榮也。从艸从蒡。」華，今有多音，依本條例，當音《廣韻》胡化切，匣母禡韻去聲，古音在魚部。義爲華山。王念孫《廣雅疏證》：「《風俗通義》云：『西方崋山，崋者，華也，萬物滋然變華於西方也。』華與譁聲近義同。」《說文》：「化，教行也。」華、化音近假借。華之音近假借字「化」義與「譁」之借義義近，皆爲變化。

娌──嫠 《方言》：「娌，耦也。」娌與嫠，亦聲近義同。（1984：82 卷三上釋詁）

娌，《說文》無此字。《玉篇·女部》：「娌，妯娌也。」《方言》卷十二：「娌，耦也。」嫠，今有多音，依本條例，當音《廣韻》里之切，來母之韻平聲，古音在之部。《說文》：「嫠，家福也。」《方言》卷三：「陳蔡之間凡人獸乳而雙產謂之嫠孳。」嫠孳爲聯綿詞，《方言》義與娌之《方言》義同源，共同義素爲成雙。

瀰──彌 彌者，《商頌·殷武篇》：「罙入其阻。」毛傳云：「罙，深也。」罙與彌通。《邶風·匏有苦葉篇》：「有瀰濟盈。」傳云：「瀰，深水也。」瀰與彌亦聲近義同。（1984：83 卷三上釋詁）

按，瀰，《說文》無此字。瀰，今有多音，依本條例，當音《廣韻》綿婢切，明母紙韻上聲，古音在脂部。《玉篇·水部》：「瀰，深也，盛也。」《詩·邶風·匏有苦葉》：「有瀰濟盈，有鷕雉鳴。」毛傳：「瀰，深水也。」彌，《說文》無此字。彌，今有多音，依本條例，當音《廣韻》武移切，明母支韻平聲，古音在支部。《廣雅·釋詁三》：「彌，遠也。」《文選·趙至〈與嵇茂齊書〉》：「思心彌結。」劉良注：「彌，深也。」《左傳·哀公二十三年》：「以肥之得備彌甥也。」杜預注：「彌，遠也。」瀰、彌同源通用，共同義素爲「深」。

湍──圖 湍與圖亦聲近義同。（1984：85 卷三上釋詁）

按，湍，有多音，依本條例，當音《廣韻》他端切，透母桓韻平聲，古音在元部。《說文》：「湍，疾瀨也。从水耑聲。」引申爲水縈迴。《孟子·告子上》：「性猶湍水也。」趙岐注：「湍者，圓也，謂湍湍縈水也。」《玉篇·口部》：「圖，圓也。」《釋名·釋宮室》：「圖，以草作之，團團

然也。」湍之引申義與圖之本義義近，皆有圓義。

坴——坌　《鹽鐵論·非鞅篇》：「坴土之基，雖良匠不能成其高。」埵與坌聲近
義同。（1984：85 卷三上釋詁）

　　　按，《說文》：「坴，埽除也。从土弁聲。讀若糞。」《說文解字注》：「坴
字，《曲禮》作糞。」楊樹達《積微居小學述林·〈說文〉讀若探原二》：「許
君知坴爲掃除義之本字，經傳既借糞爲坴，則二字音必同，故云『坴，讀
若糞』也。但掃除、棄除義同無異，疑坴糞本一字，而許君誤分爲二也。」
其說可从。《說文》：「糞，棄除也。」二者同源。《說文》：「坌，塵也，从
土分聲。一曰大防也。」坴、坌同源通用，共同義素爲塵物。

杕——打　《說文》：「杕，撞也。」杕與打亦聲近義同。（1984：87 卷三上釋詁）

　　　按，杕，今有多音，依本條例，當音《廣韻》宅耕切，澄母耕韻平
聲，古音在耕部。《說文》：「杕，橦也，从木丁聲。」橦，段注作「撞」。
《集韻·梗韻》：「杕，擊也。」打，《說文》無此字。《說文新附》：「打，
擊也。从手丁聲。」玄應《一切經音義》卷三引《通俗文》：「撞出曰打。」
杕、打同源，共同義素爲擊。《說文》：「丁，夏時萬物皆丁實。」共同聲
符與共同義素無關。

暴——摞　摞者，《廣韻》：「摞，擊聲也。」《西京賦》：「流鏑搖摞。」薛綜注云：
「搖摞，中聲也。」《爾雅》：「暴虎，徒搏也。」暴與摞聲近義同。（1984：87 卷三
上釋詁）

　　　按，《說文》：「暴，晞也。从日从出从廾从米。」暴，今有多音，依
本條例，當音《廣韻》薄報切，並母号韻去聲，古音在宵部。借義爲搏擊。
《爾雅·釋訓》：「暴虎，徒搏也。」郭璞注：「空手執也。」郝懿行《爾
雅義疏》：「暴者，搏也。」摞，《說文》無此字。《玉篇·手部》：「摞，擊
也。」《廣雅·釋詁三》：「摞，擊也。」《廣韻·覺韻》：「摞，擊聲。」《集
韻·陌韻》：「摞，擊聲。」暴之借義與摞之本義義近，皆爲「擊打」。

提——摘　摘即今擲字也。《說文》：「摘，投也。」《史記·荊軻傳》：「引其匕首以
摘秦王。」《燕策》摘作提。《漢書·吳王濞傳》：「皇太子引博局提吳太子。」顏師

古注云：「提，擲也，音徒計反。」提與摘聲近義同。（1984：88卷三上釋詁）

　　按，《說文》：「提，挈也。从手是聲。」提，今有多音，依本條例，當音《集韻》典禮切，端母薺韻上聲，古音在支部。引申爲擲。《集韻‧薺韻》：「提，擲也。」《戰國策‧燕策三》：「（荊軻）乃引其匕首提秦王。」摘，今有多音，依本條例，當音《廣韻》直炙切，澄母昔韻入聲，古音在錫部。《說文》：「摘，搔也。从手啇聲。一曰投也。」提之引申義與摘之本義義近，皆有投擲義。

揎——攩　攩者，《方言》：「沅涌濄幽之語，相椎搏曰攩。」郭璞注云：「今江東人亦名椎爲攩，音晃。」《列子》：「攩㧢挨扰。」《釋文》云：「攩，搥打也。」《西京賦》：「竿殳之所揎畢。」薛綜注云：「揎畢，謂撞㧢也。」揎、攩聲近義同。（1984：88卷三上釋詁）

　　按，揎，《說文》無此字。《方言》卷十：「㧢，椎也。或曰攩。」錢繹《方言箋疏》：「揎與攩聲近義同。」《文選‧張衡〈西京賦〉》：「竿殳之所揎畢。」薛綜注：「揎畢，謂撞㧢也。」《玉篇‧手部》：「揎，抌揎，拔也。」《廣韻‧庚韻》：「揎，拔也。」《集韻‧庚韻》：「揎，擊也。」《說文》：「攩，朋羣也。从手黨聲。」攩，今有多音，依本條例，當音《廣韻》他朗切，透母蕩韻去聲，古音在陽部。義爲椎擊，來自《方言》。揎、攩同源，共同義素爲擊。共同義素與共同形符有關。

落——露　今俗語猶云敗露矣。《莊子‧天地篇》：「夫子闔行邪，無落吾事。」謂無敗吾事也。落與露亦聲近義同。（1984：90卷三下釋詁）

　　按，落，今有多音，依本條例，當音《廣韻》盧各切，來母鐸韻入聲，古音在鐸部。《說文》：「落，凡艸曰零，木曰落。从艸洛聲。」引申爲荒廢。《莊子‧天地》：「夫子闔行邪？無落吾事。」成玄英疏：「落，廢也。」露，今有多音，依本條例，當音《廣韻》洛故切，來母暮韻去聲，古音在魚部。《說文》：「露，潤澤也。从雨路聲。」引申爲洩露。希麟《續一切經音義》卷八引《切韻》：「露，泄也，敗漏也。」《方言》卷三：「露，敗也。」落之引申義與露之引申義義近，皆有敗義。

悛——竣　竣、踆、逡竝同。《周語》:「其有悛乎。」韋昭注云:「悛,止也。」悛
與竣亦聲近義同。(1984:92 卷三下釋詁)

　　按,悛,今有多音,依本條例,當音《廣韻》此緣切,清母仙韻平
聲,古音在元部。《說文》:「悛,止也。从心夋聲。」《左傳‧隱公六年》:
「長惡不悛,从自及也,雖欲救之,其將能之?」杜預注:「悛,止也。」
《說文》:「竣,偓竣也。从立夋聲。《國語》曰:『有司已事而竣。』」《玉
篇‧立部》:「竣,退伏也。」又《玉篇‧立部》:「竣,止也。」悛、竣
同源,共同義素爲止。《說文》:「夋,行夋夋也,一曰倨也。」悛、竣共
同義素與「倨」義相近。

裒——褎　《爾雅》:「裒,多也。」裒與褎亦聲近義同。(1984:93 卷三下釋詁)

　　按,裒,今有多音,依本條例,當音《廣韻》薄侯切,並母侯韻平聲,
古音在侯部。裒,《說文》無此字。《爾雅‧釋詁上》:「裒,聚也。」《詩‧
小雅‧常棣》:「原隰裒矣,兄弟求矣。」毛傳:「裒,聚也。」引申爲多。
《爾雅‧釋詁下》:「裒,多也。」邢昺疏:「裒者,聚之多也。」《詩‧周
頌‧般》:「裒時之對。」鄭玄箋:「裒,眾。」褎,《說文》無此字。《玉篇‧
多部》:「褎,多也。」《廣韻‧尤韻》:「褎,多也。」裒之引申義與褎之本
義義近,皆有多義。

寇——夠　夠者,《玉篇》:「夠,苦侯切,多也。」《廣韻》同。《方言》:「凡物
賦而多謂之寇。」寇與夠聲近義同。《文選‧魏都賦》:「繁富夥夠。」李善注引《廣
雅》:「夠,多也。」(1984:93 卷三下釋詁)

　　按,《說文》:「寇,暴也。从攴完。」《方言》卷一:「凡物盛多謂之寇。」
郭璞注:「今江東有小鳧,其多無數,俗謂之寇鳧。」夠,《說文》無此字。
《玉篇‧多部》:「夠,多也。」《廣韻‧侯韻》:「夠,多也。」寇之《方
言》義與夠之本義同源,共同義素爲多。

蹲——蕁　成十六年《左傳》:「蹲甲而射之。」杜預注云:「蹲,聚也。」蹲與蕁
亦聲近義同。(1984:94 卷三下釋詁)

　　按,《說文》:「蹲,踞也。从足尊聲。」蹲,今有多音,依本條例,

當音《集韻》粗本切，清母混韻上聲，古音在諄部。借義爲聚集。《左傳‧成公十六年》：「潘尪之黨與養由基蹲甲而射之，徹七札焉。」杜預注：「蹲，聚也。」《集韻‧混韻》：「蹲，聚也。」《說文》：「尊，叢艸也。從艸尊聲。」《玉篇‧艸部》：「尊，苯尊，草叢生。」蹲之借義與尊之本義義近，皆有聚義。

儹──欑　《說文》：「欑，積竹杖，一曰叢木，皆聚之義也。」又云：「儹，聚也。」亦與欑聲近義同。（1984：94 卷三下釋詁）

按，《說文》：「儹，最（冣）也。從人贊聲。」《說文解字注》：「冣，才句切，各本誤作最，今正。《廣韻》曰：『儹，聚也。』冣、聚古通用。木部欑，竹部籫，義皆相近。」欑，今有多音，依本條例，當音《集韻》徂丸切，從母桓韻平聲，古音在元部。《說文》：「欑，積竹杖也。從木贊聲，一曰穿也，一曰叢木。」儹、欑同源，共同義素爲聚。《說文》：「贊，見也。」共同義素與聲符義無關。

揲──葉　卷一云：「揲，積也。」揲與葉亦聲近義同。（1984：94 卷三下釋詁）

按，揲，今有多音，依本條例，當音《廣韻》食列切，船母薛韻入聲，古音在盍部。《說文》：「揲，閱持也。從手葉聲。」引申爲積。《易‧繫辭上》：「揲之以四。」焦循章句：「揲，積也。」葉，有多音，依本條例，當音《廣韻》與涉切，以母葉韻入聲，古音在盍部。《說文》：「葉，艸木之葉也。從艸枼聲。」《方言》卷三：「葉，聚也……楚通語也。」《淮南子‧俶眞》：「枝解葉貫，萬物百族，使各有經紀條貫。」揲之引申義與葉之《方言》義義近，皆有積聚義。

徐──餘（1984：95 卷三下釋詁）

按，《說文》：「徐，安行也，從彳余聲。」朱駿聲《說文通訓定聲‧豫部》：「徐，假借爲俱。」《公羊傳‧成公十五年》：「魯人徐傷歸父之無後也。」何休注：「徐者，皆共之辭也。關東語。」《說文‧食部》：「餘，饒也。從食余聲。」引申爲皆、全部。《玉篇‧食部》：「餘，皆也。」《廣雅‧釋詁三》：「餘，皆也。」《廣韻‧魚韻》：「餘，皆也。」《集韻‧魚韻》：「餘，皆也。」徐之方言義與餘之引申義義近，皆有「皆」義。

絜——闕 卷一云：「揲，積也。」揲與葉亦聲近義同。（1984：94 卷三下釋詁）

按，《說文》：「絜，刻也，从㓞从木。」引申爲開也。《玉篇・㓞部》：「絜，開也。」闕，《說文》無此字。《玉篇・門部》：「闕，闕闃，無門戶也。」無門戶即缺。絜之引申義與闕之本義義近，皆爲空缺。

弛——施 施讀當如施于中谷之施。《周南・葛覃》傳云：「施，移也。」《大雅・皇矣篇》：「施于孫子。」鄭箋云：「施，猶易也，延也。」《喪服傳》：「絕族無施服。」鄭注云：「在旁而及曰施。」義竝相同。《爾雅》：「弛，易也。」郭璞注云：「相延易。」弛與施亦聲近義同。（1984：98 卷三下釋詁）

按，《說文》：「弛，弓解也。从弓从也。「由弓解引申爲延緩。《爾雅・釋詁下》：「弛，易也。」郭璞注：「相延易。」《戰國策・魏策》：「請弛期更日。」《說文》：「施，旗皃。从㫃也聲。」施，今有多音，依本條例，當音《集韻》以豉切，以母寘韻去聲，古音在歌部。由旗之延展引申爲延易。《詩・大雅・皇矣》：「施于孫子。」鄭玄箋：「施猶易也，延也。」《漢書・董仲舒傳》：「施虖方外，延及羣生。」顏師古注：「施亦延也。」《詩・周南・葛覃》：「施于中谷。」毛傳：「施，移也。」《荀子・儒效》：「若夫充虛之相施易也。」楊倞注：「施，讀曰移。」《論語・微子》：「君子不施其親。」何晏集解引孔安國曰：「施，易也。」《集韻・紙韻》：「施，改易也。」弛之引申義與施之引申義義近，皆有改易義。

䁝——員 員讀若云，《說文》：「員，物數也。」《春秋》楚伍員，字子胥。《爾雅》：「僉、咸、胥、皆也。」是眾之義也。《說文》：「䢵，物數紛䢵亂也。」《孫子・兵勢篇》云：「紛紛紜紜。」《釋名》云：「雲猶云云眾盛意也。」義竝與員同。《說文》：「䁝，外博眾多視也。讀若運。」䁝與員亦聲近義同。（1984：99 卷三下釋詁）

按，《說文》：「䁝，外博眾多視也。从見員聲。讀若運。」《說文解字注》：「眾多之視，所視者眾也。員，物數也。䢵，物數紛䢵亂也。䁝同音而義近博，大通也。外大通而多所視也。」員，有多音，依本條例，當音《廣韻》王權切，云母仙韻平聲，古音在諄部。《說文》：「員，物數也。从貝口聲。」䁝、員同源，共同義素爲多。

崇——宗 宗者，《同人》六二：「同人于宗。」《楚辭・招魂》：「室家遂宗。」荀

爽、王逸注竝云:「宗,眾也。」《爾雅》:「道八達謂之崇期。」《文選・蜀都賦》注引孫炎注云:「崇,多也。多道會期於此。」崇與宗亦聲近義同。(1984:99 卷三下釋詁)

按,《說文》:「崇,嵬高也。从山宗聲。」借義爲聚集。《爾雅・釋詁上》:「崇,充也。」郭璞注:「亦爲充盛。」《儀禮・鄉飲酒禮》:「阼階上北面再拜,崇酒。」鄭玄注:「崇,充也。」《玉篇・山部》:「崇,積也。」又《玉篇・山部》:「崇,眾也。」《廣雅・釋詁三》:「崇,聚也。」《小爾雅・廣詁》:「崇,叢也。」《書・酒誥》:「矧曰其敢崇飲。」孔傳:「崇,聚也。」《說文》:「宗,尊祖廟也。」引申爲眾。《逸周書・程典》:「商王用宗讒。」孔晁注:「宗,眾也。」《楚辭・招魂》:「室家遂宗,食多方些。」王逸注:「宗,眾也。」朱駿聲《說文通訓定聲・豐部》認爲宗,假借爲眾。《廣雅・釋詁三》:「宗,眾也。」崇之借義與宗之引申義義近,皆有「聚集」義。崇、宗在「高」義上可假借。《爾雅・釋詁上》:「崇,高也。」郝懿行《爾雅義疏》:「崇……通作宗。《書》云:『是崇是長。』《漢書・谷永傳》作『是宗是長。』」崇通作宗。

述──尯 尯者,《說文》:「尯,迫也。」《爾雅》:「速速蹙蹙,惟述鞠也。」郭璞音義云:「述,迫也。」述、尯聲近義同。(1984:99 卷三下釋詁)

按,《說文》:「述,斂聚也。从辵求聲。《虞書》曰:『旁述屛功。』又曰:『怨匹曰述。』」借義爲急迫。《爾雅・釋訓》:「惟述,鞠也。」邢昺疏:「惟,念也。述,急迫也。」尯,今有多音,依本條例,當音《廣韻》巨鳩切,羣母尤韻平聲,古音在幽部。義爲急迫。《說文》:「尯,迫也。从言九聲。讀若求。」述之借義與尯之本義義近,皆有急迫義。

攝──擸 《說文》:「擸,理持也。」褚少孫《續日者傳》:「獵纓正襟危坐。」《後漢書・崔駰傳》作躐。擸、躐、獵竝通。《後漢書》注引《史記》作「攝纓整襟」。《說文》:「攝,引持也。」《士喪禮》:「左執俎,橫攝之。」鄭注云:「攝,持也。」攝與擸亦聲近義同。(1984:102 卷三下釋詁)

按,攝,今有多音,依本條例,當音《廣韻》書涉切,書母葉韻入聲,古音在盍部。《說文》:「攝,引持也。从手聶聲。」《說文解字注》:

「謂引進而持之也。」擸，今有多音，依本條例，當音《廣韻》良涉切，來母葉韻入聲，古音在盍部，義爲理持。《說文》：「擸，理持也。从手巤聲。」王念孫《廣雅疏證》：「褚少孫《續日者傳》：『獵纓正襟危坐。』《後漢書‧崔駰傳》作躐，擸、躐、獵並通。《後漢書》注引《史記》作攝纓整襟……攝與擸亦聲近義同。」攝、擸異文。攝、擸同源，共同義素爲持。共同義素與共同形符有關。

支——竤　《爾雅》：「支，載也。」支與竤亦聲近義同。（1984：103 卷三下釋詁）

　　按，支，今有多音，依本條例，當音《廣韻》章移切，章母支韻平聲，古音在支部。《說文》：「支，去竹之枝也。从手持半竹。」引申爲支撐。《玉篇‧支部》：「支，持也。」《廣韻‧支韻》：「支，支持也。」《爾雅‧釋言》：「支，載也。」竤，《說文》無此字。《玉篇‧立部》：「竤，載也。」《廣韻‧眞韻》：「竤，竤載物。」《類篇‧立部》：「竤，閣藏食物。」支之引申義與竤之本義義近，皆有載義。

卞——疕　《方言》注云：「疕悷，惡腹也。」《玉篇》：「疕，惡也。㤊，惡心也，急性也。」㤊與疕同。定三年《左傳》：「莊公卞急而好絜。」卞與疕亦聲近義同。（1984：105 卷三下釋詁）

　　按，疕，《說文》無此字。《方言》卷十：「疕，惡也。南楚凡人殘罵謂之鉗，又謂之疕。」卞，《說文》無此字。《玉篇》：「卞，法也。」《左傳‧定公三年》：「莊公卞急而好潔。」杜預注：「卞，躁疾也。」王念孫《廣雅疏證》即引《左傳》例訓「卞」爲「惡」。今考，疕、卞義較遠，王氏所訓，恐與「好潔」相反類推有關。

蝁——惡　蝁與惡聲近義同。（1984：105 卷三下釋詁）

　　按，《說文》：「蝁，𧌒也。从虫亞聲。」《爾雅‧釋魚》：「𧌒，蝁。」邢昺疏：「蛇也，蝮虺之屬，大眼，有毒，一名𧌒，又名蝁，淮南人呼蝁子者是也。」惡，今有多音，依本條例，當音《廣韻》烏各切，影母鐸韻入聲，古音在鐸部。《說文》：「惡，過也。从心亞聲。」《淮南子‧說林》：「病熱而強之餐，救暍而飲之寒，救經而引其索，拯溺而授之石，欲救之，反爲惡。」高誘注：「惡猶害也。」蝁、惡同源，共同義素爲害。

《說文》：「亞，醜也。」亞可通作惡。共同聲符與共同義素義遠。

箅——捭　《方言》：「箅，析也。」箅與捭亦聲近義同。（1984：106卷三下釋詁）

　　按，箅，今有多音，依本條例，當音《廣韻》并弭切，幫母紙韻上聲，古音在支部。《說文》：「箅，筐箅也。」《說文解字注》：「羹呼曰筐箅，單呼曰箅。」《方言》卷十三：「箅，簞也……簞小者，南楚謂之簍，自關而西秦晉之間謂之箅。」郭璞注：「今江南亦名籠爲箅。」戴震《方言疏證》：「江東呼小籠爲箅。」箅，本義爲竹籠，《方言》卷十三：「箅，析也。」錢繹《方言箋疏》：「析謂之箅，析竹爲器亦謂之箅。」《說文》：「捭，兩手擊也。從手卑聲。」捭，今有多音，依本條例，當音《古今韻會舉要》博厄切，幫母。借義爲擘開。《廣雅・釋詁三》：「捭，開也。」《禮記・禮運》：「其燔黍捭豚。」孔穎達疏：「捭析豚肉加于燒石之上而熟之，故云捭豚。」陸德明釋文：「捭，卜麥反，或作擘，又作擘，皆同。」箅之《方言》義與捭之借義義近，皆有「開」義。

〔撝〕——〔闖〕（1984：106卷三下釋詁）

堇——䵁　堇與䵁亦聲近義同。（1984：110卷四上釋詁）

　　按，堇，今有多音，依本條例，當音《廣韻》巨巾切，羣母眞韻平聲，古音在。《說文・土部》：「堇，涂也。從土堇聲。」引申爲黏土。《說文解字注》：「合和黍穰而塗之，謂之堇涂。」《集韻・諄韻》：「堇，黏土也，或從土。」《類篇・土部》：「堇，黏土也。」䵁，《說文》無此字。《玉篇・黍部》：「䵁，黏也。」《集韻・欣部》：「䵁，黏也。」堇之引申義與䵁之本義義近，皆有黏義。

冟——䵄　《說文》：「冟，飯剛柔不調相箸也，讀若適。」冟與䵄亦聲近義同。
（1984：110卷四上釋詁）

　　按，《說文》：「冟，飯剛柔不調相著。從皀冂聲。讀若適。」徐灝《說文解字注箋》：「此『不』字疑衍，當從《玉篇》刪之，《廣韻》亦曰：『冟，謂堅柔相著也。』」《玉篇・皀部》：「冟，飯堅柔調也。今作適。」䵄，《說文》無此字。䵄，今有多音，依本條例，當音《廣韻》陟格切，知母陌

韻入聲，古音在鐸部。義爲黏飯。《玉篇・黍部》：「黐，黏飯也。」《廣韻・陌韻》：「黐，黏兒。」冟、黐同源，共同義素爲黏著飯。

覝——灱 《說文》：「覝，察視也，讀若鐮。」覝與灱亦聲近義同。（1984：111卷四上釋詁）

按，《說文・見部》：「覝，察視也。从見灱聲。讀若鐮。」《玉篇・見部》：「覝，察視也。」《廣韻・鹽韻》：「覝，察也。」《說文》：「灱，小熱也。从火干聲。」灱，今有多音，依本條例，當音《集韻》夷針切，以母侵韻平聲，古音在侵部。義爲光明。《方言》卷十二：「灱，明也。」郭璞注：「灱，光也。」覝之本義與灱之《方言》義同源，共同義素爲明。

休——旭 《邶風・匏有苦葉篇》：「旭日始旦。」《毛傳》云：「旭，日始出，謂大昕之時。」《周頌・載見篇》：「休有烈光。」鄭箋云：「休者，休然盛壯。」休與旭亦聲近義同。（1984：112卷四上釋詁）

按，休，今有多音，依本條例，當音《廣韻》許尤切，曉母尤韻平聲，古音在幽部。《說文》：「休，息止也。从人依木。庥，休或从广。」借義爲盛壯。《詩・周頌・載見》：「休有烈光。」鄭玄箋：「休者，休然盛壯。」孔穎達疏：「休與烈、光連文，故爲盛壯。」王念孫《廣雅疏證》引《詩・周頌・載見》文證明休、旭義同之例。《說文》：「旭，日旦出兒，从日九聲，若勖，一曰明也。」蓋「休」受「烈光」類化，即與「旭」義近。

純——焞 焞者，《說文》：「焞，明也。」引鄭語「焞燿天地」。今本作淳，假借字也。《楚辭・九歌》：「暾將出兮東方。」注云：「謂日始出，其容暾暾而盛大也。」義與焞同。揚雄《羽獵賦》：「光純天地。」純與焞亦聲近義同。（1984：112卷四上釋詁）

按，純，今有多音，依本條例，當音《廣韻》常倫切，禪母諄韻平聲，古音在諄部。《說文》：「純，絲也。从糸屯聲。《論語》曰：『今也純儉。』」焞，《說文》無此字。《玉篇・火部》：「焞，火盛兒。」《廣韻・魂韻》：「焞，火色。」純、焞義無關。朱駿聲《說文通訓定聲・屯部》認爲純，假借爲焞。純、焞音近假借。

蠲——烓　《說文》：「烓，從火圭聲。」《玉篇》音口迥、烏圭二切。《爾雅》：「蠲，明也。」蠲，古讀若圭。亦與烓聲近義同。（1984：112 卷四上釋詁）

按，《說文》：「蠲，馬蠲也。从虫、目，益聲。《明堂月令》曰：『腐艸爲蠲。』」借義爲明。《爾雅‧釋言》：「蠲，明也。」《左傳‧襄公十四年》：「惠公蠲其大德，謂我諸戎，是四嶽之裔胄也，毋是翦棄。」杜預注：「蠲，明也。」《說文》：「烓，行竈也。从火圭聲。讀若回。」《方言》卷十二：「烓，明也。」蠲之借義與烓之《方言》義義近，皆有明義。

暴——襮　暴與襮聲近義同。（1984：113 卷四上釋詁）

按，暴，今有多音，依本條例，當音《廣韻》蒲木切，並母屋韻入聲，古音在藥部。《說文》：「暴，晞也。从日从出从廾从米。」《周禮‧天官‧染人》：「凡染，春暴練。」鄭玄注：「暴練，練其素而暴之。」《小爾雅‧廣言》：「暴，曬也。」《說文‧衣部》：「襮，黼領也。从衣暴聲。《詩》曰：素衣朱襮。」《玉篇‧衣部》：「襮，衣表也。」引申爲表露。《呂氏春秋‧忠廉》：「臣請爲襮。」高誘注：「襮，表也。」《漢書‧敘傳下》：「張修襮而內逼。」顏師古注：「襮，表也。」暴之本義與襮之引申義義近，皆有表露義。朱駿聲《說文通訓定聲‧衣部》認爲襮，假借爲暴。可知，二者義近假借。

愶——怯　愶與怯亦聲近義同。故《釋名》云：「怯，脅也，見敵恐脅也。」（1984：115 卷四上釋詁）

按，愶，《說文》無此字。《玉篇‧心部》：「愶，以威力相恐愶。」《廣韻‧業韻》：「愶，以威力相恐也。」《說文》：「㹍，多畏也。从犬去聲。怯，杜林說，㹍从心。」《說文解字注》：「本謂犬，叚借謂人。」邵瑛《羣經正字》：「今經典从杜林作怯。」愶、怯同源，共同義素爲怯。共同義素與共同形符有關。

骼——趏　趏者，《爾雅》：「棧木，干木。」注云：「殭木也。江東呼木骼。」骼與趏聲近義同。（1984：117 卷四上釋詁）

按，趏，《說文》無此字。《玉篇‧走部》：「趏趏，僵仆。」《廣雅‧釋

詁四》：「趏，僵也。」《說文》：「觡，骨角之名也。从角各聲。」王念孫《廣雅疏證》：「《爾雅》：『棧木，干木。』注云：『殭木也。江東呼木觡。』觡與趏聲近義同。」可知趏、觡同源，共同義素爲僵直。

訇——硜　訇與硜聲近義同。（1984：121 卷四下釋詁）

　　按，訇，今有多音，依本條例，當音《廣韻》呼宏切，曉母耕韻平聲，古音在耕部。《說文‧言部》：「訇，駭言聲。」《玉篇‧石部》：「硜，石也。」《集韻‧耕韻》：「硜，石落聲。」《集韻‧耕韻》：「硜，或从宏。」訇、硜同源，共同義素爲聲。

尫——匡　尫與匡亦聲近義同。（1984：123 卷四下釋詁）

　　按，《說文》：「尢，尩，曲脛也。从大，象偏曲之形。尫，古文从坒。」《說文解字注》：「尩者，蹇也。」《玉篇‧尢部》：「尢，僂也。」《說文》：「匡，飲器，筥也。从匚坒聲。筐，匡或从竹。」引申爲曲。桂馥《說文義證》：「筥，當爲坒。本書篆，飲牛筐也。方曰筐，圜曰筥。」《爾雅‧釋言》：「匡，正也。」《玉篇‧匚部》：「匡，方正也。」王念孫《廣雅疏證》：「義有相反而實相因者，皆此類也。」朱駿聲《說文通訓定聲‧匚部》認爲匡，假借爲尫。尫之本義與匡之引申義義近，皆有曲義，尫、匡義近假借。

孤——弧　孤與弧聲近義同。（1984：123 卷四下釋詁）

　　按，《說文》：「孤，無父也。从子瓜聲。」借義爲乖戾。王念孫《廣雅疏證》：「《漢書‧五行志》注：『睽孤，乖刺之意也。』」《說文》：「弧，木弓也。从弓瓜聲。一曰往體寡，來體多曰弧。」引申爲曲，違戾。《周禮‧考工記‧輈人》：「凡揉輈，欲其孫而無弧深。」賈公彥疏：「言揉者以火揉使曲也。」《楚辭‧七諫‧謬諫》：「邪說飾而多曲兮，正法弧而不公。」王逸注：「弧，戾也。」孤之借義與弧之引申義義近，皆有違戾義。

輒——軜　輒與軜亦聲近義同。（1984：125 卷四下釋詁）

　　按，《說文》：「輒，車兩輢也。从車耴聲。」朱駿聲《說文通訓定聲》：「輒，謂車兩旁可倚處。」引申爲不動。《莊子‧達生篇》：「輒然忘吾有

四肢也。」成玄英疏：「輒然，不敢動貌也。」《集韻・帖韻》：「輒，輒然，不動兒。」坍，《說文》無此字。《廣雅・釋詁四》：「坍，靜也。」《集韻・祭韻》：「坍，靜也。」輒之引申義與坍之本義義近，皆有靜義。

龜——皸 皸，《說文》作𦜕，云「瘃足也。」《漢書・趙充國傳》：「手足皸瘃。」文穎注云：「皸，坼裂也。」《莊子・逍遙遊篇》：「宋人有善爲不龜手之藥者。」《釋文》云：「龜，徐舉倫反。向云拘坼也。」龜與皸聲近義同。（1984：134 卷五上釋詁）

按，龜，有多音，依本條例，當音《集韻》俱倫切，見母諄韻平聲，古音雜在諄部。義爲乾裂。《說文》：「龜，舊也，外骨內肉者也。從它，龜頭與它頭同，天地之性，廣肩無雄，龜鼈之類，以它爲雄，象足甲尾之形。」引申爲龜裂。《莊子・逍遙遊》：「宋人有善爲不龜手之藥者。」陸德明釋文引司馬彪云：「龜，文坼如龜文也。」《集韻・諄韻》：「龜，手凍坼也。」皸，《說文》無此字。《說文新附》：「皸，足坼也。從皮軍聲。」《漢書・趙充國傳》：「將軍士寒，手足皸瘃。」顏師古注引文穎曰：「皸，坼裂也；瘃，寒創也。」龜之引申義與皸之本義義近，皆有乾裂義。

裝——將 《爾雅》：「將，資也。」郭璞注云：「謂資裝。」裝、將聲近義同。（1984：142 卷五上釋詁）

按，《說文》：「裝，裏也。從衣壯聲。」《說文解字注》：「束其外曰裝，故著絮於衣亦曰裝。」《廣韻・陽韻》：「裝，裝束。」引申爲行裝。《廣韻・漾韻》：「裝，行裝。」《集韻・漾韻》：「裝，行具。」《說文》：「將，帥也。從寸牆省聲。」將，今有多音，依本條例，當音《廣韻》即良切，精母陽韻平聲，古音在陽部。借義爲資。《爾雅・釋言》：「將，資也。」郭璞注：「謂資裝。」邢昺疏：「行所資也。」《孟子・滕文公下》：「匍匐往將之。」焦循注：「《爾雅・釋言》：『將，資也。』，謂匍匐而往井上，資此李實食之。」《漢書・晁錯傳》：「輸將之費益寡。」顏師古注引如淳曰：「將，送也。或曰將，資也。」裝之引申義與將之借義義近，皆有行資義。

軫——振 《秦風・小戎篇》：「小戎俴收。」毛傳云：「收，軫也。」《正義》云：「軫，所以收斂所載。故名收焉。」軫與振亦聲近義同。（1984：146 卷五上釋詁）

按，《說文・車部》：「軫，車後橫木也。从車参聲。」引申爲湊集。《淮南子・兵略》：「甲堅兵利，車固馬良，畜積給足，士卒殷軫。此軍之大資也。」高誘注：「軫，乘輪多盛貌。」振，今有多音，依本條例，當音《廣韻》章刃切，章母震韻去聲，古音在諄部。《說文》：「振，舉救也。从手辰聲。一曰奮也。」借義爲收斂。《周禮・天官・職幣》：「掌式灋以斂官府都鄙。與凡用邦財者之幣，振掌事者之餘財。」鄭玄注：「振猶抍也，檢也。」《文選・司馬相如〈上林賦〉》：「振溪通谷，蹇產溝瀆。」李善注：「言山石收斂溪水而不分泄。」《字彙・手部》：「振，收也。」軫之引申義與振之借義義近，皆有收斂義。

蔟——族 蔟、族聲近義同。（1984：149 卷五上釋詁）

按，蔟，今有多音，依本條例，當音《廣韻》千木切，清母屋韻入聲，古音在屋部。《說文・艸部》：「蔟，行蠶蓐。从艸族聲。」引申爲堆積。《尚書大傳》卷一：「蔟以爲八。」鄭玄注：「蔟猶聚也。」《篇海類編・花木類・艸部》：「蔟，聚也，攢也。」族，今有多音，依本條例，當音《廣韻》昨木切，從母屋韻入聲，古音在屋部。《說文》：「族，矢鋒也，束之族族也。从㫃从矢。」引申爲聚集。《爾雅・釋木》：「木族生爲灌。」郭璞注：「族，叢。」朱駿聲《說文通訓定聲・㫃部》：「或說族字當訓大旗，古軍中弓矢之兵聚於旗下，故从㫃从矢會意。」其說亦可从，案「族」的古字形象兵聚旗下之形：（甲三六六）（京津二・〇二）（明藏六一六）（班簋）（毛公鼎）。蔟之引申義與族之引申義義近，皆有聚集義。

鑽——鐫 鑽與鐫聲近義同。（1984：156 卷五上釋詁）

按，鑽，今有多音，一音《廣韻》子筭切，精母換韻去聲，古音在元部。又音《廣韻》借官切，精母桓韻平聲，古音在元部。二音義皆相近。《說文》：「鑽，所以穿也。从金贊聲。」徐灝《說文解字注箋》：「此謂鑽鑿之器。」《慧琳音義》卷八十五：「鑽，《考聲》：『刺也』……《古今正字》：『穿也』。」《說文》：「鐫，穿木鐫也。从金雋聲。一曰琢石也。讀若瀸。」《方言》卷二：「鐫，琢也，晉趙謂之鐫。」鑽、鐫同源，共同義素爲穿鑿，共同義素與共同形符有關。

碕——陭　按隑碕者，皆長貌也。……《淮南子・本經訓》：「積牒旋石以純脩碕。」《文選・吳都賦》注引許慎注云：「碕，長邊也。」碕與陭亦聲近義同。（1984：158卷五下釋詁）

　　按，碕，今有多音，依本條例，當音《廣韻》渠羈切，羣母支韻平聲，古音在支部。《玉篇・石部》：「碕，曲岸頭。」反訓爲綿長。《文選・郭璞〈江賦〉》：「厓隒爲之泐嵃，碕嶺爲之嵒崿。」李善引許慎《淮南子》注曰：「碕，長邊也。」《說文・阜部》：「陭，上黨陭氏阪也。从阜奇聲。」本義爲地名，借義爲曲。《說苑・建本》：「夫本不正者末必陭，始不盛者終必衰。」陭，今有多音，依本條例，當音《集韻》隱綺切，影母紙韻上聲，古音在歌部。反訓義爲直。《集韻・紙韻》：「陭，隑也。」《方言》卷十三：「隑，陭也。」郭璞注：「江南人呼梯爲隑，所以隑物而登者也。」碕、陭二者反訓義近，皆爲「直」。

齊——濟　《小雅・楚茨篇》：「濟濟蹌蹌。」鄭箋云：「威儀敬愼也。」《管子・形勢解》云：「濟濟者，誠莊事斷也。」《祭義》云：「齊齊乎其敬也。」齊與濟聲近義同。（1984：175，卷六上釋詁）

　　按，濟，今有多音，依本條例，當音《廣韻》子禮切，精母薺韻上聲，古音在脂部。《說文》：「濟，水。出常山房子贊皇山，東入泜。从水齊聲。」重疊借義爲敬。《禮記・玉藻》：「朝廷濟濟翔翔。」鄭玄注：「濟濟，莊敬貌也。」《廣雅・釋訓》：「濟濟，敬也。」《詩・大雅・文王》：「濟濟多士。」毛傳：「濟濟，多威儀也。」《說文》：「齊，禾麥吐穗上平也。」齊，今有多音，依本條例，當音《集韻》莊皆切，莊母皆韻平聲，古音在脂部。《詩・大雅・思齊》：「思齊大任，文王之母。」毛傳：「齊，莊。」《論語・鄉黨》：「食不語，寢不言，雖疏食菜羹，瓜祭，必齊如也。」何晏注引孔安國曰：「齊，嚴敬貌。」《禮記・祭義》：「齊齊乎其敬也。」齊又由本義重疊借義爲敬。孔穎達疏：「齊齊，謂整齊之貌。」

翹——嶢　《墨子・親士篇》云：「王德不堯堯。」堯與嶢通。《豳風・鴟鴞篇》：「子室翹翹。」傳云：「翹翹，危也。」翹與嶢亦聲近義同。（1984：176，卷六上釋詁）

　　按，翹，今有多音，依本條例，當音《廣韻》渠遙切，羣母宵韻平聲，

古音在宵部。《說文》:「翹,尾長毛也。从羽堯聲。」引申爲高舉。《莊子‧馬蹄》:「翹足而陸。」成玄英疏:「翹,舉也。」《淮南子‧脩務》:「翹尾而走。」高誘注:「翹,舉也。」《文選‧郭璞〈遊仙詩〉》:「翹跡企潁陽。」張銑注:「翹,高也。」《說文》:「嶢,焦嶢,山高皃。从山堯聲。」《白虎通‧號》:「堯,猶嶢嶢,至高之貌。」《漢書‧楊雄傳上》:「直嶢嶢以造天兮,厥高慶而不可乎疆度。」顏師古注:「嶢嶢,高貌。」翹之引申義與嶢之本義義近,皆有高義。

騷——慅 卷四云:「慅,愁也」,重言之則曰慅慅。《爾雅》:「慅慅,勞也。」勞亦憂也。《小雅‧巷伯篇》:「勞人草草。」草與慅同。《楚辭‧九嘆》:「蹇騷騷而不釋。」騷與慅亦聲近義同。(1984:177,卷六上釋詁)

按,騷,今有多音,依本條例,當音《廣韻》蘇遭切,心母豪韻平聲,古音在幽部。《說文》:「騷,擾也,一曰摩馬。从馬蚤聲。」引申爲憂愁。《玉篇‧馬部》:「騷,愁也。」《國語‧楚語上》:「德義不行,則邇者騷離,而遠者距違。」韋昭注:「騷,愁也。」《說文》:「慅,動也。从心蚤聲。一曰起也。」慅,今有多音,依本條例,當音《廣韻》采老切,清母皓韻上聲,古音在幽部。借義爲憂愁。《玉篇‧心部》:「慅,憂心也,愁也。」《詩‧陳風‧月出》:「舒懮受兮,勞心慅兮。」陸德明釋文:「慅,憂也。」騷之引申義與慅之借義義近,皆有憂愁義。

恇——狂 梁鴻《適吳詩》:「嗟恇恇兮誰留。」恇與狂亦聲近義同。(1984:180,卷六上釋訓)

按,《說文》:「恇,怯也。从心匡,匡亦聲。」《玉篇‧心部》:「恇,怖也。」《說文‧人部》:「狂,遠行也。从人狂聲。」借義爲惶懼。《楚辭‧九歎‧思古》:「魂狂狂而南行兮。」王逸注:「狂狂,惶遽之貌。」《文選‧宋玉〈九辯〉》:「逢此世之狂攘。」張銑注:「狂攘,憂懼貌。」恇之本義與狂之借義義近,皆有怯義。

𥫱——䉛 𥫱與䉛聲近義同。(1984:222,卷七下釋器)

按,《說文》:「𥫱,𥴧也,所以載盛米。从宁从甾。甾,缶也。」《廣

雅‧釋器》：「籚，畚也。」《廣韻‧御韻》：「籚，筐籚。」籅、籚同源，共同義素爲盛米器。《說文》：「甾，東楚名缶曰甾。」共同義素與共同形符有關。

篚──䉥 篚與䉥亦聲近義同。（1984：222，卷七下釋器）

按，《說文》：「篚，竹輿也。从竹匪聲。」借義爲盛飯用竹器。《急就篇》卷三：「䉥箄篚筥簋箄籅。」顏師古注：「竹器之盛飯者，大曰篚，小曰筥。筥，一曰籍，受五升。」《說文》：「䉥，帗也。从甾并聲。杜林以爲竹筥，楊雄以爲蒲器，讀若軿。」《說文》：「帗，蒲席䉥也。从巾及聲。」篚之借義與䉥之本義義近，皆指盛東西的器物。

攘──纕 卷與縈，攘與纕竝聲近義同。（1984：237，卷七下釋器）

按，《說文》：「攘，推也。从手襄聲。」攘，今有多音，依本條例，當音《廣韻》如兩切，日母養韻上聲，古音在陽部。由本義借義爲捋。《廣韻‧陽韻》：「攘，揎袂出臂曰攘。」《孟子‧盡心下》：「馮婦攘臂下車。」纕，今有多音，依本條例，當音《集韻》汝兩切，日母養韻上聲，古音在陽部。《說文》：「纕，援臂也。从糸襄聲。」《說文解字注》：「援臂者，援，引也，引褏而上之也。是爲纕臂，襄訓解衣，故其字从襄，糸。今則攘臂行而纕臂廢矣。」攘之借義與纕之本義義近，皆有捋起衣袖義。《說文》：「襄，漢令，解衣耕謂之襄。」襄有解義，與「捋起衣袖」義近。

卷──縈 卷與縈，攘與纕竝聲近義同。（1984：237，卷七下釋器）

按，《說文》：「卷，厀曲也。从卩𢍹聲。」卷，今有多音，依本條例，當音《廣韻》居轉切，見母獮韻上聲，古音在元部。引申爲收。《玉篇‧卩部》：「卷，收也。」《儀禮‧公食大夫禮》：「有司卷三牲之俎，歸于賓館。」鄭玄注：「卷，猶收也。」朱駿聲《說文通訓定聲‧乾部》認爲卷，假借爲縈。《說文》：「縈，攘臂繩也。从糸熒聲。」《說文解字注》：「纕，各本作攘，今正。纕者，援臂也。臂褏易流，以繩約之，是繩謂之縈。」《正字通‧糸部》：「縈，曲也。」卷之引申義與縈之本義義近，皆有卷收義。

輾——轓　輾、轓聲近義同。（1984：240，卷七下釋器）

《說文》：「輾，車耳反出也。从車从反，反亦聲。」《古今韻會舉要・阮韻》：「輾，應劭曰：『車轓爲輾，以簟爲之，或用革，所以爲藩屏、翳塵泥也。』」轓，《說文》無此字。《玉篇・車部》：「轓，車箱也。」《漢書・景帝紀》：「令長吏二千石車朱兩轓，千石至六百石朱左轓。」顏師古注：「應劭曰：『車耳反出，所以爲之藩屏，翳塵泥也。二千石雙朱，其次乃偏其左。輾以簟爲之，或用革。』如淳曰：『轓音反，小車兩屏也。』師古曰：『據許愼、李登說，轓，車之蔽也。』《左氏傳》云：『以藩載欒盈。』即是有鄣蔽之車也。」據此可知，輾、轓同源，共同義素爲藩屏車塵，共同義素與共同形符有關。

餲——𩛽　餲與𩛽聲近義同。（1984：250，卷八上釋器）

按，餲，今有多音，依本條例，當音《廣韻》於犗切，影母央韻去聲，古音在月部，義爲變質食物。《說文》：「餲，飯餲也。从食曷聲。《論語》曰：『食饐而餲。』」《爾雅・釋器》：「食饐謂之餲。」郭璞注：「飯穢臭。見《論語》。」《玉篇・食部》：「餲，飯臭也。」𩛽，《說文》無此字。《廣雅・釋器》：「𩛽，臭也。」餲、𩛽同源，共同義素爲臭。《說文》：「曷，何也。」共同義素與共同聲符義無關。

橈——橿　橈與橿聲近義同，昭二年《穀梁傳》云：「疆之爲言猶竟也。」是其例矣。（1984：258，卷八上釋器）

按，橈，《說文》無此字。《玉篇・木部》：「橈，鑿柄。」《太平御覽》卷七百六十三引《通俗文》：「鑿柄曰橈。」《說文》：「橿，枋也，从木畺聲。一曰鉏柄名。」《釋名・釋用器》：「鋤，……齊人謂其柄曰橿。」橈、橿同源，共同義素爲柄，共同義素與共同形符有關。

繪——黵　繪與黵亦聲近義同。（1984：273，卷八上釋器）

按，繪，今有多音，依本條例，當音《廣韻》黃外切，匣母泰韻去聲，古音在月部。《說文》：「繪，會五采繡也。《虞書》曰：『山龍華蟲作繪。』《論語》曰：『繪事後素。』从糸會聲。」《小爾雅・廣詁三》：「雜彩曰繪。」

《說文》:「黵,沃黑色。从黑會聲。」《玉篇·黑部》:「黵,淺黑色。」《集韻·夬韻》:「黵,黑皃。」王念孫《廣雅疏證》卷八:「《書大傳》云:『山龍,青也。華蟲,黃也,作繪,黑也。宗彝,白也。』」則此處借指黑也。繪之借義與黵之本義義近,皆有黑義。

囷——圓 箘之言圓也。《說文》云:「圓謂之囷,方謂之京。」是囷、圓聲近義同。箭竹小而圓,故謂之箘也。竹圓謂之箘,故桂之圓如竹者,亦謂之箘。故簿箸形圓亦謂之箘。(2004:335 卷十上釋草)

按,《說文》:「囷,廩之圓者,从禾在囗中。圓謂之囷,方謂之京。」《說文》:「圓,圜,全也。从囗員聲,讀若員。」囷、圓同源,共同義素爲圓。《說文》:「囗,回也,象回帀之形。」共同義素與共同形符有關。

鼸——鼢 鼸與鼢聲近義同。(1984:387 卷十下釋獸)

按,《說文》:「鼸,鼢也。从鼠兼聲。」《爾雅·釋獸》:「鼸鼠,鼠屬。」郭璞注:「以頰裹藏食。」郝懿行《爾雅義疏》:「按鼸鼠即今香鼠,頰中藏食如獼猴然,灰色短尾而香,人亦蓄之。」《集韻·覃韻》:「鼢,鼠屬,或从含。」《說文》:「鼢,鼠屬。从鼠今聲,讀若含。」《玉篇·鼠部》:「鼢,蜥蜴。」鼸、鼢同源,共同義素爲鼠,共同義素即共同形符。

黨——讜——昌 黨、讜、昌,聲近義同。(1984:8,卷一上釋詁)

按,黨,今有多音,依本條例,當音《廣韻》多朗切,端母蕩韻去聲,古音在陽部。《說文》:「黨,不鮮也。从黑尚聲。」借義爲善。《荀子·非相》:「文而致實,博而黨正,是士君子之辯者也。」楊倞注:「黨與讜同,謂直言也。」王先謙《荀子集解》引郝懿行曰:「致緻、黨讜並古今字。讜言即昌言,謂善言也。」讜,今有多音,依本條例,當音《廣韻》多朗切,端母蕩韻去聲,古音在陽部。義爲直言、善言。讜,《說文》無此字。《說文新附》:「讜,直言也,从言黨聲。」《玉篇·言部》:「讜,直言也,善言也。」《漢書·敘傳下》:「讜言訪對,爲世純儒。」顏師古注:「讜,善言也。」昌,今有多音,依本條例,當音《廣韻》尺良切,昌母陽韻平聲,古音在陽部。《說文》:「昌,美言也。从日从曰,一曰日

光也。《詩》曰：『東方昌矣。』」王念孫《廣雅疏證》：「讜者，《逸周書‧祭公解》云：『王拜手稽首讜言。』漢張平子碑云：『讜言允諧。』《孟子‧公孫丑篇》：『禹聞善言則拜。』趙岐注引《皋陶謨》：『禹拜讜言。』今本作昌言，《史記‧夏紀》作美言。讜、讜、昌聲近義同。」王念孫從異文角度論證讜、讜、昌音義關係。今考讜、讜音近假借，讜、昌同源，共同義素爲美言，讜、昌音近假借。

別——攽——頒 別者，《說文》：「攽，分也。」引《洛誥》：「乃惟孺子攽。」今本作頒。鄭注訓頒爲分，徐邈音甫云反，《玉篇》：「攽，悲貧反。」別、攽、頒聲近義同。（1984：20 卷一上釋詁）

　　按，別，《說文》無此字。《廣雅》：「別，分也。」《說文》：「攽，分也，从攴分聲。」頒，今有多音，依本條例，當音《廣韻》布還切，幫母刪韻平聲，古音在諄部。《說文》：「頒，大頭也，从頁分聲，一曰鬢也。《詩》曰：『有頒其首。』」頒通作攽，《書‧洛誥》：「乃惟孺子頒，朕不暇聽。」孫星衍疏：「攽，蓋孔壁古文，言聽政之事繁多，孺子分其任，我有所不遑也。」王念孫《廣雅疏證》：「別者，《說文》：『攽，分也。』引《洛誥》：『乃惟孺子攽。』今本作頒。鄭注訓頒爲分。徐邈音甫云反，《玉篇》：『攽，悲貧反。』別、攽、頒聲近義同。」甫、悲同屬幫母，云、貧同屬諄部，音同。攽、頒爲異文關係，音近假借。別、攽同源，共同義素爲分。別與頒音近假借字「攽」同源。

迅——駿——徇 《爾雅》：「迅，疾也。」，「駿，速也。」郭璞注云：「駿猶迅也。」亦與徇聲近義同。（1984：22 卷一上釋詁）

　　按，《說文》：「迅，疾也。从辵卂聲。」《說文》：「駿，馬之良材者。从馬夋聲。」引申爲迅速。《爾雅‧釋詁上》郭璞注：「駿猶迅速，亦疾也。」徇，今有多音，依本條例，當音《廣韻》辭閏切，邪母稕韻去聲，古音在諄部。《說文》：「徇，疾也。」迅之本義與駿之引申義義近，迅、徇同源，共同義素爲疾。駿之引申義與徇之本義義近。

離——劙——劙 《荀子‧強國篇》：「劙盤盂刎牛馬。」楊倞注云：「劙，割也。」《方言》：「劙，分也。楚曰劙，秦晉曰離。」離、劙、劙，亦聲近義同。（1984：28

卷一下釋詁）

　　按，離，今有多音，依本條例，當音《廣韻》呂支切，來母支韻平聲，古音在歌部。《說文》：「離黃，倉庚也，鳴則蠶生，从隹离聲。」借義爲分。《方言》卷六：「參、蠡，分也。齊曰參，楚曰蠡，秦晉曰離。」《列子・仲尼》：「白馬非馬，形名離也。」張湛注：「離猶分也。」蠡，今有多音，依本條例，當音《集韻》郎計切，來母霽韻去聲，古音在支部。劙，《說文》無此字。《方言》卷十三：「劙，解也。」《玉篇・刀部》：「劙，解也。」《廣韻・支韻》：「劙，分破也。」離、蠡、劙三者《方言》義同源，皆有分解義。

譆──歖──欸　《管子・小問篇》：「管仲曰：『國必有聖人。』桓公曰：『然。』」《呂氏春秋・重言篇》「然」作「譆」。《說苑・權謀篇》作「歖」。譆、歖與欸亦聲近義同。（1984：34 卷一下釋詁）

　　按，《說文》：「譆，痛也，从言喜聲。」《玉篇・言部》：「譆，懼聲也，悲恨之聲也。」《文選・曹植〈七啓八首・序〉》：「玄微子俯而應之曰：『譆，有是言乎？』」李善注：「鄭玄《禮記》注曰：『譆，悲恨之聲也。』譆與嘻古字通也。」歖，今有多音，《說文》：「喜，樂也。歖，古文喜，从欠。」欸，今有多音，依本條例，當音《廣韻》烏開切，影母咍韻平聲，古音在之部。《說文・欠部》：「欸，訾也。」《說文解字注》：「訾者，呰之字誤。呰者，思稱意也。呰者，訶也。」《玉篇・欠部》：「欸，呰也。」《方言》卷十：「南楚凡言然者曰欸。」王念孫《廣雅疏證》：「《管子・小問篇》：『管仲曰：國必有聖人。桓公曰：然。』《呂氏春秋・重言篇》『然』作『譆』。《說苑・權謀篇》作『歖』。譆、歖與欸亦聲近而義同。」由上可知，譆、歖異文，音近假借，詞義無關。欸《方言》義與譆本義同源，共同義素爲應聲。欸與歖之假借字「譆」同源。

觓──疛──糾　《魯頌・泮水篇》：「角弓其觓。」鄭箋云：「觓，持弦急也。」《說文》：「疛，腹中急痛也。」竝與糾聲近義同。（1984：35 卷一下釋詁）

　　按，《說文》：「觓，角皃。从角丩聲。《詩》：『兕觥其觓。』」《玉篇・角部》：「觓，角皃。」疛，今有多音，依本條例，當音《廣韻》古巧切，

見母巧韻上聲，古音在幽部。義爲腹中絞痛。《說文》：「疛，腹中急也。從疒丩聲。」紏，今有多音，依本條例，當音《廣韻》居黝切，見母黝韻上聲，古音在幽部。《說文》：「紏，繩三合也。從糸丩。」引申爲迅急。《楚辭・九章・悲回風》：「紏思心以爲纕兮。」王逸注：「紏，戾也。」《玉篇・丩部》：「紏，戾也，急也。」王念孫《廣雅疏證》：「《魯頌・泮水篇》『角弓其觓』，鄭箋云：『觓，持弦急也。』《說文》：『疛，腹中急痛也。』竝與紏聲近義同。」王念孫所引鄭玄對「觓」字訓釋當爲「觓」字引申義。觓之引申義與疛之本義義義近，觓之引申義與紏之引申義義近，疛之本義與紏之引申義義近，皆有急義。

移──佗──扡 扡之言移也。移加之也。趙策云：「知伯來請地，不與，必加兵于韓矣。」韓子《十過篇》加作移。是移與扡同義。《玉篇》：「扡音與紙、與支二切。」《集韻》又音他可切。《小雅・小弁篇》：「舍彼有罪，予之佗矣。」《毛傳》云：「佗，加也。」佗與扡亦聲近義同。（1984：46 卷二上釋詁）

按，移，今有多音，依本條例，當音《廣韻》弋支切，以母支韻平聲，古音在歌部。《說文》：「移，禾相倚移也。從禾多聲，一曰禾名。」佗，今有多音，依本條例，當音《集韻》他佐切，透母過韻去聲，古音在歌部。義爲加。《說文》：「佗，負何也。從人它聲。」《詩・小雅・小弁》：「舍彼有罪，予之佗矣。」毛傳：「佗，加也。」《集韻・過韻》：「佗，加也。」扡，今有多音，依本條例，當音《廣韻》弋支切，以母支韻平聲，古音在歌部。義爲施加。《玉篇・手部》：「扡，加也。」《廣雅・釋詁二》：「扡，加也。」《廣韻・支韻》：「扡，加也。」《集韻・智韻》：「扡，加也。」佗、扡同源，共同義素爲加。王念孫《廣雅疏證》卷二上：「扡之言移也，移加之也。《趙策》云：『知伯來請地，不與，必加兵於韓矣。』韓子《十過篇》加作移。是移與扡同義。《玉篇》：『扡音與紙、與支二切。』《集韻》又他可切。《小雅・小弁篇》：『舍彼有罪，予之佗矣。』《毛傳》云：『佗，加也。』佗與扡亦聲近義同。」加，見母歌部，移，喻母歌部，同韻。加，《說文》：「語相增加也。」引申爲施及。移，亦有施及、延及義。《廣韻・支韻》：「移，延也。」由上可知，加、移異文，義近假借。移之引申義與佗之本義義近，皆有施加義。移之引申義與扡之本義義近，皆有施加義。

炎──惔──炎　炎、惔、炎竝聲近義同。（1984：49 卷二上釋詁）

　　按，炎，今有多音，依本條例，當音《廣韻》直廉切，澄母鹽韻平聲，古音在談部。《說文》：「炎，小熱也。从火干聲。《詩》曰：『憂心炎炎。』」《玉篇・火部》：「炎，燎也。」惔，今有多音，依本條例，當音《廣韻》徒甘切，定母談韻平聲，古音在談部。義爲燔。《說文》：「惔，憂也。从心炎聲。《詩》曰：『憂心如惔。』」朱駿聲《說文通訓定聲》：「此字後出，即炎字也。若訓憂，則《詩》兩如字不可通，後人正因《節南山》『憂心』而加心旁耳。」《詩・小雅・節南山》：「憂心如惔，不敢戲談。」毛傳：「惔，燔也。」鄭玄箋：「皆憂心如火灼爛之矣。」《大雅・雲漢》：「旱魃爲虐，如惔如焚。」毛傳：「惔，燎之也。」炎，今有多音，依本條例，當音《廣韻》于廉切，云母鹽韻平聲，古音在談部。《說文》：「炎，火光上也。从重火。」《玉篇・炎部》：「炎，焚也。」王念孫《廣雅疏證》：「炎者，《玉篇》音徒甘切，《說文》：『炎，小熱也。』引《小雅・節南山篇》『憂心炎炎』，今本作憂心如惔，毛傳云：『惔，燔也。』《釋文》『惔』，《韓詩》作『炎』，又《後漢書・章帝紀》注引《韓詩・大雅・雲漢篇》『如炎如焚』，今本作惔。炎、惔、炎竝聲近義同。」由上可知，炎、惔、炎三者屬異文，同源通用，共同義素爲熱。

烔──爞──蟲　烔者，《眾經音義》卷四引《埤倉》云：「烔烔，熱皃也。」《廣韻》引《字林》云：「熱氣烔烔。」《爾雅》：「爞爞，熏也。」郭璞注云：「旱熱熏炙人。」《大雅・雲漢篇》：「蘊隆蟲蟲。」毛傳云：「蟲蟲而熱。」《釋文》蟲，《韓詩》作烔。烔、爞、蟲竝聲近義同。（1984：49 卷二上釋詁）

　　按，烔，《說文》無此字。烔，今有多音，依本條例，當音《廣韻》徒紅切，定母東韻平聲，古音在東部。義爲熱。《玉篇》：「烔，熱皃。」《慧琳音義》卷六「烔然」注引《韓詩》：「烔，旱熱也。」爞，今有多音，依本條例，當音《集韻》徒東切，定母東韻平聲，古音在東部。義爲旱熱。爞，《說文》無此字。《說文新附》：「爞，旱气也。从火蟲聲。」《玉篇・火部》：「爞，熱也。」《廣韻・冬韻》：「爞，旱熱。」《爾雅・釋訓》：「爞爞，炎炎，熏也。」郭璞注：「皆旱熱熏炙人。」《集韻・東韻》：「烔，《博雅》：『熱也。』或作爞。」又《集韻・東韻》：「爞，通作蟲。」蟲，今有

多音，依本條例，當音《集韻》徒冬切，定母冬韻平聲，古音在冬部，義為熏熱。《說文》：「蟲，有足謂之蟲，無足謂之豸。从三虫。」《詩·大雅·雲漢》：「旱既大甚，蘊隆蟲蟲。」毛傳：「蟲蟲而熱。」《爾雅·釋訓》：「爞爞，熏也。」邢昺疏：「爞、蟲音義同。」王念孫《廣雅疏證》卷二上：「烔者，《眾經音義》卷四引《埤倉》云：『烔烔，熱兒也。』《廣韻》引《字林》云：『熱氣烔烔。』《爾雅》：『爞爞，熏也。』郭璞注云：『旱熱熏炙人。』《大雅·雲漢篇》：『蘊隆蟲蟲。』毛傳云：『蟲蟲而熱。』《釋文》蟲，《韓詩》作烔。烔、爞、蟲竝聲近義同。」由上可知，烔、爞、蟲三者為異文關係。烔、爞同源，共同義素為熏熱，烔、蟲音近假借，爞、蟲音近假借。

揫——鞦——穛　揫，斂也。《漢書·律曆志》云：「秋，鞦也。物鞦斂乃成孰。」《說文》云：「鞦，收束也，從韋穛聲，或從手秋聲作揫。」又云：「穛，小也。」穛訓為小，鞦、揫訓為斂，物斂則小，故《方言》云：「斂物而細謂之揫。」揫、鞦、穛竝聲近義同。（1984：53 卷二上釋詁）

　　按，《說文》：「鞦，收束也。从韋穛聲。讀若酋。𩏑，鞦或从要。揫，鞦或从秋手。」《說文》：「揫，束也。从手秋聲。《詩》曰：『百祿是揫。』」《說文》：「穛，旱取穀也，从米焦聲，一曰小。」《說文解字注》：「穛，謂穀之小者，取揫斂之意。」王念孫《廣雅疏證》：「揫，斂也。《漢書·律曆志》云：『秋，穛也。物鞦斂乃成孰。』《說文》云：『穛，收束也，从韋穛聲，或从手秋聲作揫。』又云：『穛，小也。』穛訓為小，鞦、揫訓為斂，物斂則小，故《方言》云：『斂物而細謂之揫。』揫、鞦、穛竝聲近義同。」揫、鞦、穛同源，共同義素為小。

銳——餲——茮　《說文》：「餲，小餟也。」餲與茮亦聲近義同。（1984：54 卷二上釋詁）

　　按，茮，《說文》無此字。《方言》卷二：「茮，小也。凡草生而初達謂之茮。」《玉篇·艸部》：「茮，艸生狀。」餲，今有多音，依本條例，當音《廣韻》舒芮切，書母祭韻去聲，古音在月部。義為小餟。《說文》：「餲，小餟也。从食兑聲。」《集韻·寘韻》：「餲，小祭也。」銳，今有多音，依本條例，當音《廣韻》以芮切，以母祭韻入聲，古音在月部。《說

文》：「銳，芒也。从金兌聲。」芒則小。《說文解字注》：「芒者，艸耑也，艸耑必纖，故引申爲芒角字。」《左傳‧昭公十六年》：「且吾以玉賈罪，不亦銳乎！」杜預注：「銳，細小也。」銳、鈗、莌三者同源，共同義素爲小。

輲——惴——耑　《書》大傳：「以朝乘車輲輪送至于家。」鄭注云：「言輲輪，明其小也。」《小雅‧小宛篇》云：「惴惴小心。」《齊策》云：「安平君以惴惴之即墨，三里之城，五里之郭，敝卒七千，禽其司馬，而反千里之齊。」竝與耑聲近義同。（1984：54 卷二上釋詁）

　　按，輲，《說文》無此字。《玉篇‧車部》：「輇，無輻曰輇。輲，同上。」《說文》：「輇，蕃車下庳輪也。一曰無輻也。从車全聲。」《禮記‧曲禮》：「乘安車。」孔穎達疏：「案《書傳略說》云：『致仕者以朝乘車輲輪。』鄭云：『乘車，安車。言輲輪，明其小也。』」惴，今有多音，依本條例，當音《廣韻》之睡切，章母寘韻去聲，古音在歌部，義爲憂懼。《說文》：「惴，憂懼也。从心耑聲。《詩》曰：『惴惴其慄。』」憂懼即小心。《莊子‧齊物論》：「小恐惴惴。」陸德明釋文引李云：「小心貌。」耑，今有多音，依本條例，當音《廣韻》多官切，端母桓韻平聲，古音在元部。義爲物之初生。《說文》：「耑，物初生之題也。上象生形，下象其根也。」《玉篇》：「耑，今爲端。」初生則小。《廣雅‧釋詁二》：「耑，小也。」輲、惴、耑三者同源，共同義素爲小，共同聲符有示源作用。

涌——桶——筩　《釋名》云：「山旁隴閒曰涌。涌猶桶，桶狹而長也。」亦與筩聲近義同。（1984：55 卷二上釋詁）

　　按，涌，今有多音，依本條例，當音《廣韻》余隴切，以母腫韻上聲，古音在東部。義爲水向上冒。《說文》：「涌，滕也。从水甬聲，一曰涌水，在楚國。」《說文》：「滕，水超涌也。」《玉篇‧水部》：「涌，水滕波。」《釋名‧釋山》：「山旁隴間曰涌，涌猶桶，桶狹而長也。」《說文》：「桶，木方，受六升，从木甬聲。」筩，今有多音，依本條例，當音《廣韻》徒紅切，定母東韻平聲，古音在東部。《說文》：「筩，斷竹也，从竹甬聲。」《廣雅‧釋詁二》：「筩，長也。」涌、桶、筩同源，共同義素爲長。

擿——摘——揥 擿者，《說文》：「擿，搔也。」《列子·黃帝篇》：「指擿無痟癢。」《釋文》云：「擿，搔也。」故搔頭謂之擿。《說文》云：「髃骨擿之可會髮者。」《鄘風·君子偕老篇》：「象之揥也。」毛傳云：「揥，所以擿髮也。」《釋文》：「擿，本又作揥。」《正義》云：「以象骨搔首，因以爲飾。故云所以擿髮。」擿、摘、揥聲近義同。（1984：62 卷二下釋詁）

按，擿，今有多音，依本條例，當音《廣韻》直炙切，澄母昔韻入聲，古音在錫部。《說文》：「擿，搔也。從手適聲，一曰投也。」《說文》：「摘，拓果樹實也。從手啻聲。一曰指近之也。」引申爲撓。《後漢書·隗囂傳》：「東摘濊貊。」李賢注：「摘，擾也。」擿、摘義近假借。揥，《說文》無此字。《詩·鄘風·君子偕老》：「象之揥也。」毛傳：「揥，所以擿髮也。」《玉篇·手部》：「揥，所以擿髮也。」《說文通訓定聲·手部》認爲摘，假借爲擿。擿之本義與摘之引申義義近，二者義近假借。摘之引申義與揥之本義義近。擿、揥同源，共同義素爲搔。

恁——諗——念 恁者，班固《典引》：「勤恁旅力。」蔡邕注云：「恁，思也。」《後漢書·班固傳》注引《說文》云：「恁，念也。」《爾雅》：「諗，念也。」《小雅·四牡篇》云：「將母來諗。」恁、諗、念聲近義同。（1984：65 卷二下釋詁）

按，恁，今有多音，依本條例，當音《廣韻》如甚切，日母寢韻上聲，古音在侵部。《說文》：「恁，下齎也。從心任聲。」《說文解字注》：「未聞。按《後漢書》班固《典引》：『亦宜勤恁旅力。』李賢注引《說文》：『恁，念也。』當用以訂正。」《玉篇·心部》：「恁，念也。」諗，今有多音，依本條例，當音《廣韻》式任切，書母寢韻上聲，古音在侵部。《說文》：「諗，深諫也。從言念聲。《春秋傳》：『辛伯諗周桓公。』」借義爲思念。《爾雅·釋言》：「諗，念也。」郭璞注：「相思念。」《詩·小雅·四牡》：「豈不懷歸，是用作歌，將母來諗。」毛傳：「諗，念也。」《說文》：「念，常思也。」恁之本義與諗之借義義近，皆有思念義。諗之借義與念之本義義近，皆有思念義。恁、念同源，共同義素爲思念。

膠——摎——翏 《莊子·天道篇》云：「膠膠擾擾乎。」《太元·元離篇》云：「死生相摎，萬物乃纏。」范望注：「摎，謂相擾也。」竝與翏聲近義同。（1984：80 卷三上釋詁）

　　按，膠，有多音，依本條例，當音《集韻》吉巧切，見母巧韻上聲，古音在幽部。《說文》：「膠，昵也，作之以皮，从肉翏聲。」借義爲擾亂。《莊子·天道》：「膠膠擾擾乎！」成玄英疏：「膠膠，擾擾，皆擾亂之貌。」摎，今有多音，依本條例，當音《廣韻》力求切，來母尤韻平聲，古音在幽部。《說文》：「摎，縛殺也。从手翏聲。」引申爲纏繞。《說文解字注》：「凡繩帛等物二股互交皆得曰摎，曰絞，亦曰糾。」《廣韻·肴韻》：「摎，束也。又音留。」《說文》：「獠，犬獿獿咳吠也。从犬翏聲。」《玉篇·犬部》：「獠，犬擾駭也。」膠之借義與摎之引申義義近，皆有擾義。膠之借義與獠之本義義近，皆有擾義。摎之引申義與獠之本義義近，皆有擾義。

稇——團——麇　稇，與下團字同。《說文》：「稇，絭束也。」《齊語》：「稇載而歸。」韋昭注云：「稇，絭也。」《管子·小匡篇》作攟。哀二年《左傳》：「羅無勇，麇之。」杜預注云：「麇，束縛也。」《釋文》：「麇，邱隕反。」稇、團、麇聲近義同。今俗語猶謂束物爲稇矣。（1984：86 卷三上釋詁）

　　按，《說文》：「稇，絭束也。从禾困聲。」《說文解字注》：「絭束，謂以繩束之。」《集韻·混韻》：「稇，亦作團。」麇，今有多音，依本條例，當音《集韻》衢云切，羣母文韻平聲，古音在諄部。《說文》：「麇，麞也。从鹿囷省聲。」借義爲束縛。《左傳·哀公二年》：「（趙）羅無勇，麇之。」杜預注：「麇，束縛也。」朱駿聲《說文通訓定聲·屯部》認爲麇，假借爲稇。稇、團異體，稇之本義與麇之借義義近，且可假借，團之本義與麇之借義義近，且可假借。

搏——拍——挎　挎者，《釋言》云挎，搏也。搏、拍、挎竝聲近義同。（1984：87 卷三上釋詁）

　　按，《說文》：「搏，索持也。一曰至也。从手尃聲。」《集韻·鐸韻》：「搏，拊也。」《周禮·多官·敘官》：「搏埴之工二。」鄭玄注：「搏之言拍也。」拍，《說文》無此字。拍，今有多音，依本條例，當音《廣韻》普伯切，滂母陌韻入聲，古音在鐸部。《釋名·釋姿容》：「拍，搏也，以手搏其上也。」《玉篇·手部》：「拍，拊也。」《說文·手部》：「挎，拊也。从手百聲。」《玉篇·手部》：「挎，擊也。」搏、拍、挎同源，共同義素爲擊打。

剝──朴──卜　《說文》：「卜，灼剝龜也。」剝、朴、卜聲近義同。（1984：105
卷三下釋詁）

　　按，剝，今有多音，依本條例，當音《廣韻》北角切，幫母覺韻入
聲，古音在屋部。義爲剝離。《說文》：「剝，裂也。从刀从彔。彔，刻割
也。彔亦聲，卜，剝或从卜。」《詩·小雅·楚茨》：「絜爾牛羊，以往烝
嘗。或剝或亨，或肆或將。」朱熹注：「剝，解剝其皮也。」朴，今有多
音，依本條例，當音《廣韻》匹角切，滂母覺韻入聲，古音在屋部。《說
文》：「朴，木皮也，从木卜聲。」借義爲離。《廣雅·釋詁三》：「朴，離
也。」《說文》：「卜，灼剝龜也。象炙龜之形。一曰象龜兆之从橫也。」
剝之本義與朴之借義義近，皆有離義。剝、卜同源，共同義素爲裂。朴
之借義與卜之本義義近，皆有離義。

魕──懝──疑　魕、懝、疑三字聲近義同。（1984：117 卷四上釋詁）

　　按，魕，《說文》無此字。《玉篇·鬼部》：「魕，懼也。」《廣雅·釋
詁二》：「魕，懼也。」《廣韻·志韻》：「魕，恐也。」《集韻·未韻》：「魕，
恐也。」懝，今有多音，依本條例，當音《廣韻》五溉切，疑母代韻去
聲，古音在之部。《說文》：「懝，騃也。从心从疑，疑亦聲，一曰惶也。」
《說文解字注》：「惶者，恐也。」《龍龕手鏡·心部》：「懝，惶也。」疑，
今有多音，依本條例，當音《廣韻》語其切，疑母之韻平聲，古音在之
部。《說文》：「疑，惑也。从子止匕，矢聲。」引申爲恐懼。《韓非子·
解老》：「不疑之謂勇。」陳奇猷集釋：「疑亦懼也。」《禮記·雜記下》：
「故有疾飲酒食肉，五十不致毀，六十不毀，七十飲酒食肉，皆爲疑死。」
鄭玄注：「疑猶恐也。」魕、懝同源，共同義素爲恐。魕之本義與疑之引
申義義近。懝之本義與疑之引申義義近，皆有恐義。

鬺──鬺──湘　鬺、鬺、湘，聲近義同。（1984：135 卷五上釋詁）

　　按，《說文》：「鬺，賣也。从鬲羊聲。」《集韻·陽韻》：「鬺，《說文》：
『煮也。』或作鬺。」《玉篇·鬲部》：「鬺，煮也。」《玉篇·鬲部》：「鬺
同鬺。」《漢書·郊祀志上》：「皆嘗鬺享上帝鬼神。」顏師古注：「鬺享，
煮而祀也。」《說文》：「湘，水。出零陵陽海山，北入江。从水相聲。」

假借爲鬺。《詩・召南・采蘋》：「于以湘之，維錡及釜。」毛傳：「湘，亨也。」鬵、鬺義近假借。鬺、湘音近假借。鬵、湘音近假借。

蛬──恭──憃 卷四云：「憃，恐也。」「憃，亦恐也。」《玉篇》：「憃，心動也。」《方言》：「蛬恭，戰慄也。荊吳曰蛬恭。」蛬恭又恐也。竝與憃聲近義同。（1984：137 卷五上釋詁）

按，《說文》：「蛬，蛬蛬，獸也。一曰秦謂蟬蛻曰蛬，从虫巩聲。」《方言》卷六：「蛬恭，戰慄也。荊吳曰蛬恭。蛬恭，又恐也。」《說文》：「恭，戰慄也。从心共聲。」《玉篇・心部》：「恭，恐也。」憃，今有多音，依本條例，當音《廣韻》古紅切，見母東韻平聲，古音在東部。義爲心亂，恐懼。《玉篇・心部》：「憃，心動也。」《漢書・敘傳上》：「貢憃」，蕭該音義引李奇曰：「憃，懣也。」蛬之《方言》義與恭之本義同源，共同義素爲恐。蛬之《方言》義與憃之本義同源，共同義素爲恐。恭、憃同源，共同義素爲恐。

㬅──孃──糮 《說文》：「㬅，亂也，讀若穰。」「孃，擾煩也。」竝與糮聲近義同。（1984：34 卷一下釋詁）

按，《說文》：「㬅，亂也，讀若襄。」孃，今有多音，依本條例，當音《廣韻》汝陽切，日母陽韻平聲，古音在陽部。《說文》：「孃，煩擾也。一曰肥大也。从女襄聲。」《廣韻》：「孃，亂也。」糮，《說文》無此字。《玉篇・米部》：「糮，雜也。」《集韻・漾韻》：「糮，糅也。」㬅、孃、糮三者同源，共同義素爲雜亂。

鎧──塏──磑 《文選・高唐賦》：「振陳磑磑。」《思元賦》：「行積冰之磑磑兮。」李善注竝引《方言》：「磑，堅也。」《釋名》云：「鎧，猶塏也。」塏，堅重之言也。竝與磑聲近義同。（1984：40 卷一下釋詁）

按，《說文》：「鎧，甲也。从金豈聲。」《釋名・釋兵》：「鎧……或謂之甲，似物孚甲以自禦也。」《說文》：「塏，高燥也。从土豈聲。」磑，今有多音，依本條例，當音《集韻》魚開切，疑母咍韻平聲，古音在微部。《說文》：「磑，䃺也。从石豈聲。古者公輸班作磑。」《方言》卷十二：「磑，堅也。」《玉篇・石部》：「磑，堅石也。」鎧、塏、磑三者同

源，共同義素爲堅。

舀——扰——㖕——揄——挑　舀、扰、㖕、揄、挑五字，竝聲近義同。
（1984：51 卷二上釋詁）

　　按，《說文》：「舀，抒臼也。从爪臼。《詩》：『或簸或舀。』扰，舀或从手，从尤。㖕，舀或从臼尤。」舀、扰、㖕異文。揄，今有多音，依本條例，當音《廣韻》以周切，以母尤韻平聲，古音在侯部。《說文》：「揄，引也。从手俞聲。」引申爲舀。《詩·大雅·生民》：「或舂或揄，或簸或蹂。」鄭玄箋：「揄，抒臼也。」《玉篇·手部》：「揄，抒臼也。」《說文解字注》：「《大雅》『或舂或揄』，假揄爲舀也。」挑，今有多音，依本條例，當音《廣韻》土刀切，透母豪韻平聲，古音在宵部。義爲舀。《說文》：「挑，撓也。从手兆聲。一曰摵也。《國語》曰：『郤至挑天。』」借義爲舀。《儀禮·有司徹》：「二手執挑匕枋以挹湇。」鄭玄注：「挑謂之歃，讀如或舂或扰之扰。字或作挑者，秦人語也。此二匕者，皆有淺升，狀如飯糝，挑長枋，可以抒物於器中者。」舀、扰異文，舀、㖕異文，舀、揄義近假借，舀、挑同源。扰、㖕異文。扰、揄義近假借。扰、挑同源。㖕、揄義近假借。㖕、挑同源。揄之引申義與挑之方言義義近。

撰——僎——顨——巽——㒸　撰、僎、譔竝通。《堯典》：「共工方鳩僎功。」《釋文》：「僎，徐音撰。馬云具也。」僎亦與撰通。《說文》：「顨，選具也。」「巽，㒸也。」「㒸，具也。」竝與撰聲近義同。（1984：90 卷三下釋詁）

　　按，撰，《說文》無此字。今有多音，依本條例，當音《廣韻》雛鯇切，崇母潸韻平聲，古音在元部。《文選·潘岳〈藉田賦〉》：「后妃獻穜稑之種，司農撰播殖之器。」李善注引孔安國《論語》注曰：「撰，具也。」僎，《說文》無此字。今有多音，依本條例，當音《廣韻》士戀切，崇母線韻去聲，古音在元部。《書·堯典》：「共工方鳩僎功。」僎，陸德明釋文引馬云：「具也。」《玉篇·人部》：「僎，具也。」《說文》：「顨，選具也。从二頁。」《玉篇·頁部》：「顨，古文作選。」《廣韻·獮韻》：「顨，具也。」《說文》：「巽，㒸也。从丌从顨。此《易》『巽卦爲長女爲風』者。」㒸，今有多音，依本條例，當音《廣韻》蘇困切，心母慁韻去聲，

古音在諄部。《說文》：「巺，具也。从丌㔾聲。」撰、僎同源，共同義素為具。撰、頖同源，共同義素為具。撰、巺義無關。撰、巺同源。僎、巺同源，共同義素為具。僎、頖同源，共同義素為具。頖、巺義無關。頖、巺同源，共同義素為具。巺、巺義近假借。僎、巺義無關。

撫掩——憮㤅 宋魏邠陶之間曰憮，或曰㤅。又云韓鄭曰憮，晉魏曰㤅，《爾雅》：「悹，愛也。」「憮，撫也。」注云：「憮，愛撫也。」憮與悹通。又「矜憐，撫掩之也。」注云：「撫掩，猶撫拍、謂慰恤也。」撫掩與憮㤅，聲近義同。㤅、愛，一聲之轉。愛之轉為㤅，猶薆之轉為掩矣。（1984：17 卷一上釋詁）

按，憮，今有多音，依本條例，當音《廣韻》文甫切，微母麌韻上聲，古音在魚部。《說文》：「憮，愛也。韓鄭曰憮，一曰不動。从心無聲。」《爾雅·釋言》：「憮，撫也。」郭璞注：「憮，愛撫也。」《方言》卷一：「憮，愛也。韓鄭曰憮。」撫，今有多音，依本條例，當音《廣韻》芳武切，敷母麌韻上聲，古音在魚部。《說文》：「撫，安也。从手無聲。一曰循也。」《漢書·高帝紀》：「鎮撫關外父老。」顏師古注：「撫，慰也。」《說文·手部》：「掩，斂也。」徐灝《說文解字注箋》：「《文選·懷舊賦》注引《埤倉》曰：『掩，覆也。』《淮南·天文訓》：『掩，蔽也。』此掩斂之本義也。」《集韻·琰韻》：「掩，撫也。」㤅，《說文》無此字。撫、掩同源，共同義素為撫愛。憮、㤅同源，共同義素為愛。撫、憮同源，共同義素為愛。掩、㤅同源，共同義素為愛撫。

枳句——迟曲 枳句與迟曲亦聲近義同。（1984：33 卷一下釋詁）

按，枳，今有多音，依本條例，當音《廣韻》諸氏切，章母紙韻上聲，古音在支部。《說文》：「枳，木似橘。从木只聲。」《集韻·紙韻》：「枳，枳椇，木名，一曰白石李也。」《古今注·草木》：「枳椇子，一名樹蜜，一名木餳，實形拳曲，核在實外，味甜美如餳蜜。一名白石，一名白實，一名木石，一名木實，一名枳椇。」可知，枳有曲義。句，今有多音，依本條例，當音《廣韻》古侯切，見母侯韻平聲，古音在侯部。《說文》：「句，曲也。从口丩聲。」《說文》：「迟，曲行也。从辵只聲。」曲，今有多音，依本條例，當音《廣韻》丘玉切，溪母燭韻入聲，古音在屋部。《說文》：

「曲，象器曲受物之形。或說，曲，蠶薄也。」枳、句同源，共同義素爲曲。迟、曲同源，共同義素爲曲。枳、迟同源，共同義素爲曲。句、曲同源，共同義素爲曲。

繾綣──展轉　《大雅・民勞篇》：「以謹繾綣。」傳云：「繾綣，反覆也。」繾綣與展轉，聲近義同。（1984：196，卷六上釋訓）

　　按，繾，《說文》無此字。《說文新附》：「繾，繾綣，不相離也。从糸遣聲。」《玉篇・糸部》：「繾，繾綣，不離散也。」綣，《說文》無此字。《說文新附》：「綣，繾綣也。从糸卷聲。」繾綣爲聯綿詞。《說文》：「展，轉也。从尸襄省聲。」轉，今有多音，依本條例，當音《廣韻》陟兗切，知母獮韻上聲，古音在元部。《說文》：「轉，運也。从車專聲。」徐鍇《說文繫傳》：「轉，還也。」《玉篇・車部》：「轉，迴也。」展轉，爲聯綿詞。繾綣、展轉義近，皆有翻轉不相離義。

4、「猶」音義關係考

有——友　有猶友也，故《釋名》云：「友，有也，相保有也。」（1984：6，卷一上釋詁）

　　按，有，有多音。依「猶」義，當音《廣韻》云久切，云母有部上聲，古音在之部。《說文》：「有，不宜有也。《春秋傳》曰：『日月有食之。』从月又聲。」《說文》：「友，同志爲友。从二又，相交友也。」「友」由本義同志爲友引申爲相保有。《釋名・釋言語》：「友，有也，相保有也。」「有」之本義與「友」之引申義義義近。

遺——問　虞者，《大雅・雲漢》五章云：「羣公先正，則不我聞。」六章云：「昊天上帝，則不我虞。」聞猶恤問也。虞猶撫有也。則不我虞，猶言亦莫我有也。則不我聞，猶言亦莫我聞也。其三章云：「昊天上帝，則不我遺。」四章云：「羣公先正，則不我助。」遺猶問也。助猶虞也。故《廣雅》又云：「虞，助也。」（1984：6，卷一上釋詁）

　　按，《說文》：「遺，亡也。」遺，有多音，依「猶」義，當音《廣韻》以醉切，以母至韻去聲，古音在微部。《詩・豳風・鴟鴞序》：「成王未知周公之志，公乃爲詩以遺王。」孔穎達疏：「遺者，流傳致達之稱。」《楚辭・九歌・湘君》：「采芳洲兮杜若，將以遺兮下女。」王逸注：「遺，與也。」《說文》：「問，訊也。」引申爲聘問、贈送。《詩・鄭風・女曰雞

鳴》：「知子之順之，雜佩以問之。」毛傳：「問，遺也。」《左傳・僖公十年》：「若重問以召之，臣出晉君，君納重耳，蔑不濟矣。」杜預注：「問，聘問之幣。」遺之借義與問引申義義近。

助——虞　文獻來源同上。

　　按，助，有多音，依「猶」義，當音《廣韻》牀據切，崇母御韻去聲，古音在魚部。《說文》：「助，左也。从力且聲。」《小爾雅・廣詁》：「助，佐也。」《說文》：「虞，騶虞也。白虎黑文，尾長於身。仁獸，食自死之肉。」借義爲助。《廣雅・釋詁二》：「虞，助也。」助之本義與虞之借義義近。

愛——哀　哀與愛聲義相近，故憮憐既訓爲愛而又訓爲哀。《呂氏春秋・報更篇》：「人主胡可以不務哀士。」高誘注云：「哀，愛也。」《檀弓》云：「哭而起，則愛父也。」愛猶哀也。（1984：17 卷一上釋詁）

　　按，《說文》：「愛，行皃。从夊㤅聲。」《說文》：「㤅，惠也。从心旡聲。」朱珔《說文假借義證》：「今惠㤅字皆借愛字爲之而㤅廢，即愛之本義亦廢矣。」「愛」本義爲行，與「㤅」通用，表示「惠」義。《玉篇・心部》：「㤅，今作愛。」《說文》：「哀，閔也。从口衣聲。」《釋名・釋言語》：「哀，愛也，愛乃思念之也。」愛之借義與哀之本義義近。

駿——迅　《爾雅》：「迅，疾也。駿，速也。」郭璞注云：「駿猶迅也。」亦與徇聲近義同。（1984：22 卷一上釋詁）

　　按，《說文》：「駿，馬之良材者。」引申爲迅速。《爾雅・釋詁上》：「駿，速也。」郭璞注：「駿猶迅也，亦疾也。」《說文》：「迅，疾也。」《爾雅・釋詁》：「迅，疾也。」駿之引申義與迅之本義義近。

鎧——塏　《文選・高唐賦》：「振陳磑磑。」《思元賦》：「行積冰之磑磑兮。」李善注竝引《方言》：「磑，堅也。」《釋名》云：「鎧，猶塏也。塏，堅重之言也。」竝與磑聲近義同。（1984：40 卷一下釋詁）

　　按，說見三個詞間「一聲之轉」「鎧——塏——磑」部分。

任——事　《爾雅》：「服，事也。」《周官·大司馬》注云：「任猶事也。」是服與任同義。（1984：43 卷二上釋詁）

　　按，任，有多音，依「猶」義，當音《廣韻》汝鴆切，日母沁部去聲，古音在侵部。《說文》：「任，符也。从人壬聲。」徐鍇《說文繫傳》作：「任，保也。」《說文解字注》：「如今言保舉是也。」引申爲負擔。《廣韻·侵韻》：「任，當也。」事，有多音。依「猶」義，當音《廣韻》鉏吏切，崇母志韻去聲，古音在之部。《說文》：「事，職也。」《國語·魯語上》：「卿大夫佐之，受事焉。」韋昭注：「事，職事也。」任之引申義與事之本義義近。

涌——桶　《釋名》云：「山旁隴閒曰涌。涌猶桶。桶，狹而長也。」亦與箭聲近義同。（1984：55 卷二上釋詁）

　　按，《說文》：「涌，滕也。从水甬聲。一曰涌水，在楚國。」《說文解字注》：「滕，水超踊也。」《玉篇·水部》：「涌，水滕波。」引申爲山狹長。《釋名·釋山》：「山旁隴間曰涌，涌猶桶，桶狹而長也。」《廣雅疏證》所訓出於《釋名》。《說文》：「桶，木方，受六升。从木甬聲。」涌之引申義與桶之本義義近。《說文》：「甬，艸木華甬甬然也。」徐鍇《說文繫傳》：「甬之言涌也，若水涌出也。」《廣韻·腫韻》：「甬，草花欲發兒。」共同聲符「甬」義與「涌」義有關，與「桶」義無關。

暢——充　鄭注《月令》云：「暢猶充也。」《說文》：「充，長也。」《秦風·小戎篇》：「文茵暢轂。」毛傳云：「暢轂，長轂也。」暢與暘通。（1984：55 卷二上釋詁）

　　按，暢，《說文》無此字。《玉篇·申部》：「暢，達也，通也。」《詩·秦風·小戎》：「文茵暢轂，駕我騏馵。」毛傳：「暢轂，長轂也。」朱熹注：「暢，長也。」《禮記·月令》：「命之曰暢月。」鄭玄注：「暢猶充也。」孔穎達疏：「言名此月爲充實之月，當使萬物充實不發動也。」《說文·儿部》：「充，長也，高也。」借義爲滿、實。《左傳·襄公三十一年》：「寇盜充斥。」杜預注：「充，滿也。」《玉篇·儿部》：「充，滿也。」《穀梁傳·莊公二十五年》：「言充其陽也。」范寧注：「充，實也。」暢之借義與充之借義義近。又，方言暢與充音近。暢，今南昌話讀 ts'og，充，南昌話讀 ts'ug。

荼——徒　荼者，《方言》：「荼，借也。」郭注云：「荼猶徒也。」按荼蓋賒之借字。賒、荼古聲相近。（1984：59 卷二下釋詁）

　　按，荼，有多音，依「猶」義，當音《廣韻》同都切，古音在魚部。《說文》：「荼，苦茶也。」《方言》卷十二：「荼，借也。」郭璞注：「荼猶徒也。」《廣雅》：「荼，借也。」《廣雅疏證》卷二下：「案荼蓋賒之借字，賒荼古聲相近。《說文》：『賒，貰賣也。』『貰，貸也。』賒、貸同義，故俱訓爲借也。」《說文》：「辻，步行也。」《說文解字注》：「辻隸變作徒。」荼、徒義無關，僅音近。

賵——覆　賵者，《太平御覽》引《春秋說題辭》云：「賵之爲言覆也。」隱元年：「天王使宰咺來歸惠公仲子之賵。」服虔注《左傳》云：「賵，覆也。」《正義》云：「謂覆被亡者也。」《公羊傳》：「車馬曰賵。」何休注亦云：「賵猶覆也。」冒、賵、覆古聲竝相近。（1984：61 卷二下釋詁）

　　按，賵，《說文》無此字。《說文新附》：「賵，贈死者。从貝从冒，冒者，衣衾覆冒之意」《荀子・大略》：「貨財曰賻，輿馬曰賵。」《集韻・送韻》：「賵，贈死之物。」《公羊傳》：「車馬曰賵。」何休注：「賵，猶覆也。」《說文》：「覆，覂也，一曰蓋也。」賵之引申義與覆之本義義近。

幕——覆　井上六：「井收勿幕。」王弼注云：「幕猶覆也。」（1984：62 卷二下釋詁）

　　按，幕，有多音，依「猶」義，當音慕各切，明母鐸韻入聲，古音在鐸部。《說文・巾部》：「幕，帷在上曰幕，覆食案亦曰幕。」《玉篇・巾部》：「幕，覆上曰幕。」《方言》：「幕，覆也。」幕、覆同源，共同義素爲覆蓋。

釃——濾　《後漢書・馬援傳》：「擊牛釃酒。」李賢注云：「釃猶濾也。」（1984：68 卷二下釋詁）

　　按，《說文》：「釃，下酒也，一曰醇也，从酉麗聲。」徐鍇《說文繫傳》：「釃，猶籭也，籭取之也。」桂馥《說文義證》引趙宧光曰：「下酒者，去糟取清也。」《玉篇・水部》：「濾，濾水也。」釃、濾同源，共同義素爲濾去渣。

契——揳　契猶揳也。（1984：86 卷三上釋詁）

　　按，契，有多音，依「猶」義，當音《廣韻》苦計切，溪母霽韻去聲，古音在月部。《說文》：「契，大約也。」《慧琳音義》卷卷九十九「契明疇」注引顧野王云：「凡相約束皆曰契。」揳，《說文》無此字。《廣雅·釋詁三》：「揳，束也。」《玉篇·手部》：「揳，束縛也。」契、揳同源，共同義素爲約束。聲符「契」有示源作用。

闊——括　闊猶括也。（1984：86 卷三上釋詁）

　　按，《說文》：「闊，疏也。從門活聲。」《說文》：「活，水流聲，從水昏聲。」《爾雅》：「闊，遠也。」邢昺疏：「闊者，相疏遠也。」《說文》：「捪，絜也。從手昏聲。」闊、括有共同聲符「昏」，《說文》：「昏，塞口也。」《廣雅·釋詁四》：「括，結也。」玄應《一切經音義》卷十六：「檢柙」注：「檢，括也。括猶索縛也。」闊、括義相反，當爲反訓。

鉏——拙　鉏猶拙也。方俗語轉耳。（1984：89 卷三上釋詁）

　　按，鉏，《說文》無此字。《玉篇·金部》：「鉏，鈍也。」《說文》：「拙，不巧也。從手出聲。」《說文解字注》：「不能爲技巧也。」《楚辭·離騷》：「理弱而媒拙兮，恐導言之不固。」王逸注：「拙，鈍也。」王念孫《廣雅疏證》：「鉏猶拙也，方俗語轉耳。」鉏、拙同源，共同義素爲遲鈍。《說文》：「出，進也。」聲符與鉏、拙義無關。

葆——苞　葆猶苞也。《小雅·斯干篇》：「如竹苞矣。」毛傳云：「苞，本也。」（1984：96 卷三下釋詁）

　　按，葆，有多音，依「猶」義，當音《廣韻》博抱切，幫母皓韻去聲，古音在幽部。《說文》：「葆，艸盛兒。從艸保聲。」引申爲本。王念孫《廣雅疏證》：「葆訓爲本，謂草木叢生本蓁然也。」苞，有多音，依「猶」義，當音《廣韻》布交切，幫母肴韻平聲，古音在幽部。《說文》：「苞，艸也。南陽以爲麤履。從艸包聲。」引申爲根莖。《詩·商頌·長發》：「苞有三蘗，莫遂莫達。」毛傳：「苞，本，蘗，餘也。」朱熹注：「言一本生三蘗也。」葆之引申義與苞之引申義義近，共同形符「艸」義與葆、苞有關。

施——易 施讀當如施于中谷之施。《周南·葛覃》傳云：「施，移也。」《大雅·皇矣篇》：「施于孫子。」鄭箋云：「施猶易也，延也。」《喪服傳》：「絕族無施服。」鄭注云：「在旁而及曰施。」義竝相同。《爾雅》：「弛，易也。」郭璞注云：「相延易。」弛與施亦聲近義同。（1984：98 卷三下釋詁）

按，《說文》：「施，旗皃。」施，有多音，依「猶」義，當音《集韻》以皷切，以母真韻去聲，古音在歌部。《荀子·儒效》：「若夫充虛之相施易也。」楊倞注：「施讀若移，移易，謂使實者虛，虛者實也。」《淮南子·脩務訓》：「隱處窮巷，聲施千里。」高誘注：「施，行也。」《說文》：「易，蜥易，蝘蜓，守宮也，象形。《祕書》說，日月爲易，象陰陽也。一曰从勿。」引申爲改變、《玉篇·日部》：「易，轉也，變也。」施之借音義與易之引申義義近。

刑——成 刑、成聲相近。《王制》云：「刑者，侀也。侀者，成也。一成而不可變，故君子盡心焉。」《大傳》：「財用足，故百志成；百志成，故禮俗刑。」鄭注云：「刑猶成也。」（1984：100 卷三下釋詁）

按，《說文·刀部》：「刑，剄也。」引申爲法。《書·堯典》：「觀厥刑于二女。」孔安國傳：「刑，法也。」《禮記·大傳》：「百志成，故禮俗刑。」鄭玄注：「刑猶成也。」《漢書·終軍傳》：「若罰不阿近，舉不遺遠，設官竢賢，懸賞待功，能者進以保祿，罷者退而勞力，刑於宇內矣。」顏師古注：「刑，法也，言成法於宇內也。」《說文》：「成，就也。」《玉篇·戊部》：「成，畢也。」刑之引申義與成之本義義近。

離——過 邐者，《淮南子·俶真訓》：「夫貴賤之於身也，猶條風之時麗也。」高誘注云：「麗，過也。」麗與邐通。《大射儀》：「中離維綱。」鄭注云：「離猶過也，獵也。」離與邐古亦同聲。（1984：104 卷三下釋詁）

按，離，有多音，依「猶」義，當音《廣韻》呂支切，來母支韻平聲，古音在歌部。《說文》：「離，黃倉庚也。鳴則蠶生。」借義爲經歷，經過。《史記·蘇秦列傳》：「我離兩周而觸鄭，五日而國舉。」張守節正義：「離，歷也。」過，有多音，依「猶」義，當音《廣韻》古臥切，見母過韻去聲，古音在歌部。《說文》：「過，度也。」吳善述《廣義校訂》：「過本經過之

過，故从辵，許訓度也，度者，過去之謂，故過水曰渡，字亦作度。經典言過我門，過其門，乃過之本義。」此言當是。《廣雅・釋詁二》：「過，渡也。」離之借義與過之本義義近。

獘——惡 凡言獘者，皆惡之義也。《周官・司弓矢》：「句者謂之獘弓。」鄭注云：「獘猶惡也。」徐邈音扶滅反。獘與憋聲義亦同。故《大司寇》以邦成獘之，故書獘爲憋矣。（1984：105 卷三下釋詁）

　　按，《說文・犬部》：「獘，頓仆也。」《說文解字注》：「獘本因犬仆製字，假借爲凡仆之偁，俗又引申爲利弊字，遂改其字作弊，訓『困也』『惡也』。」段玉裁所言當是。王念孫《廣雅疏證》：「《周官・司弓矢》：『句者謂之獘弓。』鄭注云：『獘猶惡也。』徐邈音扶滅反，獘與憋聲義亦同，故《大司寇》『以邦成獘之』，故書獘爲憋矣。」《後漢書・董卓傳》：「羌胡敝腸狗態，臣不能禁止。」李賢注：「言羌胡心腸敝惡，情態如狗也。《續漢書》敝作憋，《方言》云：『憋，惡也。』」惡，有多音，依「猶」義，當音《廣韻》烏各切，影母鐸韻入聲，古音在鐸部。《說文》：「惡，過也。」獘之假借引申義與惡之本義義近。

揞——揜 揞猶揜也，方俗語有侈斂耳。（1984：114 卷四上釋詁）

　　按，揞，《說文》無此字。揞，有多音。依「猶」義，當音《廣韻》烏感切，影母感韻上聲，古音在侵部。《玉篇・手部》：「揞，藏也。」《廣韻・感韻》：「揞，手覆。」《方言》卷六：「揞，揜，錯，摩，滅也。荊楚曰揞，吳揚曰揜，周秦曰錯，陳之東鄙曰摩。」戴震《方言疏證》：「《廣雅》：『揞，揜，錯，摩，藏也。』……《玉篇》：『揞，藏也。』《廣韻》：『揞，手覆。』……皆於藏之義合。」《說文》：「揜，自關以東謂取曰揜，一曰覆也，从手弇聲。」揞、揜《方言》義同源。共同義素與共同形符「手」有關。

與——當 易、與、如也，皆一聲之轉也。……與、如、若，亦一聲之轉。與訓爲如，又有相當之義。襄二十五年《左傳》：「申鮮虞與閭邱嬰乘而出，行及弇中，將舍。嬰曰：『崔慶其追我。』鮮虞曰：『一與一，誰能懼我。』」杜預注云：「弇中，狹道也。道狹，雖眾無所用。」按，與猶當也。言狹道之中，一以當一，雖眾無所

用也。（1984：138卷五上釋詁）

　　按，與，有多音，依「猶」義，當音《廣韻》余呂切，以母語韻上聲，古音在魚部。《說文》：「與，黨與也。」引申爲敵對。《左傳・襄公二十五年》：「一與一，誰能懼我。」當，有多音，依「猶」義，當音《廣韻》都郎切，端母唐韻平聲，古音在陽部。《說文》：「當，田相值也。」《說文解字注》：「值者，持也，田與田相持也。」引申爲相當。《玉篇・田部》：「當，直也。」與之引申義與當之引申義義近。

象——遯　　象，挩也。《說文》：「象，豕走挩也。」挩與脫通。脫、象聲相近。象猶遯也。遯或作遂。《漢書・匈奴傳贊》：「遂逃竄伏。」字從辵象聲。象、遯聲亦相近。（1984：164卷五下釋言）

　　按，象，有多音，依「猶」義，當音《廣韻》通貫切，透母換韻去聲，古音在元部。《說文》：「象，豕走也。」《廣雅・釋言》：「象，挩也。」《說文》：「挩，解挩也。從手兌聲。」《說文解字注》：「今人多用脫，古則用挩，是則古今字之異也。今脫行而挩廢矣。」《說文》：「遯，逃也。從辵從豚。」象、遯同源，共同義素爲跑。

麗——連　　劉向《熏爐銘》云：「彫鏤萬獸，離婁相加。」《說文》：「廔，屋麗廔也。」離婁、麗廔聲與連遱皆相近，故《離・象傳》云：「離，麗也。」王弼注《兌卦》云：「麗猶連也。」鄭注《士喪禮》云：「古文麗爲連。」（1984：196，卷六上釋訓）

　　按，麗，有多音，依「猶」義，當音《廣韻》郎計切，來母霽韻去聲，古音在支部。《說文》：「麗，旅行也。鹿之性見食急則必旅行。」王筠《說文句讀》：「旅，俗作侶。」引申爲結伴、連接。《易・兌》：「象曰：麗澤兌。君子以朋友講習。」王弼注：「麗猶連也。」孔穎達疏：「兩澤相連，潤說之盛。」《儀禮・士喪禮》：「麗於擊。」鄭玄注：「古文麗亦爲連。」連，有多音，依「猶」義，當音《廣韻》力延切，來母仙韻平聲，古音在元部。《說文・辵部》：「連，負連也。」《說文解字注》：「連即古文輦也。」引申爲聯合。麗之引申義與連之引申義義近。

妄——凡　　《漢書・李廣傳》：「諸妄校尉以下。」張晏注云：「妄猶凡也。」諸妄

猶諸凡，諸凡猶都凡耳。妄與亡慮之亡聲相近。諸妄，亦疊韻也。（1984：197，卷六上釋訓）

　　按，妄，有多音，依「猶」義，當音《廣韻》巫放切，微母漾韻去聲，古音在陽部。《說文》：「妄，亂也。从女亡聲。」《漢書‧李廣傳》：「諸妄校尉已下，材能不及中，以軍功取侯者數十人。」顏師古注引張晏曰：「妄猶凡也。」《說文》：「凡，最括也。」王念孫《廣雅疏證‧釋訓》：「凡假借之字，依聲託事，本無定體，古今異讀，未可執一。……諸妄猶諸凡，諸凡猶都凡耳，妄與亡慮之亡聲相近，諸妄亦疊韻也。」妄、凡聲近，旁紐通轉。

質——本　礩之言質也，鄭注《曲禮》云：「質猶本也。」礩在柱下，如木之有本，故曰礩字，通作質。（1984：209，卷七上釋宮）

　　按，《說文》：「質，以物相贅。」借義爲本質、本體。《論語‧衛靈公》：「君子義以爲質，禮以行之。」《荀子‧儒效》：「習俗移志，安久移質。」《史記‧樂書》：「中正無邪，禮之質也。」裴駰集解引鄭玄云：「質猶本也。」本，有多音，依「猶」義，當音《廣韻》布忖切，幫母混韻上聲，古音在諄部。《說文》：「本，木下曰本。从木，一在其下。」引申爲根本。《論語‧學而》：「君子務本，本立而道生。」何晏注：「本，基也。」質之借義與本之引申義義近。

拂——被　拂猶被也，言以弱阿被牀之四壁。（1984：227，卷七下釋器）

　　按，《說文‧手部》：「拂，過擊也。」借義爲披。《左傳‧襄公十六年》：「拂衣从之。」孔穎達疏：「拂者，披迅之義。」王念孫《廣雅疏證》：「拂猶被也。言以弱阿被牀之四壁。」被，有多音，依「猶」義，當音《廣韻》皮彼切，並母紙韻上聲，古音在歌部。《說文》：「被，寢衣，長一身有半。」引申爲覆蓋。《楚辭‧招魂》：「皋蘭被徑兮斯路漸。」王逸注：「被，覆也。」拂之借義與被之引申義義近。

裱——表　裱猶表也，表謂衣領也。（1984：229，卷七下釋器）

　　按，裱，《說文》無此字。《方言》卷四：「帬裱謂之被巾。」郭璞注：「婦人領巾也。」《廣韻‧笑韻》：「裱，領巾也。」《說文》：「表，上衣

也。」褾之《方言》義與表之本義同源，共同義素爲衣。

帠——扈 帠猶扈也。（1984：230，卷七下釋器）

按，帠，《說文》無此字。《玉篇·巾部》：「帠，婦人巾。」《方言》卷四：「帠褾謂之被巾。」郭璞注：「婦人領巾也。」《說文》：「扈，夏后同姓所封，戰於甘者，在鄠，有扈谷、甘亭。从邑戶聲。」借義爲披帶。《楚辭·離騷》：「扈江離與辟芷兮，紉秋蘭以爲佩。」王逸注：「扈，被也。」帠之本義與扈之借義義近。《說文》：「戶，護也，半門曰戶。」共同聲符和帠之本義與扈之借義義近。

枸——拘 枸猶拘也。（1984：243，卷七下釋器）

按，《說文》：「枸，木也，可爲醬，出蜀。从木句聲。」枸，有多音，依「猶」義，當音《廣韻》古侯切，見母侯韻平聲，古音在侯部。此音義爲彎曲。《荀子·性惡》：「故枸木將待檃栝烝矯然後直。」楊倞注：「枸讀爲鉤，曲也。」《說文》：「拘，止也。从句从手，句亦聲。」拘，有多音，依「猶」義，當音《集韻》居侯切，見母侯韻平聲，古音在侯部。《荀子·哀公》：「古之王者，有務而拘領者矣。」楊倞注：「拘與句同，曲領也。」枸、拘同源，共同義素爲彎曲。《說文》：「句，曲也。」共同聲符有示源作用。

振——收 帳之言振也。《中庸》：「振河海而不泄。」鄭注云：「振猶收也。」《方言》注云：「帳，《廣雅》作振。字音同耳。」（1984：243，卷七下釋器）

按，振，有多音，依「猶」義，當音《廣韻》章刃切，章母震韻去聲，古音在諄部。《說文》：「振，舉救也。」借義爲收。《周禮·天官·職幣》：「掌式灋以斂官府都鄙，與凡用邦財者之幣，振掌事者之餘財。」鄭玄注：「振猶抍也，檢也。」孫詒讓《正義》引王念孫云：「經言斂言振，注言抍言檢，皆謂收取之也。」《禮記·中庸》：「今夫地，一撮土之多，及其廣厚，載華嶽而不重，振河海而不洩。」鄭玄注：「振猶收也。」孔穎達疏：「言地之廣大，載五嶽而不重，振收河海而不漏泄。」《說文》：「收，捕也。」引申爲收集。《爾雅·釋詁下》：「收，聚也。」《詩·周頌·維天之命》：「假以溢我，我其收之。」毛傳：「收，聚也。」孔穎達

疏：「收者，斂聚之義，故爲聚也。」振之借義與收之引申義義近。

蔑——寢　蔑猶寢也。（1984：248，卷八上釋器）

按，蔑，《說文》無此字。《廣雅・釋器》：「蔑謂之暗。」《說文》：「寢，臥也。」引申爲伏藏。《正字通・宀部》：「寢，伏也。」王念孫《廣雅疏證》卷八上云：「暗之言暗也，謂造之幽暗也。」蔑之本義與寢之引申義義近。

撥——絕　鐅之言撥也。《大雅・蕩》箋云：「撥猶絕也。」（1984：253，卷八上釋器）

按，《說文》：「撥，治也。从手發聲。」引申爲除去。《廣雅・釋詁一》：「撥，棄也。」又《釋詁三》：「撥，除也。」又《釋詁四》：「撥，絕也。」《說文》：「絕，斷絲也。」《釋名・釋言語》：「絕，截也，如割截也。」撥之借義與絕之本義義近。

鍱——集　鍱猶集也。（1984：253，卷八上釋器）

按，《說文》：「鍱，鍱也。从金集聲。」朱駿聲《說文通訓定聲》：「凡金銀銅鐵錫椎薄成葉者謂之鍱。」《廣韻・緝韻》：「鍱，鐵鍱。」《說文》：「集，羣鳥在木上也。」鍱、集音近。

鍱——葉　鍱猶葉也。（1984：253，卷八上釋器）

按，鍱，有多音，依「猶」義，當音《廣韻》與涉切，以母葉韻入聲，古音在盍部。《說文・金部》：「鍱，鍱也。从金枼聲。齊謂之鍱。」徐鍇《說文繫傳》：「今言鐵葉也。」《說文》：「葉，艸木之葉也。从艸枼聲。」鍱、葉同源，共同義素爲葉片。《說文》：「枼，楄也，枼薄也，从木世聲。」共同聲符有示源作用。

稯——束　稯之言總也。《說文》：「總，聚束也。」故《掌客》注云：「稯猶束也。」（1984：270，卷八上釋器）

按，《說文》：「稯，布之八十縷爲稯。」《玉篇・禾部》：「稯，禾束也。」《集韻・董韻》：「稯，禾聚束也。或作稯。」《說文》：「束，縛也。从口、

木。」徐鍇《說文繫傳》:「束薪也。口音圍,象纏。」《玉篇》:「束,約束。」稷、束同源,共同義素爲圍繞。

倞——索 又祊之爲言倞也。(《郊特牲》) 注云:「倞猶索也。」(1984:289,卷九上釋天)

按,《說文》:「倞,彊也。」倞,有多音,依「猶」義,當音《集韻》力讓切,來母漾韻去聲。古音在陽部。《禮記·郊特牲》:「祊之爲言倞也。」鄭玄注:「倞猶索也。」王念孫《廣雅疏證》:「《正義》云:『凡祊有二種,一是正祭之時,既設祭於廟,又求神於廟門之內。』《詩》云:『祝祭於祊。』是也。一是明日繹祭之時,設饌於廟門外西室,即上文祊之於東方。」《說文》:「索,艸有莖葉可作繩索。」借義爲探求。《易·繫辭上》:「探賾索隱,鉤深致遠。」孔穎達疏:「索謂求索。」《小爾雅·廣言二》:「索,求也。」倞之借音義與索之借義義近。

都——瀦 都猶瀦也。(1984:293,卷九上釋地)

按,都,有多音,依「猶」義,當音《廣韻》當孤切,端母模韻平聲,古音在魚部。《說文》:「都,有先君之舊宗廟曰都。从邑者聲。《周禮》:『距國五百里爲都。』」引申爲聚集。《廣雅·釋地》:「都,聚也。」《水經注·文水》:「水澤所聚謂之都,亦曰瀦。」《說文》:「瀦,豕而三毛叢居者。从豕者聲。」《書·禹貢》:「大野既瀦,東原底平。」孔傳:「水所停曰瀦。」《禮記·檀弓下》:「殺其人,壞其室,洿其宮而瀦焉。」孔穎達疏:「瀦是水聚之名也。」朱駿聲《說文通訓定聲·豫部》:「瀦,字亦作潴。」都之引申義與瀦之假借字潴義近。

鑼——耙 鑼猶耙也,方俗語有輕重耳。(1984:297,卷九上釋地)

按,鑼,有多音。依「猶」義,當音《集韻》班糜切,幫母支韻平聲,古音在歌部。《說文》:「鑼,杷屬。」《廣雅·釋地》:「耙,耕也。」鑼、耙同源,共同義素爲耕。

阱——洪 阱猶洪也,字亦作㳞。(1984:303,卷九下釋水)

按,阱,《說文》無此字。《玉篇·阜部》:「阱,坑也。」《說文》:

「洪，洚水也。」引申爲大。《爾雅‧釋詁上》：「洪，大也。」又《說文解字注》：「洪，大鑿曰澒，字亦作洪。」陜之本義與洪之引申義義近。《說文》：「共，同也。」共，可假借爲洪。

免──弱　《大戴禮‧公冠篇》：「推遠稚免之幼志。」盧辯注云：「免猶弱也。」聲義與婑相近。（1984：384，卷十下，釋獸）

　　按，《說文》無免字。免，有多音。依「猶」義，當音《廣韻》亡辨切，明母獼韻上聲，古音在元部。《大戴禮記‧公符》：「推遠雉免之幼志，崇積文武之寵德。」盧辯注：「免猶弱也。」《說文》：「弱，橈也，上象橈曲，彡象毛氂橈弱也。弱物并，故從二弓。」《說文解字注》：「橈者，曲木也，引申爲凡曲之稱。直者多強，曲者多弱。」免、弱旁對轉。

敻──遠　敻者，文十四年《穀梁傳》：「敻入千乘之國。」范甯注云：「敻猶遠也。」（1984：55卷二上釋詁）

　　按，《說文》：「敻，營求也。」敻，有多音。依「猶」義，當音《廣韻》休正切，曉母勁韻去聲，古音在耕部。《穀梁傳‧文公十四年》：「長轂五百乘，縣地千里，過郭宋鄭滕薛，敻入千乘之國，欲變人之主。」范甯注：「敻，猶遠也。」《文選‧班固〈幽通賦〉》：「道脩長而世短兮，敻冥默而不周。」李善注：「曹大家曰：『敻，遠邈也。』」遠，有多音，依「猶」義，當音《廣韻》雲阮切，云母阮韻上聲，古音在元部。《說文》：「遠，遼也。」《爾雅‧釋詁上》：「遠，遐也。」敻、遠同源，共同義素爲遠。

每每──昏昏　《爾雅》：「夢夢，亂也。儚儚，惛也。」《莊子‧胠篋篇》：「故天下每每大亂。」李頤注云：「猶昏昏。」每每，亦夢夢也。聲相近，故義相同矣。（1984：23卷一上釋詁）

　　按，《說文》：「每，艸盛上出也。」《莊子‧胠篋》：「故天下每每大亂。」陸德明釋文引李云：「每每，猶昏昏也。」成玄英疏云：「每每，昏昏貌也。」《玉篇》：昬同昏。《說文》：「昏，日冥也。從日氐聲。氐者，下也。一曰民聲。」每之借義與昏之本義義近。

瀏瀏——飂飂　瀏瀏猶飂飂也。（1984：178，卷六上釋詁）

　　按，《說文》：「瀏，流清皃。从水劉聲。《詩》曰：『瀏其清矣。』」《說文通訓定聲·孚部》認為瀏，假借為飂。《楚辭·劉向〈九歎·逢紛〉》：「白露紛以塗塗兮，秋風瀏以蕭蕭。」王逸注：「瀏，風疾貌也。」《說文》：「飂，高風也。」瀏、飂音近假借。

炤炤——昭昭　炤炤猶昭昭也。（1984：178，卷六上釋詁）

　　按，炤，《說文》無此字。《廣雅》：「炤，明也。」《荀子·天論》：「列星隨旋，日月遞炤。」楊倞注：「炤與照同。」《集韻》「炤，光也。」《說文》：「昭，日明也。从日召聲。」《爾雅·釋詁下》：「昭，光也。」《詩·大雅·既醉》：「君子萬年，介爾昭明。」鄭玄箋：「昭，光也。」炤、昭同源，共同義素為明。《說文》：「召，評也。」共同聲符與共同義素無關。

諤諤——詻詻　諤諤猶詻詻也。（1984：179，卷六上釋詁）

　　按，諤，《說文》無此字。《玉篇·言部》：「諤，正直之言。」《廣雅》：「諤諤，語也。」《集韻·鐸韻》：「諤，諤諤，直言。」《文選·韋賢〈諷諫〉》：「瑜瑜諂夫，諤諤黃髮。」李善注：「諤諤，正直貌。」詻，多有音。依「猶」義，當音《廣韻》五陌切，疑母陌韻入聲，古音在鐸部。《說文》：「詻，論訟也。《傳》曰：『詻詻孔子容。』从言各聲。」《六書故·人事四》：「詻，辭厲也。」《玉篇·言部》：「詻，教令嚴也。」《廣雅》：「詻詻，語也。」諤、詻同源，共同義素為直言，共同形符與共同義素有關。

曤曤——杲杲　曤曤猶杲杲也。（1984：179，卷六上釋詁）

　　按，曤，《說文》無此字。《廣雅》：「曤，白也。」《太玄·內》：「曤頭內其稚婦。」范望注：「白而不純謂之曤。」《說文》：「杲，明也。从日在木上。」《玉篇·木部》：「杲，日出也。」引申為白。又《玉篇·木部》：「杲，白也。」曤之本義與杲之引申義義近。

緜緜——蔓蔓　緜緜猶蔓蔓耳。（1984：179，卷六上釋詁）

　　按，《說文》：「緜，聯微也。从糸从帛。」《說文解字注》：「聯者，連

也。微者，眇也。其相連者甚微眇，是曰緜。引申爲凡聯屬之偁。」《玉篇》：「緜，緜緜不絕也。」蔓，有多音，依「猶」義，當音《廣韻》無販切，微母願韻去聲，古音在元部。《說文》：「蔓，葛屬。」引申爲蔓延。《玉篇・艸部》：「蔓，延也。」緜之本義與蔓之引申義義近。

翩翩——繽繽 翩翩猶繽繽，羣飛貌也。（1984：180，卷六上釋詁）

按，翩，《說文》無此字。《玉篇・羽部》：「翩，飛貌。」繽，《說文》無此字。《玉篇》：「繽，繽紛，盛也。」《楚辭・離騷》：「百神翳其備降兮，九疑繽其並迎。」王逸注：「繽，盛也。」借義爲飛貌。《文選・〈擬魏太子鄴中集八首〉》：「繽紛戾高鳴。」呂向注：「繽紛，飛貌。」翩之本義與繽之借義義近。

翎翎——翩翩 翎翎猶翩翩也。（1984：181，卷六上釋詁）

按，翎，《說文》無此字。《玉篇・羽部》：「翎，飛也。」《廣雅・釋詁三》：「翎翎，飛也。」《集韻・仙韻》：「翎，翔也。」翩即翩字。《說文》：「翩，小飛也。從羽扁聲。」翎、翩同源，共同義素爲飛，共同形符與共同義素有關。

驫驫——儦儦 驫驫猶儦儦也。（1984：181，卷六上釋詁）

按，《說文》：「驫，眾馬也。從三馬。」王筠《說文句讀》：「似挩行字，《字林》：『驫，眾馬行也。』」《廣韻・宵韻》：「驫，眾馬走兒。」《說文》：「儦，行兒。從人麃聲。」徐鍇《說文繫傳》：「儦，行動之兒。」《詩・小雅・吉日》：「儦儦俟俟，或羣或友。」毛傳：「趨則儦儦，行則俟俟。」陸德明釋文：「儦，趨也。《廣雅》云：行也。」驫、儦同源，共同義素爲行。

莫莫——莽莽 莫莫猶莽莽也。（1984：184，卷六上釋訓）

按，《說文》：「莫，日且冥也。從日在茻中。」莫，有多音，依「猶」義，當音《廣韻》慕各切，明母鐸韻入聲，古音在鐸部。《詩・周南・葛覃》：「維葉莫莫。」王先謙三家義集疏引魯、韓說曰：「莫莫，茂也。」《文選・左思〈吳都賦〉》：「秔稻莫莫。」劉逵注：「莫莫，茂也。」《說

文》：「莽，南昌謂犬善逐菟艸中爲莽，从犬从茻。茻亦聲。」薛傳均《說文答問疏證》：「莽，眾艸也也。是正字……『南昌謂犬善逐兔艸中』爲莽別一義。」玄應《一切經音義》卷十一引《說文》：「木叢生曰榛，眾草曰莽也。」莫、莽同源，共同義素爲茂盛。

菶菶——幪幪 瓜瓞菶菶猶言麻麥幪幪也。（1984：184，卷六上釋訓）

按，《說文》：「菶，艸盛兒。从艸奉聲。」《詩‧大雅‧卷阿》：「菶菶萋萋。」朱熹注：「菶菶，萋萋，梧桐生之盛也。」《玉篇‧艸部》：「菶，菶菶，多實也。」《集韻‧東韻》：「幪，《說文》：『蓋衣也。』或作幪。」幪，有多音，依「猶」義，當音《集韻》母揔切，明母董韻上聲，古音在東部。《大雅‧生民》：「麻麥幪幪。」毛傳：「幪幪然，茂盛也。」菶之本義與幪之借義義近。

奕奕——驛驛 奕奕猶驛驛也。（1984：185，卷六上釋訓）

按，《說文》：「奕，大也。从大亦聲。《詩》曰：『奕奕梁山。』」引申爲盛大。《文選‧謝惠連〈秋懷詩〉》：「奕奕河宿爛。」李周翰注：「奕奕，長盛貌。」《說文》：「驛，置騎也。」借義爲盛。《廣雅》：「驛驛，盛也。」《詩‧周頌‧載芟》：「驛驛其達。」李富孫《異文釋》：「驛，與繹同。」《別雅》卷五：「驛驛，繹繹也。」奕之引申義與驛之借義義近。

眇眇——邈邈 眇眇猶邈邈耳。（1984：186，卷六上釋訓）

按，眇，有多音。依「猶」義，當音《廣韻》亡沼切，明母小韻上聲，古音在宵部。《說文》：「眇，一目小也。从目从少，少亦聲。」《方言》卷十二：「眇，小也。」引申爲微眇，眇遠。《字彙‧目部》：「眇，微也。」《莊子‧庚桑楚》：「夫全其形生之人，藏其身也，不厭深眇而已矣。」成玄英疏：「眇，遠也。」邈，《說文》無此字。《說文新附‧辵部》：「邈，遠也。」《漢書‧司馬相如傳下》：「邈哉邈兮。」顏師古注：「邈邈，皆遠也。」《爾雅‧釋訓》：「邈，悶也。」《楚辭‧離騷》：「神高馳之邈邈。」王逸注：「邈邈，遠貌。」眇之引申義與邈之本義義近。

欽欽——坎坎 欽欽猶坎坎也。（1984：187，卷六上釋訓）

按，《說文》：「欽，欠皃。从欠金聲。」借義重疊後表聲音。《詩・小雅・鼓鍾》：「鼓鍾欽欽。」孔穎達疏：「此欽欽亦鍾聲也。」坎，有多音。依「猶」義，當音《廣韻》苦感切，溪母感韻上聲，古音在談部。《說文》：「坎，陷也。从土欠聲。」借義重疊後表聲音。《詩・陳風・宛丘》：「坎其擊鼓，宛丘之下。」毛傳：「坎坎，擊鼓聲。」《詩・魏風・伐檀》：「坎坎伐檀兮，寘之河之干兮。」毛傳：「坎坎，伐檀聲。」欽之借義與坎之借義義近。《說文》：「欠，張口气悟也。」

輷輷——闐闐　輷輷猶闐闐也。（1984：187，卷六上釋訓）

按，輷，《說文》無此字。《玉篇・車部》：「輷，車聲。」《說文》：「闐，盛皃。从門眞聲。」引申為車聲。《詩・小雅・采芑》：「伐鼓淵淵，振旅闐闐。」鄭玄箋：「伐鼓淵淵謂戰時進士眾也，至戰止將歸，又振旅伐鼓闐闐然。」輷之本義與闐之引申義義近。

鈴鈴——轔轔　鈴鈴猶轔轔也。（1984：187，卷六上釋訓）

按，《說文》：「鈴，令丁也。从金从令，令亦聲。」《法言・吾子》：「好說而不要諸仲尼，說鈴也。」李軌注：「鈴，以論小聲，猶小說不合大雅。」轔，《說文》無此字。《說文新附》：「轔，車聲。从車粦聲。」《楚辭・九歌・大司命》：「乘龍兮轔轔，高駝兮沖天。」王逸注：「轔轔，車聲。《詩》云『有車轔轔』也。」鈴、轔同源，共同義素為小聲。

髻鬆——鬆髻　髻鬆猶鬆髻，疊韻之轉。（1984：47 卷二上釋詁）

按，髻、鬆，《說文》無此字。《玉篇・髟部》：「髻，髻鬆，禿也。」《集韻・犛韻》：「髻，或作鬆。」《玉篇・鍇韻》：「鬆，禿也。」髻、鬆同源，共同義素為禿。《說文》：「髟，長髮猋猋也。」共同義素與共同形符有關。

薆而——隱然　《方言疏證》云：「薆而猶隱然。」而、如、若、然一聲之轉也。（1984：63 卷二下釋詁）

按，《爾雅・釋言》：「薆，隱也。」郭璞注：「謂隱蔽。」《方言》卷六：「掩、翳、薆也。」郭璞注：「謂蔽薆也。《詩》曰：『薆而不見。』」

《說文》：「隱，蔽也。」薆、隱同源，共同義素為隱蔽。而、然借義義近。說見「一聲之轉」多個詞詞義關係考部份。

翱翔──仿佯 《齊風‧載驅》傳云：「翱翔，猶仿佯也。」翔與佯古亦同聲，故《釋名》云：「翔，佯也，言仿佯也。」遊戲放蕩謂之仿佯，地勢潢蕩亦謂之仿佯。（1984：191，卷六上釋訓）

按，翱之本義與翔之引申義義近。說見「一聲之轉」多個詞詞義關係考部份。仿佯，聯綿詞。說見「一聲之轉」多個詞詞義關係考部份。

徙倚──低個 《楚辭‧招魂》云：「西方仿佯無所倚。」廣大無所極。是也。《楚辭‧遠遊》：「步徙倚而遙思兮。」《哀時命》注云：「徙倚，猶低個也。」逍遙、儴佯、徙倚，聲之轉。儴佯、仿佯，聲相近。上言逍遙、儴佯，此言仿佯、徙倚，一也。故《離騷》云：「聊逍遙以相羊。」《遠遊》云：「聊仿佯而逍遙。」《哀時命》云：「獨徙倚而仿佯。」（1984：191，卷六上釋訓）

按，《說文》：「延，迻也。從辵止聲。」《說文》：「倚，依也。」徙、倚義無關，徙倚當為聯綿詞。《說文》：「低，下也。」《集韻》：「個，徘個不進也。」低、個義無關。低個，當為聯綿詞。

孟浪──較略 無慮之轉為孟浪。《莊子‧齊物論篇》：「夫子以為孟浪之言，而我以為妙道之行也。」李頤注云：「孟浪，猶較略也。」崔譔云：「不精要之貌。」（1984：198，卷六上釋訓）

按，《說文》：「孟，長也。」《說文》：「浪，滄浪水也，南入江。」孟、浪義無關，孟浪當為聯綿詞。《說文》：「較，車騎上曲銅也。從車爻聲。」《玉篇‧車部》：「較，兵車，較，同上。」借義為不等。《廣韻‧效韻》：「較，不等。」《說文》：「略，經略土地也。」借義為大略。《字彙‧田部》：「略，大略也，大約也。」《荀子‧儒效》：「略法先王，而足亂世術。」楊倞注：「略，粗也。」較之借義與略之借義義近。

便旋──盤桓 俳個，便旋也。此疊韻之變轉也。俳個之正轉為盤桓，變之則為便旋。薛綜注《西京賦》云：」盤桓，便旋也。」便旋猶盤桓耳。（1984：191，卷六上釋訓）

按，「便旋」當爲聯綿詞。《說文・木部》：「槃，承槃也，盤，籀文，從皿。」《說文》：「桓，亭郵表也。從木亘聲。」《莊子・應帝王》：「鯢桓之審爲淵。」陸德明釋文：「簡文云：鯢，鯨魚也；桓，盤桓也。」盤桓當爲聯綿詞。

靡散——消滅　《九歎》王逸注云：「靡散猶消滅也。」竝與麋歠同。（1984：20 卷一上釋詁）

按，《說文》：「靡，披靡也。從非麻聲。」靡，有多音，依「猶」義，當音《集韻》忙皮切，明母支韻平聲，古音在歌部。借義爲散、滅。《荀子・富國篇》：「以相顛倒，以靡敝之。」楊倞注：「靡，盡也。」《方言》卷十三：「靡，滅也。」《集韻・支韻》：「靡，分也。」《古今韻會舉要・支韻》：「靡，散也。」《易・中孚》：「鶴鳴在陰，其子和之，我有好爵，吾與爾靡之。」孔穎達疏：「靡，散也。」《漢書・揚王孫傳》：「夫厚葬誠亡益於死者，而俗人競以相高，靡財單幣，腐之地下。」顏師古注：「靡，散也。」《說文》：「散，雜肉也。從肉㪔聲。」《說文》：「㪔，分離也。」引申爲分散。《書・武成》：「散鹿臺之財。」孔穎達疏：「散者，言其分佈。」《說文》：「消，盡也。從水肖聲。」《釋名・釋言語》：「消，削也，言減削也。」《說文》：「滅，盡也。」《爾雅・釋詁下》：「滅，絕也。」靡之借義與散之引申義義近。靡之借義與消之本義義近。散之引申義與滅之本義義近。消、滅同源，共同義素爲盡。

饘捲——繾綣　饘捲猶繾綣也。（1984：73 卷三上釋詁）

按，饘，《說文》無此字。《玉篇》：「饘，乾麵餅也。」借義爲粘著。《集韻・獼韻》：「饘，一曰粘也。」捲，有多音，《廣韻》去阮切，溪母阮韻上聲，古音在元部。《說文》：「捲，粉也。從米卷聲。」借義爲摶。《廣雅》：「捲，摶也。」又音《集韻》丘粉切，溪母隱韻上聲。《集韻・隱韻》：「捲，粥稠皃。」饘之借義與捲之借義義近。繾，《說文》無此字。《說文新附》：「繾，繾綣，不相離也。從糸遣聲。」《玉篇・糸部》：「繾，繾綣，不離散也。」《詩・大雅・民勞》：「無縱詭隨，以謹繾綣。」孔穎達疏：「繾綣者，牢固相著之意。」《左傳・昭公二十五年》：「繾綣從公，

無通外內。」杜預注：「繾綣，不離散。」《集韻・準韻》：「繾，繾綣，纏綿也。」繾綣，爲聯綿詞。

彷徉——放蕩 彷徉猶放蕩耳。（1984：78 卷三上釋詁）

按，彷徉，聯綿詞。《說文》：「放，逐也。从攴方聲。」引申爲放逸。《字彙・攴部》：「放，逸也。」《說文》：「蕩，水，出河內蕩陰，東入黃澤。」蕩，有多音，依「猶」義，當音《廣韻》徒朗切，定母蕩韻去聲，古音在陽部。借義爲放縱。《廣雅・釋詁四上》：「蕩，逸，放，恣，置也。」放之引申義與蕩之借義義近。

蒙鳩——蔑雀 《勸學篇》：「南方有鳥焉，名曰蒙鳩。」楊倞注云：「蒙鳩，鷦鷯也。」蒙亦蔑之轉。蒙鳩猶言蔑雀。（1984：122 卷四下釋詁）

按，《說文》：「蒙，王女也。从艸冡聲。」借義爲幼小。《易・序卦》：「物生必蒙……蒙者蒙也，物之穉也。」李鼎祚集解引鄭玄注曰：「蒙，幼小之貌，齊人謂萌爲蒙也。」《書・伊訓》：「具訓于蒙士。」孔穎達疏：「蒙謂蒙稚，卑小之稱。」《說文》：「蔑，勞目無精也。从苜，人勞則蔑然，从戌。」《易・剝》：「六二，剝牀以辨，蔑貞凶。」孔穎達疏：「蔑謂微蔑，物之見削則微蔑也。」《法言・學行》：「視日月而知眾星之蔑也，仰聖人而知眾說之小也。」《方言》卷二：「木細枝謂之杪，江淮陳楚之內謂之蔑。」郭璞注：「蔑，小兒也。」蒙之借義與蔑之借義義近。鳩，有多音。依「猶」義，當音《廣韻》居求切，見母尤韻平聲，古音在幽部。《說文・鳥部》：「鳩，鶻鵃也。」《說文》：「雀，依人小鳥也。」本義不同，泛指義相近。

混庉——渾沌 混庉猶渾沌耳。（1984：187，卷六上釋訓）

按，混，有多音，依「猶」義，當音《廣韻》胡本切，匣母混韻上聲，古音在諄部。《說文》：「混，豐流也。从水昆聲。」引申爲混濁。《集韻・混韻》：「混，雜流。」《玉篇・水部》：「混，混濁。」《文選・班固〈典引〉》：「肇命民主，五德初始，同于草昧玄混之中。」李善注引蔡邕曰：「混猶溷濁。」《說文》：「渾，混流聲也，从水軍聲，一曰洿下皃。」渾，有多音，依「猶」義，當音《廣韻》胡本切，匣母混韻上聲，古音

在諄部。《說文解字注》:「《山海經》曰:『其源渾渾泡泡。』郭云:『水濆涌也。袞咆二音。』渾渾者,假借渾為混也。」《集韻・混韻》:「混,或作渾。」朱駿聲《說文通訓定聲・水部》:「渾與混略同。」混之引申義與渾之本義通。《說文》:「庉,樓牆也。从广屯聲。」庉,有多音,依「猶」義,當音《廣韻》徒渾切,定母魂韻平聲,古音在諄部。《爾雅・釋天》:「庉,風與火為庉。」郭璞注:「庉庉,熾盛之貌。」邢昺疏:「言風自火出,火因風熾,而有大風者為庉。」沌,有多音,依「猶」義,當音《廣韻》徒損切,定母混韻上聲,古音在諄部。《玉篇・水部》:「沌,混沌也。」《集韻・混韻》:「沌,混沌,元氣未判。」《白虎通・天地》:「混沌相連,視之不見,聽之不聞。」混沌即渾沌,為聯綿詞。庉與沌義遠。

襂纚——參差 襂纚猶參差耳。(1984:193,卷六上釋訓)

按,襂纚,為聯綿詞。《文選・揚雄〈甘泉賦〉》:「蠖略蕤綏,灕虖襂纚。」李善注:「襂纚,龍翰下垂之貌。」《集韻・侵韻》:「襂,襂纚,衣裳毛羽下垂之貌。」參差,亦為聯綿詞。

鞣釋——速獨 鞣釋猶速獨,足直前之名也。(1984:235,卷七下釋器)

按,鞣釋,聯綿詞。《急就篇》卷二:「旃裘鞣釋蠻夷民。」顏師古注:「鞣釋,胡履之缺前雍者也。言蠻夷之人唯以氈為裘而足著鞣釋也。今西羌,其服尚然。」《釋名・釋衣服》:「鞣釋,鞾之缺前壅者。胡中所名也。」速獨,亦聯綿詞。鞣釋、速獨為同聲旁轉關係。

隆屈——僂句 隆屈猶僂句也。(1984:242,卷七下釋器)

按,隆屈為聯綿詞。僂句,聯綿詞。《廣雅疏證》:「枸簍者,蓋中高而四下之貌。山顛謂之岣嶁,曲脊謂之痀僂,高田謂之甌窶,義與枸簍並相近。倒言之則曰僂句。昭二十五年《左傳》:『臧會竊其寶龜僂句。』龜背中高,故有斯稱矣。枸簍,或但謂之簍,《玉篇》:『簍,車弓也。』《漢書・季布傳》:『置廣柳車中。』李奇注云:『廣柳,大隆穹也。』柳與簍通。隆屈,猶僂句也。張衡《西京賦》云:『中南太一,隆崛崔崒。』是其義也。」

孑孓——蛞蝛 蛞蝛之言詰屈也。皆象其狀。孑孓猶蛞蝛耳。（1984：363，卷十下釋蟲）

按，《說文》：「孑，無右臂也。」《釋名‧釋兵》：「盾，狹而短者曰孑盾，車上所持者也。孑，小稱也。」《玉篇‧了部》：「孑，短也。」又「孑，遺也。」《方言》卷二：「孑，藎，餘也。周鄭之間曰藎或曰孑，青徐楚之間曰孑。」《說文》：「孓，無左臂也。」《玉篇‧了部》：「孓，短也。」孑、孓同源，共同義素為無臂。《說文》：「蛞，蛞蚰，蝸也。从虫吉聲。」《爾雅‧釋蟲》：「蝸，蛞蝛。」《爾雅‧釋蟲》：「蜎，蠉。」郭璞注：「井中小蛞蝛。赤蟲，一名孑孓。」蛞蝛，為聯綿詞。

瓠落——廓落（1984：90卷三下釋詁）

按，《說文》：「瓠，匏也。从瓜夸聲。」瓠，有多音，依「猶」義，當音《集韻》黃郭切，匣母鐸韻入聲，古音在鐸部。《莊子‧逍遙遊》：「剖之以為瓢，則瓠落無所容。」陸德明釋文：「簡文云：『瓠落猶廓落也。』」《集韻‧鐸韻》：「瓠，瓠落，廓落也。」廓，《說文》無此字。《爾雅‧釋詁上》：「廓，大也。」《詩‧大雅‧皇矣》：「上帝耆之，憎其式廓。」毛傳：「廓，大也。」瓠、廓義遠，聲韻上屬對轉關係。

犧尊——疏鏤之尊 《淮南子‧俶真訓》：「百圍之木，斬而為犧尊，鏤之以剞劂，雜之以青黃，華藻鎛鮮，龍蛇虎豹，曲成文章。」高誘注云：「犧尊，猶疏鏤之尊。」犧古讀若娑，娑與疏聲相近。（1984：225，卷七下釋器）

按，《說文‧牛部》：「犧，宗廟之牲也。」犧，有多音，依「猶」義，當音《廣韻》素何切，心母歌部平聲，古音在歌部。由宗廟之牲引申為為尊名。《詩‧魯頌‧閟宮》：「犧尊將將。」毛傳：「犧尊，有沙飾也。」陸德明釋文：「犧，尊名也。」《禮記‧明堂位》：「尊用犧象山罍。」孔穎達疏：「犧，犧尊也。」《禮記‧禮器》：「犧尊在西。」鄭玄注：「犧，《周禮》作獻。」《淮南子‧俶真訓》：「百圍之木，斬而為犧尊，鏤之以剞劂，雜之以青黃，華藻鎛鮮，龍蛇虎豹，曲成文章。」高誘注：「犧尊，猶疏鏤之尊。」王念孫《廣雅疏證》卷七下云：「犧，古讀若娑，娑與疏聲相近。」《說文》：「疏，通也。」引申為刻穿。《管子‧問》：「大夫疏器：甲兵，

兵車，旌旗，鼓鐃，帷幕，帥車之載幾何乘？」尹知章注：「疏謂飾畫也。」
《禮記・明堂位》：「疏屏，天子之廟飾也。」孔穎達疏：「疏，刻也。」
《文選・張衡〈西京賦〉》：「何工巧之瑰瑋，交綺豁以疏寮。」李善注引
薛綜曰：「疏，刻穿之也。」犧之引申義與疏之引申義義近。

搖捎──掉捎 搖捎猶掉捎也，一作搖消。（1984：37 卷一下釋詁）

　　按，《說文》：「搖，動也。」《說文》：「掉，搖也。从手卓聲。《春秋傳》
曰：『尾大不掉。』」《說文解字注》：「掉者，搖之過也，搖者，掉之不及也，
許渾言之。」搖、掉同源，共同義素為動。

流離──陸離 流離猶陸離耳。（1984：193，卷六上釋訓）

　　按，《說文》：「流，水行也。」《說文》：「陸，高平也。」流、陸義遠。
《廣雅疏證》：「陸與流古同聲。」陸、流皆來母。音近假借。

林離──陸離 林離猶陸離。（1984：193，卷六上釋訓）

　　按，《說文》：「林，平土有叢木曰林。」林、陸義遠。《廣雅疏證》：「陸
與林古聲亦相近。」陸、林皆來母。音近假借。

展極──伸極 展極猶伸極也。（1984：195，卷六上釋訓）

　　按，《說文》：「展，轉也。」徐灝《說文解字注箋》：「《廣雅》曰：『展，
舒也。』此乃展之本義，其訓為轉者，由《周南》展轉之文為說耳。」《方
言》卷七：「展，信也。」錢繹《方言箋疏》：「信、伸，古字通用，此信
字兼屈伸、誠信二義……是展又為屈伸之伸也。」《說文》：「伸，屈伸。
从人申聲。」《說文解字注》：「伸，古經傳皆作信……古但作詘信，或用
申為之……宋毛晃曰：『古惟申字，後加立人以別之。』」伸、展同源，
共同義素為舒。

嬅榷──揚搉 嬅榷猶揚搉也。（1984：197，卷六上釋訓）

　　按，《說文》：「嬅，保任也。」桂馥《說文義證》：「《一切經音義》六
引《說文》：『保，當也。』『任，保也。』言可保信也。通作辜。」《說文》：
「揚，飛舉也。」《說文》：「搉，敲擊也。」《廣韻》：「搉，揚搉，大舉。」
揚與嬅義遠，嬅搉、揚搉當為聯綿詞。

諸凡——都凡　諸凡猶都凡耳。（1984：197，卷六上釋訓）

　　按，《說文》：「諸，辯也。从言者聲。」《說文》：「都，有先君之舊宗廟曰都。从邑者聲。」諸、都義遠，同韻，諸凡、都凡，當爲聯綿詞。

服鶝——鶝鶔　《方言》之服鶝猶鶝鶔也，轉之則爲鶝鴉，其變轉則爲鷈鶝也。《廣雅》此條悉本《方言》。（1984：377，卷十下釋鳥）

　　按，《說文》：「服，用也，一曰車右騑，所以舟旋。」《廣韻・屋韻》：「鶝，鶝鶔，即戴勝也。」服、鶝義遠，二者爲同聲旁轉關係。

鬱悠——鬱陶　《方言》注云：「鬱悠猶鬱陶也。」凡經傳言鬱陶者皆當讀如皋陶之陶。鬱陶、鬱悠古同聲。（1984：64 卷二下釋詁）

　　按，《說文》：「悠，憂也。从心攸聲。」《爾雅・釋詁下》：「悠，思也。」《廣韻・尤韻》：「悠，思也，憂也。」《詩・周南・關雎》：「优哉游哉，輾轉反側。」毛傳：「悠，思也。」《說文》：「陶，再成丘也。」陶，有多音，依「猶」義，當音《廣韻》餘昭切，以母宵韻平聲，古音在宵部。由本義「再成丘」借義爲「鬱陶」。《禮記・檀弓下》：「人喜則斯陶。」鄭玄注：「陶，鬱陶也。」孔穎達疏：「鬱陶者，心初悅而未暢之意也。」朱駿聲《說文通訓定聲》：「鬱陶，可訓喜，可訓思，可訓憂。」悠之本義與陶之借義義近。

忽慌——忽忘　慌、忘聲相近。忽慌猶忽忘耳。（1984：72 卷二下釋詁）

　　按，《楚辭・劉向〈九歎〉》：「僕夫慌悴，散若流兮。」王逸注：「慌，亡也。言己欲求賢人而未遭遇，僕御之人感懷愁悴，欲散亡而去，若水之流，不可復還也。」慌，《集韻》：「慌，昏也，或作慌。」《說文》：「忘，不識也。从心从亡，亡亦聲。」《玉篇・心部》：「忘，不憶也。」慌、忘同源，共同義素爲忘。

諸妄——諸凡　諸妄猶諸凡。（1984：197，卷六上釋訓）

　　按，《說文》：「妄，亂也。」《說文》：「凡，最括也。」妄、凡本義遠，其他義也無關，妄、凡旁紐通轉，僅爲聲轉關係。

覆慮──覆露　覆慮猶言覆露。（1984：206，卷七上釋宮）

按，《說文》：「慮，謀思也。」《說文》：「露，潤澤也。」露、慮本義遠，其他義也無關，慮、露同聲對轉，當為聲轉關係。

山庱──山陬　庱、陬聲相近，山庱猶山陬耳。（1984：300，卷九下釋山）

按，庱，《說文》無此字。《廣雅・釋言》：「庱，匿也。」《廣雅・釋詁四》：「庱，隱也。」《楚辭・九歎・憂苦》：「步從容於山庱。」王逸注：「庱，隈也。」《說文》：「隈，水曲隩也。」《管子・形勢》：「大山之隈，奚有於深。」尹知章注：「隈，山曲也。」《說文》：「陬，阪隅也。」《說文》：「阪，坡者曰阪，一曰澤障，一曰山脅也。」《文選・束皙〈補亡詩・白華〉》：「白華絳趺，在陵之陬。」李善注：「陬，山足也。」庱、陬同源，共同義素為隱匿處。

彊曲──屈彊　彊曲猶屈彊也。（1984：251，卷八上釋器）

按，《說文》：「曲，象器曲受物之形。或說，曲，蠶薄也。」《玉篇・曲部》：「曲，不直也。」《說文》：「屈，無尾也。」《說文解字注》：「引申為凡短之稱。」《淮南子・詮言訓》：「聖人無屈奇之服。」高誘注：「屈，短也。」無尾引申為短，曲則短。《易・繫辭》：「尺蠖之屈，以求信也。」《玉篇・出部》：「屈，曲也。」《左傳・襄公二十九年》：「直而不倨，曲而不屈。」杜預注：「倨，傲，屈，撓。」《莊子・駢拇》：「屈折禮樂。」成玄英疏：「屈，曲也。」曲之本義與屈之引申義義近。

鬱──鬱鬱　鬱猶鬱鬱也。（1984：64 卷二下釋詁）

按，《說文》：「鬱，木叢生者。」引申為茂盛、愁思。《廣雅》：「鬱，思也。」《文選・顏延之〈直東宮答鄭尚書〉》：「寢興鬱無已。」李周翰注：「鬱，思也。」《廣韻・物韻》：「鬱，悠思也。」《慧琳音義》卷十三「紆鬱」引《考聲》云：「鬱，長思也。」「鬱鬱」指茂盛、鬱結。《文選・古詩十九首》：「鬱鬱園中柳。」李善注：「鬱鬱，茂盛也。」《資治通鑑・陳紀六》：「意甚鬱鬱。」胡三省注：「鬱鬱者，受抑而氣不得舒也。」鬱之引申義與鬱鬱義近。

悠——悠悠　悠猶悠悠也。（1984：64 卷二下釋詁）

　　　　按，《說文》：「悠，憂也。」《爾雅・釋詁下》：「悠，思也。」《玉篇・心部》：「悠，思悠悠皃。」文獻多有「悠悠」重疊用例。《詩・小雅・十月之交》：「悠悠我里。」毛傳：「悠悠，憂也。」《楚辭・七諫・初放》：「悠悠蒼天兮。」王逸注：「悠悠，憂貌。」悠之本義與悠悠義近。

雲——云云　員讀若云，《說文》：「員，物數也。」《春秋》：「楚伍員，字子胥。」《爾雅》：「僉、咸、胥、皆也。」是眾之義也。《說文》：「貟，物數紛貟亂也。」《孫子・兵勢篇》云：「紛紛紜紜。」《釋名》云：「雲猶云云眾盛意也。」義竝與員同。《說文》：「覣，外博眾多視也。讀若運。」覣與員亦聲近義同。（1984：99 卷三下釋詁）

　　　　按，《說文》：「雲，山川气也。从雨，云象雲回轉形。云，古文省雨。」于省吾《殷契駢枝續編》：「云爲雲之初文，加雨爲形符，乃後起字。」《書・禹貢》：「雲土夢作乂。」陸德明釋文：「徐本作云。」《正字通・二部》：「云，雲本字。」「雲」有「多」義，賈誼《過秦論》：「天下雲集而響應。」「云云」有「多」義。《莊子・在宥》：「萬物云云，各復其根。」成玄英疏：「云云，眾多也。」《漢書・金安上傳》：「教當云云。」顏師古注：「云云者，多言也。」《漢書・汲黯傳》：「吾欲云云。」顏師古注：「云云，猶言如此如此也。」「云」爲「雲」的古文。云、雲同源，共同義素爲山川气。「雲」「云云」都有眾多義。雲與「云云」義近。

舜——僢僢　《白虎通義》云：「謂之舜者何？舜猶僢僢也，言能推信堯道而行之。」《風俗通義》云：「舜者，推也，循也，言其推行道德，循堯緒也。」（1984：91 卷三上釋詁）

　　　　按，《說文》：「䑞，艸也。楚謂之葍，秦謂之藑。蔓地連華。象形。」《說文解字注》：「䄰，象葉蔓華連之形也。」徐灝《說文解字注箋》：「小篆作䄰，从囗从舛，蔓地周徧之意。舛亦聲。隸省作舜，因變爲舜。」舜，本義爲艸，其葉蔓華連，引申爲推循。《廣雅》：「舜，推也。」《白虎通義》云：「謂之舜者何？舜猶僢僢也，言能推信堯道而行之。」《風俗通義》云：「舜者，推也，循也，言其推行道德，循堯緒也。」僢，《說文》無此字。《玉篇・人部》：「僢，相背也。」《說文・舛部》：「舛，對臥也。」《說文解字注》：「舛，其字亦作僢。」僢，有相背義，沒有推循

義，與舜之引申義義遠，僢之重疊「僢僢」文獻也不多見，舜與「僢僢」義遠。

聞——恤問　虞者，《大雅・雲漢》五章云：「羣公先正，則不我聞。」六章云：「昊天上帝，則不我虞。」聞猶恤問也。虞猶撫有也。則不我虞，猶言亦莫我有也。則不我聞，猶言亦莫我聞也。其三章云：「昊天上帝，則不我遺。」四章云：「羣公先正，則不我助。」遺猶問也。助猶虞也。故《廣雅》又云：「虞，助也。」（1984：6，卷一上釋詁）

按，《說文》：「聞，知聞也。从耳門聲。」聞，有多音，依「猶」義，當音《廣韻》亡運切，微母問韻去聲，古音在文部。聞，通作問。《莊子・逍遙遊》：「而彭祖乃今以久特聞。」陸德明釋文：「特聞，崔本作待問。」《荀子・堯問》：「不聞即物少至。」楊倞注：「聞，或爲問也。」《詩・王風・葛藟》：「亦莫我聞。」陳奐傳疏：「古字聞與問通。」《易・旅・象傳》：「終莫之聞也。」焦循章句：「聞，讀勿問之問，謂莫之問而終也。」《文選・曹植〈與吳季重書〉》：「往來數相聞。」呂向注：「聞，問也。」《說文》：「恤，憂也，收也。」引申爲救、顧問。《玉篇・心部》：「恤，救也。」《戰國策・秦策五》：「戰勝宜陽，不恤楚交，忿也。」高誘注：「恤，顧。」《說文》：「問，訊也。从口門聲。」朱駿聲《說文通訓定聲・屯部》認爲問，假借爲聞。問、聞通假，恤之引申義與問之本義義近。恤、聞義遠。

虞——撫有　文獻來源同上。

《說文》：「虞，騶虞也。白虎黑文，尾長於身。仁獸，食自死之肉。」《說文解字注》：「此字假借多而本義隱矣。」借義爲有。《廣雅》：「虞，有也。」王念孫《廣雅疏證・釋詁》卷一上：「有與大義相近，故有謂之庬，亦謂之方，亦謂之荒，亦謂之幠，亦謂之虞；大謂之庬，亦謂之方，亦謂之荒，亦謂之幠，亦謂之吳。吳、虞古同聲。」《說文》：「撫，安也。」借義爲有。《廣雅・釋詁一》：「撫，有也。」《禮記・文王世子》：「西方有九國焉，君王其終撫諸。」鄭玄注：「撫，猶有也。」《說文》：「有，不宜有也。」引申爲相親有。《詩・小雅・四月》：「盡瘁以仕，寧莫我有。」

陳奐傳疏：「有，相親有也。」虞之借義與撫之借義義近。虞之借義與有之引申義義近。撫之借義與有之引申義義近。

題──區匧　題猶區匧也。（1984：217，卷七上釋宮）

按，題，《說文》無此字。《廣雅》：「題，甌也。」《方言》卷五：「甌，陳魏宋楚之間謂之題。」郭璞注：「今河北人呼小盆爲題子。」《玉篇‧瓦部》：「題，小盆也。」《廣韻‧薺韻》：「題，小瓮。」區匧，爲聯綿詞。《玉篇‧匚部》：「區，區匧。」又「匧，區匧，薄也。」《類篇‧匚部》：「區，器之薄者曰區。」題與區匧義近。

筅──洗刷　《考工記‧輪人注》云：「捎，除也。」聲轉爲筅。筅猶洗刷也。（1984：222，卷七下釋器）

按，筅，《說文》無此字。《玉篇‧竹部》：「筅，筅帚。」《廣雅》：「箈謂之筅。」洗，有多音，依「猶」義，當音《廣韻》蘇典切，心母銑韻上聲，古音在文部。《說文》：「洗，洒足也。从水先聲。」引申爲一般的洗。《集韻‧銑韻》：「洗，潔也。」《說文》：「刷，刮也。」引申爲掃除。《爾雅‧釋詁下》：「刷，清也。」郭璞注：「埽刷，所以爲潔清。」筅之本義與洗之引申義義近，筅之本義與刷之引申義義近。洗之引申義與刷之引申義義近。

桊──圈束　桊猶圈束也。（1984：243，卷七下釋器）

按，桊，有多音，依「猶」義，當音《廣韻》居倦切，見母線韻去聲，古音在元部。《說文‧木部》：「桊，牛鼻中環也。」王筠《說文句讀》：「《埤倉》：『桊，牛拘也。』玄應曰：『今江以北皆呼爲拘，以南皆曰桊。』……言環者，以柔木貫牛鼻，而後曲之如環也。亦有用大頭直木者。」《廣雅》：「桊，拘也。」《玉篇‧木部》：「桊，拘牛鼻，亦作棬。」又「桊，牛鼻環也。」朱駿聲《說文通訓定聲》認爲桊，假借爲圈。圈，有多義，依「猶」義，當音《廣韻》渠篆切，羣母獮韻上聲，古音在元部。《說文》：「圈，養畜之閑也。从囗卷聲。」《說文解字注》：「閑，闌也。《牛部》曰：『牢，閑，養牛馬圈也。』是牢與圈得通稱也。」《玉篇‧囗部》：「圈，牢也。」《說文》：「束，縛也。从囗木。」徐鍇《說文繫傳》：「束薪也，囗音圍，

象纏。」引申爲束縛、約束。《玉篇・木部》:「束,約束。」《集韻・遇韻》:
「束,約也。」紊、圈義近假借,紊之本義與束之引申義義近,圈之本義
與束之引申義義近。

揲貫——積累 揲者,《淮南子・俶真訓》云:「橫廓六合,揲貫萬物。」王逸注
《離騷》云:「貫,累也,揲貫,猶言積累。」《原道訓》云:「大渾而爲一,葉累而
無根。」《主術訓》云:「葉貫萬世而不壅。」葉與揲通,《本經訓》:「積牒璇石以純
脩碕。」高誘注云:「牒,累也。」牒與揲聲亦相近。(1984:17 卷一上釋詁)

按,揲,有多音,依「猶言」義,當音《廣韻》食列切,船母薛韻
入聲,古音在盍部。《說文》:「揲,閱持也。」《說文解字注》:「閱者,
具數也。更迭數之也。」《玉篇・手部》:「揲,數著也。」引申爲積累。
《廣雅・釋詁一》:「揲,積也。」貫,有多音,依「猶言」義,當音《廣
韻》古玩切,見母換韻去聲,古音在元部。《說文》:「貫,錢貝之貫。」
引申爲積累。《荀子・王霸》:「貫日而治詳,一日而曲列之。」楊倞注:
「貫日,積日也。」《說文》:「積,聚也。」《說文》:「纍,綴得理也,
一曰大索也。」引申爲繫。《玉篇・糸部》:「纍,繫也。」又「累,同纍。」
《爾雅・釋言》:「誰,諉,累也。」陸德明釋文:「累,本又作纍。」郝
懿行《爾雅義疏》:「累者,《說文》作纍。」揲之引申義與貫之引申義義
近。揲之引申義與積之本義義近。積之本義與累之引申義義近。貫之引
申義與累之引申義義近。

貱貤——陂陀 貱貤猶言陂陀。(1984:36 卷一下釋詁)

按,《說文》:「貱,迻予也。從貝皮聲。」《說文解字注》:「迻,遷
徙也。展轉寫之曰迻書,展轉予人曰迻予。」王筠《說文句讀》:「今言
貤封貤贈,即迻予之意。」引申爲增益。《廣雅》:「貱,益也。」《集韻・
寘韻》:「貱,貱貤,次第也。」《說文》:「貤,重次弟物也。」《說文解
字注》:「重次弟者,既次弟之,又因而重之也。」王筠《說文句讀》:「謂
物之重疊者,其次第謂之貤也。」引申爲增益。《廣雅・釋詁一》:「貤,
益也。」《玉篇・貝部》:「貤,貱也。」貤之引申義與貱之引申義義近。
《說文》:「陂,阪也,一曰沱也。從阜皮聲。」陂,有多音,依「猶言」

義，當音《集韻》逋禾切，滂母戈韻平聲，古音在歌部。義爲陂陀、不平。《廣雅》：「陂陀，衺也。」《玉篇・阜部》：「陂，陂陀，靡迆也。」又「陀，陂陀，險阻也。」《廣韻・歌韻》：「陀，陂陀，不平之貌。」陂陀，聯綿詞，但「陂」有詞義。「皷」引申有聯綿次第義，「陂」引申有靡迆義，二者義近。

沮洳——漸洳　沮洳猶言漸洳。（1984：37 卷一下釋詁）

按，《說文》：「沮，水，出漢中房陵，東入江，从水且聲。」沮，有多音，依「猶言」義，當音《廣韻》將預切，精母御韻去聲，古音在魚部。由本義借義爲濕。《禮記・王制》：「居民山川沮澤，時四時。」陸德明釋文：「沮，沮如也。」孔穎達疏：「何胤云：『沮澤，下濕地也。』」《廣雅・釋詁一》：「沮，濕也。」《素問・生氣通天論》：「筋脈沮弛。」王冰注：「沮，潤也。」《漢書・匈奴傳上》：「生於沮澤之中。」顏師古注：「沮，浸濕之地。」《說文・水部》：「澤，漸溼也。」《玉篇・水部》：「澤，漸濕也。洳，同上。」朱駿聲《說文通訓定聲・豫部》：「按，洳，沮澤，疊韻連語，單言曰洳，纍言曰沮洳……《禮記・王制》：『山川沮澤。』釋文：『沮，沮洳也。』」《詩・魏風・汾沮洳》：「彼汾沮洳，言采其莫。」毛傳：「沮洳，其漸洳者。」孔穎達疏：「沮洳，潤澤之處。」《說文》：「漸，水，出丹陽黟南蠻中，東入海，从水斬聲。」漸，有多音，依「猶言」義，當音《廣韻》子廉切，精母鹽韻平聲，古音在談部。由本義借義爲浸泡。《書・禹貢》：「東漸于海，西被于流沙。」孔傳：「漸，入也。」《廣雅・釋詁一》：「漸，濕也。」《廣雅・釋詁二》：「漸，漬也。」《荀子・大略》：「蘭茝槀本，漸於蜜醴，一佩易之。」楊倞注：「漸，浸也。」沮之借義與洳之本義義近，沮之借義與漸之借義義近，洳之本義與漸之借義義近。

鼈孳——連生　鼈孳猶言連生。（1984：82 卷三上釋詁）

按，《說文》：「鼈，家福也。」《方言》：「陳楚之間凡人嘼乳而雙產謂之鼈孳，秦晉之間謂之僆子，自關而東趙魏之間謂之孿生。女謂之嫁子。」《說文》：「連，員連也。」引申爲接連。連生即接連而生。王念孫《廣雅疏證》：「鼈、連語之轉。鼈孳猶言連生。」鼈孳，《方言》詞。

圛懌──昭蘇 譯，見也。《小爾雅》：「皾，明也。」《洪範》曰圛，《史記・宋世家》圛作涕。《集解》引鄭氏書注云：「圛者，色澤而光明也。」《齊風・載驅篇》：「齊子豈弟。」鄭箋云：「此豈弟猶言發夕也。」豈讀當爲圛。弟，古文《尙書》以弟爲圛。圛，明也。《爾雅》：「愷悌，發也。」發，亦明也。司馬相如《封禪文》：「昆蟲圛懌。」亦是發明之意。猶言蟄蟲昭蘇耳。王延壽《魯靈光殿賦》赫燡燡而燭坤。李善注云：「燡燡，光明貌。」何晏《景福殿賦》云：「鎬鎬鑠鑠，赫弈章灼。」《集韻》引《字林》云：「焈，火光也。」是凡與睪同聲者，皆光明之意也。（1984：112卷四上釋詁）

　　按，《說文》：「圛，回行也。从囗睪聲。」《說文新附》：「懌，說也。从心睪聲。」《方言》卷十三：「睪，明也。」錢繹《方言箋疏》：「譯、皾、圛，義並與睪同。」《小爾雅・廣詁》：「燡，明也。」胡承珙《義證》：「圛、睪，並與燡同。」《說文》：「昭，日明也。从日召聲。」《爾雅・釋詁下》：「昭，光也。」《說文》：「蘇，桂荏也。从艸穌聲。」借義爲舒展。《書・仲虺之誥》：「徯予后，后來其蘇。」孔傳：「待我君來，其可蘇息。」《方言》卷十：「悅、舒、蘇也。」郭璞注：「謂蘇息也。」懌，本義爲說，圛，本義爲回行，與「睪」「燡」字假借後有「睪」「燡」字「明」義，字形假借詞義也跟著假借，「圛懌」即有「明」義，「懌」實義消失，僅爲補充音節作用。昭本義有明義，蘇借義爲舒，合成詞「昭蘇」便有「發明」義。圛懌、昭蘇義近。

提封──通共 提封即都凡之轉。提封萬井，猶言通共萬井耳。提封爲都凡之轉，其字又通作堤、隄，則亦可讀爲都奚反。凡假借之字，依聲託事，本無定體，古今異讀，未可執一。顏注以蘇林音祇爲非，《匡謬正俗》又謂提封之提，不當作隄字，且不當讀爲都奚反，皆執一之論也。（1984：197，卷六上釋訓）

　　按，提封，屬聯綿詞。《說文》：「通，達也。」借義爲全部，總共。《後漢書・來歷傳》：「屬通諫何言。」李賢注：「通，猶共也。」《莊子・天地》：「故通於天地者，德也。」成玄英疏：「通，同也。」《說文》：「共，同也。」《玉篇・共部》：「共，皆也。」《禮記・內則》：「共帥時。」鄭玄注：「共猶皆也。」通之借義與共之本義義近。王念孫《廣雅疏證》釋之頗詳，今不贅。

桑根——蒼筤 由蜻蛉轉之則爲蜘蛉，爲蜻蜓，又轉之則爲桑根，桑根猶言蒼筤耳。（1984：362，卷十下釋蟲）

按，《說文》：「桑，蠶所食葉木。」《說文》：「根，高木也。从木良聲。」《說文》：「蒼，艸色也。」《說文》：「筤，籃也。」桑與根、蒼與筤義無關，桑根、蒼筤爲聯綿詞，二者義近，皆爲蜻蜓，屬聲轉關係。

將——臧 將、臧，聲相近，亦孔之將，猶言亦孔之臧耳。（1984：23卷一上釋詁）

按，《說文》：「將，帥也。」將，有多音，依「猶言」義，當音《廣韻》即良切，精母陽韻平聲，古音在陽部。借義爲大。《爾雅·釋詁上》：「將，大也。」《方言》卷一：「將，大也。秦晉之間凡人之大謂之奘，或謂之壯，燕之北鄙，齊楚之郊或曰京，或曰將，皆古今語也。」《法言·孝至》：「夏殷商之道將兮，而以延其光兮。」李軌注：「將，大。」《說文》：「臧，善也。」《方言》卷十二：「臧，厚也。」王念孫《廣雅疏證》：「厚謂之臧，猶大謂之將矣。」臧之《方言》義與將之《方言》義同源，共同義素爲大。

䬒——溢 裔，各本譌作裔，《說文》：「裔，滿有所出也。」《玉篇》：「裔，出也。」今據以訂正。裔，字亦作䬒。《廣韻》：「䬒，出也。」䬒出猶言溢出。溢、涌、裔一聲之轉，故皆訓爲出也。（1984：40卷一下釋詁）

按，《廣韻·術韻》：「䬒，䬒出。」《說文》：「溢，器滿也。」引申爲出。《廣雅·釋詁一》：「溢，出也。」䬒之本義與溢之引申義義近。

橐橐——丁丁 椓之橐橐猶言椓之丁丁耳。（1984：187，卷六上釋訓）

按，《說文·橐部》：「橐，囊也。」《詩·小雅·斯干》：「椓之橐橐。」毛傳：「橐橐，用力也。」朱熹《集傳》：「橐橐，杵聲也。」《說文》：「丁，夏時萬物皆丁實。」丁，有多音，依「猶言」義，當音《廣韻》中莖切，知母耕韻平聲，古音在耕部。《詩·小雅·伐木》：「伐木丁丁。」毛傳：「丁丁，伐木聲也。」

浦——旁 浦者，旁之轉聲，猶言水旁耳。（1984：299，卷九下釋地）

按，《說文》：「浦，瀕也。」《說文》：「瀕，水厓，人所賓附，頻蹙不

前而止。」《詩・大雅・常武》：「率彼淮浦，省此徐土。」毛傳：「浦，涯也。」《說文》：「旁，溥也。」《釋名・釋道》：「在邊曰旁。」《玉篇・上部》：「旁猶側也，邊也。」浦、旁同源，共同義素爲邊。

濱──邊　濱與邊聲相近，水濱猶言水邊，故地之四邊亦謂之濱。（1984：299，卷九下釋地）

　　按，濱，《說文》無此字。《釋名・釋形體》：「濱，匡也。」《書・禹貢》：「海濱廣斥。」孔安國傳：「濱，涯也。」《後漢書・袁安傳》：「議者欲置之濱塞。」李賢注：「濱，邊也。」《說文》：「邊，行垂崖也。」《玉篇・辵部》：「邊，畔也。」濱、邊同源，共同義素爲邊崖。

馬荔──馬藺　按蠡、藺、荔一聲之轉，故張氏注《子虛賦》謂之馬荔。馬荔猶言馬藺也。（1984：347，卷十上釋草）

　　按，馬荔即馬藺。《說文》：「藺，莞屬。从艸閵聲。」《玉篇・艸部》：「藺，似莞而細，可爲席。」《說文》：「荔，艸也。似蒲而小，根可作㕁。从艸劦聲。」《顏氏家訓・書證》引《通俗文》：「荔，馬藺。」荔、藺通轉。

蓱之爲蘋──洴之爲漂　蓱、蘋一聲之轉，蓱之爲蘋，猶洴之爲漂。（1984：322，卷十上釋草）

　　按，《說文》：「蓱，苹也。从艸洴聲。」《玉篇・艸部》：「蓱同萍。」《爾雅・釋草》：「萍，蓱。」郭璞注：「水中浮萍，江東謂之薸。」薸即蘋字。《廣韻・宵韻》引《方言》云：「江東謂浮萍爲薸。」蓱、蘋同源，共同義素爲萍。《莊子・逍遙遊》：「世世以洴澼絖爲事。」成玄英疏：「洴，浮。」《集韻・庚韻》：「洴，水聲，或作泙、滂。」《說文》：「漂，浮也。」《集韻・宵韻》：「漂，擊絮水中也。」洴、漂同源，共同義素爲浮。「猶」所連接的「蓱、蘋」與「洴、漂」有相關概念：浮。

皤之爲繁──皤之爲蹯　繁母，疊韻也。旁勃，雙聲也。舌、敏、每之聲皆如母。《說文》絲從每聲。經傳作繁，從敏聲。則繁之與母，聲亦相近也。繁之爲言皤也。《爾雅》云：「繁，皤蒿。」《說文》作蘩，云「白蒿也。」又云「皤，老人

白也。」白謂之皤,又謂之繁。繁、皤聲正相近。皤之爲繁猶皤之爲蹯也。（1984：341,卷十上釋草）

　　按,皤,有多音,依「之爲」義,當音《廣韻》薄波切,並母戈韻平聲,古音在歌部。《說文》:「皤,老人白也。从白番聲。《易》曰:『賁如皤如。』頿,皤或从頁。」《玉篇·白部》:「皤,素也。」《廣雅·釋器》:「皤,白也。」《說文·糸部》:「緐,馬髦飾也。」《說文解字注》:「引申爲緐多,又俗改其字作繁,俗形行而本形廢,引申之義行而本義廢矣。」繁,有多音,依「之爲」義,當爲《廣韻》薄波切,並母戈韻平聲,古音在歌部。《爾雅·釋畜》:「青驪繁鬣騥。」王引之《經義述聞》:「繁者,白色也,讀若老人髮白曰皤。繁即是白,繁與皤同義。白蒿謂之蘩,白鼠謂之鼶,馬之白鬣謂之繁鬣,其義一也。」皤,依「之爲」義,當音《集韻》蒲官切,並母桓韻平聲,古音在元部。《易·賁》:「賁如皤如。」陸德明釋文引董遇云:「皤,馬作足橫行曰皤」《爾雅·釋獸》:「貍、狐、貒、貈、醜,其足蹯。」郭璞注:「皆有掌蹯。」《廣雅·釋獸》:「蹯,足也。」皤、繁義近,義爲白,皤、蹯義近,義爲獸足,「猶」所連接的「皤、繁」與「皤、蹯」義遠。

皤之爲繁又爲蒡——披之爲藩又爲防　《賁》六四:「賁如皤如。」《釋文》:「皤,白波反。」荀作波。鄭、陸作蹯,音煩。是其例也。皤、繁、蒡聲亦相近。皤之爲繁又爲蒡,猶披之爲藩又爲防也。《士喪禮·下篇》:「設披。」今文披皆爲藩。《周官·喪祝》:「掌大喪勸防之事。」杜子春云:「防當爲披。」是其例也。（1984：341,卷十上釋草）

　　按,《本草綱目·艸部·惡實》引蘇頌曰:「惡實,即牛蒡子也,處處有之,葉大如芋葉而長。實似葡萄核而褐色,外殼……多刺。」蒡與繁義無關,蒡荮亦非蒡,蒡當爲繁之轉聲,即蒡荮、繁母相轉。王念孫《廣雅疏證》云:「《士喪禮》下篇:『設披。』今文披皆爲藩,《周官·喪祝》:『掌大喪勸防之事。』杜子春云:『防,當爲披。』是其例也。」《說文》:「披,从旁持曰披。」《釋名·釋喪制》:「兩旁引之曰披,披,擺也,各於一旁引擺之,備傾倚也。」《說文》:「藩,屏也。」《說文》:「防,隄也。」《玉篇·阜部》:「防,障也。」披、藩、防義近,聲亦相轉。

蒡之與荸——仿之與佛——滂之與沛　蒡之聲轉而爲荸，因竝稱蒡荸。蒡之與荸，猶仿之與佛，滂之與沛耳。（1984：341，卷十上釋草）

　　按，蒡荸，爲聯綿詞。《說文》：「仿，相似也。从人方聲。」《說文》：「佛，見不審也。从人弗聲。」《正字通》：「仿佛，亦作彷彿。」《玉篇·人部》：「佛，放佛也。」仿、佛爲聯綿詞。《說文》：「滂，沛也。从水旁聲。」《說文》：「沛，水名。」《廣雅·釋訓》：「滂滂，沛沛，流也。」滂沛，可看作聯綿詞。「猶」所連接的三組「之與」都屬於聯綿詞，每組內部有聲轉關係，組與組之間詞義無關。

華之爲瓠——華之爲荂　《豳風·七月篇》：「八月斷壺。」傳云：「壺，瓠也。」又作華。《郊特牲》云：「天子樹瓜華，不斂藏之種也。」注云：「華，果蓏也。」按華當讀爲瓠，瓠、華古同聲。華之爲瓠猶華之爲荂。荂、瓠皆以夸爲聲，《爾雅》：「華、荂，榮也。」《說文》：「荂或作荂。」是其例也。（1984：342-343，卷十上釋草）

　　按，《說文》：「華，榮也。」《禮記·郊特牲》：「天子樹瓜華，不斂藏之種也。」鄭玄注：「華，果蓏也。」瓠，有多音。依「之爲」義，當音《廣韻》胡誤切，匣母暮韻去聲，古音在魚部。《說文·瓠部》：「瓠，匏也。」《說文·荂部》：「荂，艸木華也。荂，荂或从艸从夸。」《爾雅·釋草》：「華，荂也。」郭璞注：「今江陵呼華爲荂，音敷。」王念孫《廣雅疏證》：「瓠、華古同聲。」華、瓠爲音轉關係，華、荂義近音亦相關。瓠、荂義遠。「猶」所連接的兩組之間爲音轉關係。

勝之爲陵猶栚之爲陵　陵勝古聲相近，故勝鳥一名陵鳥，勝栚皆以朕爲聲，勝之爲陵猶栚之爲陵。（1984：344卷十上釋草）

　　按，勝、陵有聲轉關係，栚、陵有聲轉關係，勝、栚亦有聲轉關係，「猶」所連接的「勝、陵」與「栚、陵」爲聲轉關係。

〔愛〕之轉爲〔俺〕，猶薆之轉爲掩矣。　宋魏邠陶之間曰憮，或曰俺。又云韓鄭曰憮，晉魏曰俺，《爾雅》：「惈，愛也，憮，撫也。」注云：「憮，愛撫也。」憮與惈通。又矜憐，撫掩之也。注云：「撫掩，猶撫拍。」謂慰恤也。撫掩與憮俺，

聲近義同。俺、愛，一聲之轉。愛之轉爲俺，猶薆之轉爲掩矣。（1984：17卷一上釋
詁）

按，俺、愛同源，共同義素爲愛。說見「一聲之轉」部份。《玉篇‧
艸部》：「薆，隱也。」《爾雅‧釋言》：「薆，隱也。」《方言》卷六：「掩，
薆也。」《說文‧手部》：「掩，斂也。」徐灝《說文解字注箋》：「《文選‧
懷舊賦》注引《埤倉》曰：『掩，覆也。』《淮南‧天文訓》：『掩，蔽也。』
此掩斂之本義也。」掩、薆同源，共同義素爲隱。「猶」連接的兩組詞義
無關，只有聲轉關係。

〔哀〕之轉爲〔悫〕，猶薆之轉爲隱矣。 隱與悫通，悫、哀一聲之轉。哀之
轉爲悫，猶薆之轉爲隱矣。（1984：17-18卷一上釋詁）

按，悫、哀同源，共同義素爲哀傷。《玉篇‧艸部》：「薆，隱也。」《爾
雅‧釋言》：「薆，隱也。」薆、隱同源，共同義素爲隱。「猶」連接的兩組
詞義無關，只有聲轉關係。

〔晞〕之轉爲〔暵〕，猶希之轉爲罕矣。 晞亦暵也，語之轉也。暵與罕同聲，
晞與希同聲。晞之轉爲暵，猶希之轉爲罕矣。（1984：45卷二上釋詁）

按，《說文》：「晞，乾也。從日希聲。」《詩‧秦風‧蒹葭》：「蒹葭
淒淒，白露未晞。」毛傳：「晞，乾也。」《說文》：「暵，乾也。耕暴田
曰暵。從日堇聲。」《玉篇‧日部》：「暵，熱氣也。」晞、暵同源，共同
義素爲乾。希，《說文》無此字。《爾雅‧釋詁下》：「希，罕也。」《論語‧
公冶長》：「不念舊惡，怨是用希。」皇侃義疏：「希，少也。」《集韻‧
微韻》：「希，寡也。」《廣韻‧旱韻》：「罕，《說文》作𥥛，或作罕。」《說
文》：「𥥛，网也，從网干聲。」借義爲稀疏。《玉篇‧网部》：「𥥛，稀疏
也。俗作罕。」《論語‧子罕》：「子罕言利與命與仁。」何晏注：「罕者，
希也。」希之本義與罕之借義義近。希可假借爲晞。朱駿聲《說文通訓
定聲‧履部》：「希，假借爲晞。」「猶」所連接的兩組詞義之間無關，只
有聲轉關係。

苛癢之苛轉爲疥，猶〔苛〕怒之苛轉爲〔妎〕 苛、妎皆怒也。郭璞注以爲

煩苛者多嫉妎。失之。苛、妎一聲之轉。《內則》：「疾痛苛癢。」鄭注云：「苛，疥也。」苛癢之苛轉爲疥，猶苛怒之苛轉爲妎矣。（1984：47 卷二上釋詁）

按，苛，有多音，依「轉」義，當音《廣韻》胡歌切，匣母歌韻平聲，古音在歌部。《說文》：「苛，小艸也。从艸可聲。」《玉篇・艸部》：「苛，小艸生皃。」苛，假借爲疴。朱駿聲《說文通訓定聲・隨部》認爲苛，假借爲疴。《呂氏春秋・審時》：「殆氣不入，身無苛殃。」高誘注：「苛，病。」《禮記・內則》：「疾痛苛癢。」《說文》：「疥，搔也。」《說文解字注》：「疥急於搔，因謂之搔。」徐鍇《說文繫傳》「搔」作「瘙」。苛之假借字義與疥之本義義近。鄭玄注：「苛，疥也。」苛，又假借爲訶。朱駿聲《說文通訓定聲・隨部》認爲苛，假借爲訶。《周禮・夏官・射人》：「不敬者，苛罰之。」鄭玄注：「苛謂詰問之。」《方言》卷二：「苛，怒也。」《說文》：「妎，妒也。」引申爲煩苛。《集韻・怪韻》：「妎，煩苛。」《字彙・女部》：「妎，苛害也。」苛之假借字義與妎之引申義義近。「猶」所連接的兩組字的詞義無關。

腬之轉爲䑋，猶㽥之轉爲壤矣。 《說文》：「壤，柔土也。」又云「㽥，和田也。」鄭注大司徒云：「壤，和緩之貌。」腬之轉爲䑋，猶㽥之轉爲壤矣。（1984：52 卷二上釋詁）

按，《說文》：「腬，嘉善肉也。从肉柔聲。」《說文解字注》：「腬謂肥美。」《玉篇・肉部》：「腬，肥美也。」《廣韻・尤韻》：「腬，肥皃。」《集韻・宥韻》：「腬，肉善者。」《廣雅・釋詁》：「腬，盛也。」《說文》：「䑋，益州鄙言人盛，諱其肥，謂之䑋。从肉襄聲。」王筠《說文句讀》：「似後人據誤本《方言》改之。《方言》曰：『梁益之間，凡人言盛，及其所愛，曰諱其肥臧，謂之䑋。』宋曹益之本『諱』作『偉』。」《方言》卷二：「䑋，盛也……梁益之間，凡人言盛，及其所愛，偉其肥臧，謂之䑋。」郭璞注：「肥䑋多肉。」腬之本義與䑋之《方言》義義近。《說文》：「㽥，和田也。从田柔聲。」王筠《說文句讀》：「此謂耕熟之田爲柔田也。」《說文》：「壤，柔土也。从土襄聲。」《釋名・釋地》：「壤，䑋也，肥䑋意也。」《管子・八觀》：「壤地肥饒，則桑麻易植也。」㽥、壤同源，共同義素爲鬆軟土地。腬、䑋同源，共同義素爲肥，㽥、壤義爲鬆軟，

「猶」所連接的兩組詞義之間有概念上的相似性。

〔荒〕之轉爲〔幠〕，猶亡之轉爲無。　荒、幠一聲之轉，皆謂覆也。故柩車上覆謂之荒，亦謂之幠。帾即素錦褚之褚，幠帾皆所以飾棺。幠在上象幕，帾在下象幄，故云其貌象菲帷幬尉也。《周官》：「縫人掌縫棺飾。」鄭注云：「若存時居于帷幕而加文繡。」是也。若斂衾夷衾皆所以覆尸，不得言象菲帷幬尉矣。《詩·公劉》傳云：「荒，大也。」《閟宮》傳云：「荒，有也。」《爾雅》：「幠，大也，有也。」是幠與荒同義。幠從無聲，荒從巟聲，巟從亡聲。荒之轉爲幠，猶亡之轉爲無。故《詩》：「遂荒大東。」《爾雅》注引作「遂幠大東」。《禮記》：「毋幠勿敖。」大戴作「無荒無慠」矣。（1984：61 卷二下釋詁）

按，荒、幠同源，共同義素爲覆蓋。《說文》：「亡，逃也。」亡，有多音，依「轉」義，當音《集韻》微夫切，微母虞韻平聲，古音在陽部。《說文解字注·亡部》：「亡，亦假爲有無之無。」《論語·雍也》：「有顏回者好學，不幸短命死矣。今也則亡，未聞好學者也。」邢昺疏：「亡，無也。」《說文》：「無，亡也。」《玉篇·亡部》：「無，不有也。」亡、無同源，共同義素爲「沒有」。「猶」所連接的兩組之間詞義無關，沒有概念上的聯繫。

〔空〕之轉爲款，猶悾之轉爲款。　空、窾一聲之轉。空之轉爲款，猶悾之轉爲款。《論語·泰伯篇》云：「悾悾而不信。」《楚辭·卜居篇》云：「吾寧悃悃款款朴以忠乎。」款款，亦悾悾也。（1984：98 卷三下釋詁）

按，《說文》：「款，意有所欲也。」《玉篇》：「款，誠也。」《說文解字注》：「按古款與窾通用，窾者，空也，款亦訓空，空中則有所欲也。」段氏所訓，有所附會。款之借義與空之本義義近。《爾雅·釋器》：「款足者謂之鬲。」郝懿行義疏：「款者，《釋文》云本或作窾……案《玉篇》：『窾者，空也。』」《漢書·司馬遷傳》：「實不中其聲者謂之款。款言不聽，姦乃不生。」顏師古注引服虔曰：「款，空也。」《說文》：「空，竅也。」《說文解字注》：「今俗語所謂孔也。」《玉篇·心部》：「悾，誠心也。」《太玄·勤》：「勞有恩勤悾悾。」司馬光集注引王曰：「悾悾，猶款款也。」《論語·泰伯篇》：「悾悾而不信。」鄭玄注：「悾悾，誠慤也。」

悾、空可假借。《論語·子罕》:「有鄙夫問於我,空空如也。」陸德明釋文:「空空,鄭或作悾悾。」《六書故·人六》:「悾,中無所有也。」悾、款同源,共同義素為誠。

筜之轉為籠,猶〔玲〕之轉為〔瓏〕。　　《說文》:「籠,筜也。」筜之轉為籠,猶玲之轉為瓏。合言之則曰玲瓏,倒言之則曰瓏玲。(1984:122 卷四下釋詁)

　　按,玲、瓏同源,共同義素為玉聲。說見「一聲之轉」部份。《說文》:「筜,車筜也。从竹令聲,一曰筜,籯也。」《說文解字注》:「籯,竹籠。」《說文·竹部》:「籠,一曰筜也。」《廣雅·釋器》:「筜、籠也。」筜、籠同源,共同義素為竹籠。「猶」所連接的兩組詞義無關。

揘之轉為彈,猶提之轉為揮。　　《釋器篇》云:「揘謂之彈。」揘之轉為彈,猶提之轉為揮矣。(1984:127 卷四下釋詁)

　　按,《玉篇·弓部》:「青州謂彈曰揘。」《廣雅·釋器》:「揘謂之彈。」揘、彈《方言》義同源。揮,有多音,依「轉」義,當音《集韻》蕩旱切,定母旱韻上聲,古音在元部。《說文》:「揮,提持也。」《說文解字注》:「提持,猶縣持也。」《說文·手部》:「提,挈也。从手是聲。」《說文解字注》:「挈者,縣持也。」提、揮同源,共同義素為持。「猶」所連接的兩組詞義無關。

祇之轉為適,猶〔枝〕之轉為〔適〕。　　枝、適語之轉。《小雅·我行其野》傳云:「祇,適也。」祇之轉為適,猶枝之轉為適矣。(1984:159 卷五下釋詁)

　　按,《說文》:「祇,地祇,提出萬物者也。从示氏聲。」《玉篇·示部》:「祇,地之神也。」祇,有多音,依「轉」義,當音《廣韻》章移切,章母支韻平聲,古音在支部。《詩·小雅·何人斯》:「胡逝我梁,祇攪我心。」鄭玄箋:「祇,適也。」《國語·晉語五》:「病未若死,祇以解志。」韋昭注:「祇,適也。」《廣雅》:「祇,適也。」《說文》:「適,之也。从辵啻聲。適,宋魯語。」《爾雅·釋詁上》:「適,往也。」邢昺疏:「謂造於彼也。」適,借義為當然。《漢書·賈誼傳》:「至於俗流失,世壞敗,因恬而不知怪,慮不動於耳目,以為是適然耳。」顏師古注:「適,當也。謂事理當然。」祇之借音義與適之借義義近。適字《方言》義與枝之引申義

義近，皆有分散義。說見「一聲之轉」部份。

栿之轉爲桴，〔罰〕之轉爲〔浮〕　浮，罰也。見《閒居賦》注。投壺，若是者浮。鄭注云：「浮，罰也。」晏子《春秋雜篇》云：「景公飮酒，田桓子侍，望見晏子，而復於公曰：『請浮晏子。』」浮、罰一聲之轉。《論語・公冶長篇》：「乘桴浮于海。」馬融注云：「桴，編竹木，大者曰栿，小者曰桴。」栿之轉爲桴，猶罰之轉爲浮矣。（1984：174，卷五下）

　　按，栿，《慧琳音義》卷六十一「縛栿」注：「栿，俗字也，正從木從發作橃。」《說文》：「橃，海中大船。從木發聲。」《說文》：「桴，棟名。從木孚聲。」借義爲竹筏。《論語・公冶長》：「道不行，乘桴浮于海。」何晏注：「馬融曰：『桴，編竹木也。』大者曰栿，小者曰桴。」《文選・潘岳〈西征賦〉》：「傷桴檝之褊小，撮舟中而掬指。」李周翰注：「桴，舟也。」栿之本義與桴之借義義近。《說文》：「浮，氾也。從水孚聲。」《書・禹貢》：「厥貢漆絲，厥篚纖文，浮於濟漯，達於河。」孔傳：「順流曰浮。」桴、浮義近。「浮」「罰」僅爲聲轉關係，詞義無關。說見「一聲之轉」部份。「猶」所連接的兩組詞義之間無關。

〔籔〕之轉爲〔匯〕，猶數之轉爲算。　《周官》注云：「縮，浚也。」縮、籔、匯，一聲之轉。籔之轉爲匯，猶數之轉爲算矣。（1984：222，卷七下釋器）

　　按，籔、匯同源，共同義素爲漉米器。說見「一聲之轉」部份。數，有多音，依「轉」義，當音《廣韻》所矩切，生母麌韻上聲，古音在侯部。《說文・攴部》：「數，計也。」桂馥《說文義證》：「計也者，本書籌計歷數者算數也。《一切經音義・三》：『數，計也。閱其數曰數也。』」《說文》：「算，數也。從竹從具，讀若筭。」《說文解字注》：「從竹者，謂必用筭以計也。從具者，具數也。」數、算同源，共同義素爲計算。「猶」所連接的兩組之間詞義無關。

帗之轉爲幭，猶〔盍〕之轉爲〔衊〕矣。　帗之轉爲幭，猶盍之轉爲衊矣。（1984：244，卷八上釋器）

　　按，衊、盍同源，共同義素爲血。《玉篇・巾部》：「帗，巾也。」《廣雅・釋器》：「帗，幞也。」《說文新附》：「幞，帊也。」《說文》：「幭，蓋

幭也。從巾蔑聲，一曰禪被。」朱駿聲《說文通訓定聲》：「幭者，覆物之巾，覆車，覆衣，覆體之具皆得稱幭。」帣、幭同源，共同義素爲覆巾。「猶」所連接的兩組之間詞義無關。

〔鬻〕之轉爲〔餰〕，猶〔饘〕之轉爲〔飦〕。　飦、餰語之轉，饘、鬻亦語之轉，鬻之轉爲餰，猶饘之轉爲飦。（1984：247，卷八上釋器）

　　按，鬻，有多音，依「轉」義，當音《集韻》之六切，章母屋韻入聲，古音在沃部。義爲粥。《說文・䰜部》：「鬻，鍵也。」《續方言》卷上：「陳留謂鍵爲鬻。」《爾雅・釋言》：「鬻，糜也。」《玉篇・食部》：「餰，饘也。」《廣雅・釋器》：「餰，饘也。」鬻、餰同源，共同義素爲糜。《說文》：「饘，糜也。從食亶聲。周謂之饘，宋謂之餰。」《禮記・檀弓上》：「饘粥之食。」孔穎達疏：「厚曰饘，希曰粥。」《說文・䰜部》：「餰，鬻也，飦，或從干聲。」徐鍇《說文繫傳》：「鬻，此今饘字。」饘、飦同源，共同義素爲糜糊。鬻、饘同義，餰、飦同義。「猶」所連接的兩組詞義之間有關。

爌之轉爲煠，猶〔篅〕之轉爲〔䇺〕　爌之轉爲煠，猶篅之轉爲䇺矣。（1984：257，卷八上釋器）

　　按，䇺、篅同源，共同義素爲書寫竹冊。說見「一聲之轉」部份。《說文》：「爌，火飛也。從火矞聲。一曰熱也。」《玉篇・火部》：「爌，光也。」《玉篇・火部》：「煠，爌也。」《廣韻》：「煠，煠爌。」煠、爌同源，共同義素爲火燒。「猶」所連接的兩組詞義之間無關。

蔿、譌之轉爲譁，猶〔鐹〕之轉爲〔鏵〕　《淮南子・精神訓》注云：「臿，鏵也。」青州謂之鏵，三輔謂之鐹。鐹、鏵語之轉。《釋言篇》云：「蔿，譌，譁也。」蔿、譌之轉爲譁，猶鐹之轉爲鏵矣。（1984：260，卷八上釋器）

　　按，《說文・言部》：「譌，譌言也。從言爲聲。《詩》曰：『民之譌言。』」《玉篇・言部》：「妖言曰譌。」《方言》卷三：「譌，化也。」《廣雅・釋言》：「譌，譁也。」《說文》：「譁，讙也。從言華聲。」又《方言》卷三：「譁，涅，化也。燕、朝鮮洌水之間曰涅，或曰譁。」譌、譁同源，共同義素爲喧嘩。《淮南子・精神訓》高誘注云：「臿，鏵也，青州謂之鏵，三

輔謂之鎃。」《玉篇·金部》:「鏄,鏄鍫也。」《方言》卷五:「舌,燕之東北朝鮮、洌水之間謂之鎃,宋魏之間謂之鏄。」鎃、鏄同源,共同義素爲舌。「猶」所連接的兩組詞義之間無關。

〔荴〕之轉爲〔蔿〕,猶〔爲〕之轉爲〔役〕。　荴、蔿聲近而轉也。荴從役聲,蔿從爲聲,荴之轉爲蔿,猶爲之轉爲役。《表記》鄭注云:「役之言爲也。」(1984:326,卷十上釋草)

　　按,役之引申義與爲之借義義近。說見「之言」部份。《方言》卷三:「荴,芡雞頭也。北燕謂之荴。」《說文》:「蔿,艸也。从艸爲聲。」蔿,本義爲艸,借指芡莖。《本草綱目·果部·芡實》:「(芡)其莖謂之蔿,亦曰荴。」蔿、荴義同,皆指芡莖。「猶」所連接的兩組詞義之間無關。

〔彭亨〕之轉爲〔炰烋〕,猶胮肛之轉爲膹膖。　〔彭亨〕之轉爲〔炰烋〕,猶胮肛之轉爲膹膖矣。(1984:57卷二上釋詁)

　　按,彭亨,聯綿詞。《玉篇·火部》:「炰,同炮。」《漢書·楊惲傳》:「亨羊炰羔。」顏師古注:「炰,毛炙肉也。即今所謂爐也。」《玉篇·火部》:「烋,美也,福祿也,慶善也。」《字彙·火部》:「烋,熏也。」炰烋,聯綿詞。《詩·大雅·蕩》:「咨女殷商,女炰烋于中國。」鄭玄箋:「炰烋,自矜氣健之貌。」《文選·左思〈魏都賦〉》:「剋剪方命,吞滅咆烋。」李善注:「咆烋,猶咆哮也。」胮肛聯綿詞。胮,《慧琳音義》卷三十一「胮脹」注引《埤倉》:「胮肛,腸脹也。」《玉篇·肉部》:「肛,腫也,胮肛也。」膹膖,聯綿詞。《玉篇·肉部》:「膹,膹膖,腫欲潰也。」胮肛、膹膖義近。「猶」連接的兩組詞義之間無關。

〔榜〕之轉爲〔輔〕,猶方之轉爲甫,旁之轉爲溥　榜之轉爲輔,猶方之轉爲甫,旁之轉爲溥矣。(1984:125卷四下釋詁)

　　按,榜、輔同源,共同義素爲輔助。說見「一聲之轉」部份。《說文》:「甫,男子美稱也。从用、父,父亦聲。」《玉篇·用部》:「甫,始也。」又《玉篇》:「甫,大也。」《說文解字注·用部》:「以男子始冠之稱,引申爲始也。」《白虎通義·封禪》:「甫,輔也。」《說文通訓定聲》認爲甫,假借爲輔。《說文》:「方,併船也。」借義爲大、始。《國語·晉語

一》：「今晉國之方。」韋昭注：「方，大也。」方，假借爲甫。方、甫義近假借。又假借爲旁。《廣雅・釋詁一》：「方，大也。」《說文解字注》：「又假借爲旁。」《書・堯典》：「湯湯洪水方割。」王引之《經義述聞》：「家大人曰：方皆讀爲旁，旁之言溥也，徧也。」《說文》：「旁，溥也。」《說文》：「溥，大也。从水尃聲。」《玉篇・水部》：「溥，徧也，普也。」旁、溥同源，共同義素爲大。「猶」所連接的三組詞義之間有無關的情況（〔榜〕〔輔〕與方甫），有相關的情況（方甫與旁溥）。

取謂之抙，猶聚謂之裒也；取謂之掇，猶聚謂之綴也；取謂之捃，猶聚謂之羣也。 凡與之義近於散，取之義近於聚，聚、取聲又相近。故聚謂之收，亦謂之斂，亦謂之集，亦謂之府；取謂之府，亦謂之集，亦謂之斂，亦謂之收。取謂之抙，猶聚謂之裒也；取謂之掇，猶聚謂之綴也；取謂之捃，猶聚謂之羣也。（1984：19卷一上釋詁）

按，取，有多音，依本條例，當音《廣韻》七庾切，清母麌韻上聲，古音在侯部。《說文》：「取，捕取也。」取，假借爲聚。朱駿聲《說文通訓定聲・需部》認爲取，假借爲聚。《左傳・昭公二十年》：「鄭國多盜，取人於萑苻之澤。」《漢書・五行志下之上》：「內取茲謂禽。」顏師古注：「取，如《禮記》聚麀之聚。」聚，从母侯部。《說文》：「聚，會也。从伋取聲。邑落云聚。」《玉篇・伋部》：「聚，積也。」抙，有多音，依本條例，當音《廣韻》薄侯切，並母侯部平聲，古音在幽部。《說文》：「抙，引取也。」《玉篇・手部》：「抙，《說文》曰：『引聚也。』《詩》曰：『原隰抙矣。』抙，聚也。本亦作裒。」取、抙同源，共同義素爲取。裒，並母侯部。《爾雅・釋詁上》：「裒，聚也。」《詩・小雅・常棣》：「原隰裒矣，兄弟求矣。」毛傳：「裒，聚也。」裒、抙義近假借。裒、聚同源，共同義素爲聚。《說文》：「掇，拾取也。从手叕聲。」掇，端母月部。取、掇同源，共同義素爲取。綴，《說文》：「綴，合箸也。从叕从糸。」綴，端母月部。引申爲緝。《玉篇・糸部》：「綴，緝也。」聚之本義與綴之引申義義近。捃，《說文》無此字。《玉篇・手部》：「捃，拾也。」《類篇・手部》：「捃，取也。」捃，見母文部。取、捃同源。《說文》：「羣，輩也，从羊君聲。」羣母文部。引申爲會合，眾多。《荀子・非十二子》：「壹統

類，而羣天下之英傑。」楊倞注：「羣，會合也。」聚之本義與羣之引申義義近。

草乾謂之脩，亦謂之濕，猶肉乾謂之脩，亦謂之暵。」 暵者，《玉篇》：「暵，邱立切，欲乾也。」《眾經音義》卷二十二引《通俗文》云：「欲燥曰暵。」引之云：「《王風‧中谷有蓷篇》：『中谷有蓷，暵其乾矣。中谷有蓷，暵其脩矣。中谷有蓷，暵其濕矣。』《傳》云：『脩且乾也，雖遇水則濕。』《箋》云：『雛之傷于水，始則濕，中而脩，久而乾。』按濕當讀爲暵，暵亦乾也。暵與濕聲近，故通。暵其乾矣，暵其脩矣，暵其濕矣，三章同義。草乾謂之脩，亦謂之濕，猶肉乾謂之脩，亦謂之暵。」（1984：46 卷二上釋詁）

按，《說文》：「脩，脯也。从肉攸聲。」《周禮‧天官‧膳夫》：「凡肉脩之頒賜，皆掌之。」《正字通‧肉部》：「脩，肉條割而乾之也。」濕，今有多音，依本條例，當音《廣韻》失入切，書母緝韻入聲，古音在緝部。《說文》：「濕，水，出東郡東武陽，入海。从水㬎聲。桑欽云：出平原高唐。」借義爲溼。《易‧乾》：「水流濕，火就燥。」孔穎達疏：「水流於地，先就濕處。」暵，《說文》無此字。《玉篇‧日部》：「暵，欲乾也。」《廣雅‧釋詁二》：「暵，曝也。」王念孫《廣雅疏證》：「《王風‧中谷有蓷篇》：『中谷有蓷，暵其乾矣。中谷有蓷，暵其脩矣。中谷有蓷，暵其濕矣。』《傳》云：『脩且乾也，雖遇水則濕。』《箋》云：『雛之傷於水，始則濕，中而脩，久而乾。』案濕當讀爲暵，暵亦且乾也。暵與濕聲近，故通。暵其乾矣，暵其脩矣，暵其濕矣，三章同義。」暵、濕義無關，可知濕、暵屬音近假借。

聚謂之蒐，猶眾謂之搜也。聚謂之都，猶眾謂之諸也。聚謂之袞，猶多謂之袞也。聚謂之灌，猶多謂之觀也。 宗者，眾之所主，故爲聚也。《喪服傳》云：「大宗者，尊之統也。」大宗者，收族者也。族者，《白虎通義》云：「族者，湊也，聚也。謂恩愛相流湊也。上湊高祖，下至元孫，一家有吉，百家聚之，生相親愛，死相哀痛，有會聚之道，故謂之族。」族、湊、聚，聲竝相近。凡聚與眾相近，故眾謂之宗，亦謂之林。聚謂之林，亦謂之宗。聚謂之蒐，猶眾謂之搜也。聚謂之都，猶眾謂之諸也。聚謂之袞，猶多謂之袞也。聚謂之灌，猶多謂之觀也。（1984：94 卷三下釋詁）

　　按，《說文》：「聚，會也。从似取聲。邑落云聚。」《玉篇・似部》：「聚，積也。」《說文》：「蒐，茅蒐，茹藘，人血所生，可以染絳。从艸从鬼。」借義爲聚集。《爾雅・釋詁下》：「蒐，聚也。」郭璞注：「蒐者，以其聚人眾也。」聚之本義與蒐之借義義近。蒐、搜義近假借。《文選・陸機〈辨亡論〉上》：「於是講八代之禮，蒐三王之樂。」李善注：「蒐與搜，古字通。」《說文》：「眾，多也。」《說文》：「搜，眾意也，一曰求也。从手㕞聲。《詩》曰：『束矢其搜。』」《玉篇・手部》：「搜，聚也。」搜、眾同源，共同義素爲多。蒐之借義與搜之本義義近。《說文》：「都，有先君之舊宗廟曰都。从邑者聲。《周禮》：『距國五百里爲都。』」引申爲聚集。《周禮・春官・司常》：「師都建旗。」賈公彥疏：「都，聚也。」《文選・木華〈海賦〉》：「以宗以都。」李周翰注：「都謂聚也。」都之引申義與聚之本義義近。《說文》：「諸，辯也。从言者聲。」借義爲眾。《淮南子・脩務訓》：「諸人皆爭學之。」高誘注：「諸，眾也。」《禮記・祭統》：「諸德之發也。」孔穎達疏：「諸，眾也。」眾之本義與諸之借義義近。都之引申義與諸之借義義近。聚、裒同源，說見上條。裒，由聚引申爲多。《爾雅・釋詁上》：「裒，多也。」郝懿行《爾雅義疏》：「裒者，上文云聚也，聚則多矣，故又爲多。」《詩・周頌・般》：「敷天之下，裒時之對。」鄭玄箋：「裒，眾也。」《說文》：「多，重也。从重夕。夕者，相繹也，故爲多。重夕爲多，重日爲疊。」引申爲眾。《爾雅・釋詁上》：「多，眾也。」多之引申義與裒之本義義近。《說文》：「灌，水。」借義爲聚。《爾雅・釋木》：「木族生爲灌。」《廣韻・換韻》：「灌，聚也。」聚之本義與灌之借義義近。觀，有多音，依條例，當音《廣韻》古丸切，見母桓韻平聲，古音在元部。《說文》：「觀，諦視也。从見雚聲。」借義爲多。《爾雅・釋詁下》：「觀，多也。」《大雅・文王有聲篇》：「遹觀厥成。」鄭玄箋：「觀，多也。」多之引申義與觀之借義義近。灌之借義與觀之借義義近。

斤斧穿謂之銎，猶車穿謂之釭。釭、銎聲相近。（1984：253 卷八上釋器）

　　按，《說文》：「釭，車轂中鐵也。从金工聲。」《方言》卷九：「車釭，

齊燕海岱之間謂之鍋，或謂之錕，自關而西謂之釭，盛膏者乃謂之鍋。」錢繹《方言箋疏》：「釭之言空也，轂口之內，以金嵌之曰釭。」《釋名》：「釭，空也，其中空也。」《說文》：「銎，斤釜穿也。从金巩聲。」《說文解字注》：「謂斤斧之孔所以受柄者。」釭、銎同源，共同義素爲空。《說文》：「穿，通也。从牙在穴中。」《玉篇・穴部》：「穿，穴也。」穿、銎同源，共同義素爲通。釭、穿同源，共同義素爲空。

欑之言鑹也，小矛謂之欑，猶矛戟刃謂之鑹。《方言》：「鑹謂之鍴，矜謂之杖。」是也。（1984：265 卷八上釋器）

按，鑹、欑同源，共同義素爲穿。說見「之言」部份。

句、戈一聲之轉，猶鎌謂之刟，亦謂之划（1984：265 卷八上釋器）

按，《說文・金部》：「鎌，鍥也。从金兼聲。」《說文》：「鍥，鎌也。」《玉篇・金部》：「鎌同鐮。」《方言》卷五：「刈鉤，自關而西，或謂之鉤，或謂之鎌，或謂之鍥。」《說文》：「刟，鎌也。」《說文解字注》：「刟，亦作鉤。」划，有多音，依「謂之」義，當音《廣韻》古臥切，見母過韻去聲，古音在歌部。《廣雅・釋器》：「划，鎌也。」刟、划同源，共同義素爲鎌。鎌、刟同源，共同義素爲鎌。鎌、划同源，共同義素爲鎌。

濤、汏一聲之轉，猶淅米謂之淘，亦謂之汏（1984：303 卷九下釋水）

按，《說文・水部》：「汏，淅灡也。」王筠《說文句讀》：「汏者，汏之譌。」《廣雅・釋詁二》：「汏，洒也。」玄應《一切經音義》卷十五「洮米」注：「《通俗文》謂淅米謂淘汏。」淘、汏同源，共同義素爲清洗。

救與拘聲亦相近，絢謂之救，猶云絢謂之拘（1984：224 卷七下釋器）

按，《說文》：「絢，纑繩絢也。从糸句聲，讀若鳩。」《說文解字注》：「纑者，布縷也，繩者，索也，絢，糾合之謂，以讀若鳩知之，謂若纑若繩之合少爲多皆是也。」《說文》：「救，止也。从攴求聲。」救，有多音，依「謂之」義，當音《集韻》居尤切，見母尤韻平聲，古音在幽部。《集韻・尤韻》：「勼，《說文》『聚也』，古作救。」《說文》：「拘，止也。从句从手，句亦聲。」《說文解字注》：「手句者，以手止之也。」《玉篇・

句部》:「拘,拘檢也。」拘,有多音,依「謂之」義,當音《集韻》居侯切,見母侯韻平聲,古音在侯部。《類篇・句部》:「拘,拘樓,聚也。」絢之本義與救之借音義義近。絢之本義與拘之借音義義近。在聚義上,救、拘二者借音義義近。

殢之通作搣,猶溝洫之通作淢（1984:47卷二上釋詁）

按,殢,《說文》無此字。《玉篇・歺部》:「殢,裂也。」《禮記・樂記》:「而卵生者不殢。」鄭玄注:「殢,裂也。今齊人語有殢者。」《玉篇・手部》:「搣,搣裂也。」《集韻・職韻》:「搣,裂聲。」《說文》:「洫,十里為成,成間廣八尺,深八尺,謂之洫。从水血聲。《論語》:『盡力於溝洫。』」《廣雅・釋水》:「洫,坑也。」《說文》:「淢,疾流也。从水或聲。」《詩・大雅・文王有聲》:「築城伊淢,作豐伊匹。」毛傳:「淢,成溝也。」鄭玄箋:「方十里曰成,淢,其溝也,廣深各八尺。」陸德明釋文:「淢,字又作洫。」殢、搣同源,共同義素為裂。洫、淢義近通假。殢、洫無關,搣、淢無關。

朋與馮通,猶淜河之淜通作馮（1984:47卷二上釋詁）

按,朋,《說文》無此字。《廣雅・釋詁三》:「朋,比也。」《說文》:「馮,馬行疾也。从馬冫聲。」《廣雅・釋詁二》:「馮,怒也。」王念孫《廣雅疏證》:「馮者,《方言》:『馮,怒也。楚曰馮。』郭璞注:『馮,恚盛皃。』」朋、馮音近假借。《說文》:「淜,無舟渡河也。从水朋聲。」《說文解字注》:「《小雅》傳曰:『徒涉曰馮河。』《爾雅・釋訓》《論語》孔注同。淜,正字,馮,假借字。」《玉篇・水部》:「徒涉曰淜,今馮字。」淜、馮義近假借。

棘之通作朸勒,猶革鞃之通作勒矣。（1984:242卷七下釋器）

按,《說文》:「棘,小棗叢生者。从並朿。」引申為棱角。《說文》:「朸,木之理也。从木力聲。」引申為棱角。《詩・小雅・斯干》:「如矢斯棘,如鳥斯革。」毛傳:「棘,稜廉也。」陸德明釋文:「棘,《韓詩》作朸,朸,隅也。」《說文》:「勒,馬頭絡銜也。」《釋名・釋車》:「勒,絡也,絡其頭而引之也。」《漢書・匈奴傳下》:「安車一乘,鞍勒一具。」顏師古注:

「勒，馬轡也。」《廣雅‧釋器》：「鞅，勒也。」《玉篇‧革部》：「鞅，靶也，勒也。亦作革。鞅，同鞅。」《說文》：「革，獸皮治去其毛，革更之，象古文革之形。革，古文革，从三十，三十年爲一世，而道更也。」借義爲轡首。《爾雅‧釋器》：「轡首謂之革。」郝懿行《爾雅義疏》：「按轡首垂即靶也，以革爲之，因名革。《韓奕》箋：『鞗革謂轡也，以金爲小環，往往纏搤之。』《說文》鞗作鋚。云轡首銅，然則轡首有革有銅，《爾雅》單言革者，轡以革爲主，銅爲飾耳。」鞅、枊、勒音近假借。鞅、勒、革義近通假。

案杜衡與土杏古同聲。杜衡之杜爲土，猶《毛詩》自土沮漆，《齊詩》作杜也。衡从行聲而通作杏，猶《詩》荇菜字从行聲而《爾雅》《說文》作莕也。（1984：321 卷十上釋草）

按，《說文》：「杜，甘棠也。从木土聲。」借義爲杜衡。《爾雅‧釋草》：「杜，土鹵。」郭璞注：「杜衡也，似葵而香。」邢昺疏：「香草也，一名杜，一名土鹵。」《說文》：「衡，牛觸，橫大木其角。」借義爲杜衡。《文選‧宋玉〈風賦〉》：「獵蕙草，離秦衡。」李善注：「衡，杜衡也。」《說文》：「杏，果也。」衡、杏義遠，屬音近假借。《說文》：「莕，菨餘也。从艸杏聲。荇，莕或从行，同。」《詩‧周南‧關雎》：「參差荇菜，左右流之。」毛傳：「荇，接余也。」陸德明釋文：「荇，亦本作莕。」荇、莕異體字。

越與汨聲相近，故同訓爲治，猶越與曰之同訓爲于（1984：95 卷三下釋詁）

按，越，有多音，依本條例，當音《廣韻》王伐切，云母月韻入聲，古音在月部。《說文‧走部》：「越，度也，从走戉聲。」借義爲治理。《廣雅‧釋詁三》：「越，治也。」《書‧盤庚下》：「肆上帝將復我高祖之德，亂越我家。」孔傳：「以徙故，天將復湯德，治理於我家。」汨，有多音，依本條例，當音《廣韻》古忽切，見母沒韻入聲，古音在術部。《說文‧水部》：「汨，治水也。」《說文解字注》：「引申之凡治皆謂汨。」《集韻‧沒韻》：「汨，治也。」越之借義與汨之引申義義近。越又借爲虛詞。《孟

子・萬章下》：「殺越人于貨。」趙岐注：「越、于，皆於也。」《書・顧命》：「越玉五重。」孔穎達疏：「越訓於也。」《書・太甲上》：「無越厥命以自覆。」陸德明釋文：「越本又作粵。」《說文・曰部》：「曰，詞也。」《書・堯典》：「曰若稽古帝堯。」蔡沈集傳：「曰、粵、越通，古文作粵。」《說文・曰部》段注：「粵、于、爰、曰，四字可互相訓，以雙聲疊韻相假借也。」

搖、療之同訓爲治，猶遙、遼之同訓爲遠，燿、燎之同訓爲照（1984：95 **卷三下釋詁**）

按，《說文・手部》：「搖，動也，从手䍃聲。」《爾雅・釋詁下》：「搖，作也。」《廣雅・釋詁三》：「搖，治也。」王念孫《廣雅疏證》：「搖療者，《方言》：『愮、療，治也。江湘郊會謂醫治之曰愮，或曰療。』注云：『俗云厭愮病。』愮與搖通。」《說文》：「瘵，治也。从疒樂聲，療或从尞。」《方言》卷十：「療，治也。」《周禮・天官・瘍醫》：「凡療瘍，以五毒攻之。」鄭玄注：「止病曰療。」搖之假借字愮《方言》義與療之本義同源，共同義素爲治。遙，《說文》無此字。《說文新附》：「遙，逍遙也。又遠也。从辵䍃聲。」《方言》卷六：「遙，遠也，梁楚曰遙。」《文選・賈誼〈弔屈原文〉》：「見細德之險徵兮，遙曾擊而去之。」李善注引李奇曰：「遙，遠也。」《說文》：「遼，遠也。从辵尞聲。」《廣韻・蕭韻》：「遼，遠也。」遙、遼同源，共同義素爲遠。燿，有多音，依本條例，當音《廣韻》弋照切，以母笑韻去聲，古音在藥部。《說文・火部》：「燿，照也。」《說文・火部》：「燎，放火也。从火尞聲。」《廣韻・笑韻》：「燎，照也。」燿、燎同源，共同義素爲火。

詷與譲之同訓爲求，猶迥與敻之同訓爲遠（1984：97 **卷三下釋詁**）

按，《說文》：「詷，知處告言之。从言冋聲。」《急就篇》第四章：「乏興猥逮詷譲求。」顏師古注：「詷，謂知處密告之也。」《廣雅・釋詁三》：「詷，求也。」《說文・言部》：「譲，流言也。从言敻聲。」《說文》：「敻，營求也。」《廣韻・霰韻》：「流言有所求也。」詷、譲同源，共同義素爲求。《說文》：「迥，遠也。从辵冋聲。」《爾雅・釋詁上》：「迥，遐也。」

茅穗名莿，禾穗亦名私，猶茅穗名䅢，禾穗亦名䅢（1984：334 卷十上釋草）

> 按，莿，心母脂部。《說文》：「莿，茅秀也。从艸私聲。」徐鍇繫傳：「此即今茅華未放者也。今人食之，謂之茅榲。《詩》所謂『手如柔荑』，荑，秀也。」私，心母脂部。《說文》：「私，禾也。从禾厶聲。北道名禾主人曰私主人。」莿、私同源，共同義素爲禾。聲符有示源功能。䅢，邪母歌部。䅢，《說文》無此字。《玉篇·艸部》：「䅢，禾穗也。」《廣韻·麻韻》：「䅢，禾穗也。」《廣雅·釋草》：「䅢，茅穗也。」䅢、莿同源，共同義素爲禾穗。

莒之爲言猶渠。 渠莒古同聲，故又名莒，莒之爲言猶渠也。（1984：323，卷十上釋草）

> 按，《說文》：「莒，齊謂芌爲莒。从艸呂聲。」《說文》：「渠，水所居。从水榘省聲。」渠通作蕖。《爾雅·釋草》：「荷芙渠。」陸德明釋文：「本又作蕖。」《廣雅》：「蕖，芋頭。」莒、渠音近假借。

菣之爲言猶莖（1984：323 卷十上釋草）

> 按，《玉篇·艸部》：「菣，芋莖也。」《廣雅·釋草》：「蕖，芋也，其莖謂之菣。」《說文》：「莖，枝柱也。」菣、莖同源，共同義素爲莖。

筱之爲言猶小（1984：334 卷十上釋草）

> 按，《說文·竹部》：「筱，箭屬，小竹也。从竹攸聲。」《說文·小部》：「小，物之微也。」筱、小同源，共同義素爲小。

蟧之爲言猶瘖也。《方言》云：「蟧謂之寒蜩。寒蜩，瘖蜩也。」（1984：357 卷十下釋蟲）

> 按，《方言》卷十一：「蟧謂之寒蜩，寒蜩，瘖蜩也。」錢繹《方言箋疏》：「《廣雅》：『闇蜩，蟧也。』曹憲音鷹。闇與瘖同。《玉篇》：『蟧，寒蜩也，似蟬而小。』《廣韻》：『蟧，寒蟬。』蟧之爲言猶瘖也。《後漢書·杜密傳》：『劉勝知善不薦，聞惡無言，隱情惜己，自同寒蟬。』李賢注云：『寒蟬，謂寂默。』是寒蟬爲瘖蟬也。郭氏引《爾雅》《月令》

以議子雲，亦非也。家君曰：《文選・曹植〈贈白馬王彪詩〉》注引蔡邕《月令章句》云：『寒蟬應陰而鳴，鳴則天涼，故謂之寒蟬。』高誘《淮南子》注云：『寒蟬，青蟬也。蟲陰類，感氣鳴也。』蓋此蟬不鳴于夏，因有『瘖蜩』之名，至立秋陰氣鼓動，乃應候而鳴，故復號爲『寒蜩』。今池歙間人呼秋蟬爲寒蟬子。蟬之爲言猶瘖也，迨秋深寒氣過甚，則又無聲。……」《說文》：「瘖，不能言也。从疒音聲。」蟬、瘖同源，共同義素爲啞。

白与蛃聲之轉，蛃之爲言猶白也。（1984：364 卷十下釋蟲）

按，蛃，《說文》無此字。《廣雅・釋蟲》：「白魚，蛃魚也。」《集韻・映韻》：「蛃，衣中白魚。」《說文》：「白，西方色也。陰用事，其色白。」白、蛃同源，共同義素爲白。

鶉之爲言猶鳭鴲也。（1984：376 卷十下釋鳥）

按，《爾雅・釋鳥》：「隹其，鳭鴲。」郭璞注：「今鶉鳩。」《玉篇・鳥部》：「鶉，鶉鳩也。」《方言》卷八：「鶉，自關而西秦漢之間，其小者或謂之鶉鳩。」鶉即鶉鳩，即鳭鴲。

蹢之爲言猶蹠也。（1984：384 卷十下釋獸）

按，《說文》：「蹢，住足也。从足，適省聲。或曰蹢躅。賈侍中說：足垢也。」蹢，有多音，依本條例，當音《廣韻》都歷切，端母錫韻入聲，古音在錫部。《廣雅・釋獸》：「蹢，足也。」《玉篇・足部》：「蹢，蹄也。」《說文通訓定聲・解部》：「蹢，蹠也。」《說文・足部》：「蹠，足也。从足庶聲。」《說文解字注》：「俗作蹄。」《釋名・釋形體》：「蹠，底也，足底也。」蹢、蹠同源，共同義素爲足。

騭之爲言猶特也。（1984：384 卷十下釋獸）

按，《說文》：「騭，牡馬也。从馬陟聲。」《爾雅・釋畜》：「牡曰騭。」《玉篇・馬部》：「騭，之逸切，牡馬也，定也，升也。」牡馬即公馬。《說文》：「特，朴特，牛父也。从牛寺聲。」《玉篇・牛部》：「特，牡牛也。」騭、特同源，共同義素爲牲畜中的雄性。

悾悾、愨愨、懇懇、叩叩，皆一聲之轉，或轉爲款款，猶叩門之轉爲款門也。（1984：180 卷六上釋訓）

　　按，《廣雅》：「叩叩，誠也。」《廣雅》：「款款，愛也。」《玉篇·欠部》：「款，誠也。」叩叩、款款義同，皆指誠懇。《玉篇·口部》：「叩，叩擊也。」《論語·憲問》：「以杖叩其脛。」《說文》：「款，意有所欲也。」借義爲敲擊。《史記·商君列傳》：「由余聞之，款關請見。」裴駰集解引韋昭曰：「款，叩也。」《廣雅·釋言》：「款，叩也。」叩之本義與款之借義義近。

曼、莫、無一聲之轉，猶覆謂之幔，亦謂之幕，亦謂之幠也。（1984：135 卷五上釋詁）

　　按，曼、莫、無一聲之轉情況說見「一聲之轉」部份。這裡主要討論幔、幕、幠三者之間的詞義關係。《說文》：「幔，幕也。從巾曼聲。」《說文》：「幕，帷在上曰幕，覆食案亦曰幕。從巾莫聲。」《說文》：「幠，覆也。從巾無聲。」曼、莫、無三者義近，義爲「無」，幔、幕、幠三者同源，共同義素爲覆蓋，「猶」所連接的兩組聲音相關，詞義無關。

5、結　論

　　《廣雅疏證》音義術語較多。數據顯示，有「之言」「一聲之轉」「猶」「聲近義同」「語之轉」「同」「通」等。限於篇幅，本章主要從「之言」「聲近義同」「猶」「一聲之轉」四個量較多且與音義問題關聯較大的術語進行討論。立足形、音、義三個角度，挖掘術語所表現的音義特點，在此基礎上，對訓詁學、古音學、語源學的一些問題進行探討與驗證，以深化對相關問題的認識。

5.1　《廣雅疏證》術語揭示的字形特點

　　梳理「一聲之轉」、「之言」「聲近義同」「猶」四個術語揭示的字形結構特點，並進行比較總結。

5.1.1　「一聲之轉」揭示的字形結構特點

| | 兩個詞間一聲之轉 | | | | | | | | | | | | | | 三個詞間 | 四個詞間 | 五個詞間 | 六個詞間 | AB、CD、E也 | AB、CD | AB、CD、EF |
| | 雙聲 | | | | 雙聲疊韻 | 旁紐 | | | | | 準旁紐 | | 準雙聲 | | | | | | | | |
	旁對轉	對轉	通轉	旁轉	疊聲疊韻	疊韻	對轉	旁轉	旁對轉	異類轉	旁對轉	通轉	異類轉	通轉							
同聲符															2		2	1		1	
同形符	9	3	3	7	1	1	1	1	1	1		1		1	41	20		3	10	14	5
形體相異	23	6	5	4			3	2		3	1		2		60	28	28	11		27	22

　　兩個詞間一聲之轉 79 例中，字形結構相異的有 49 例，有關的有 30 例。在有關的 30 例中，全部是同形符關係，沒有同聲符關係。說明兩個詞一聲之轉中，形體關係以字形結構相異爲主，字形結構有關爲輔。在字形結構有關中，以同形符爲主，沒有同聲符情況。

　　多個詞間一聲之轉形體關係也以字形結構相異爲主，字形結構有關爲輔。在字形結構有關的形體中，以同形符爲主，同聲符只占極少部分。

　　綜合看來，一聲之轉形體關係以字形結構相異爲主，字形結構有關爲輔。這顯示了王念孫在《廣雅疏證》中貫穿的「就古音以求古義，引申觸類，不限形體」的特點。字形結構有關，一般是有共同形符，而形符有表意的特點，在聲韻相關的情況下，相同形符有利於更好的訓釋。

5.1.2　「之言」揭示的字形結構特點

大類	「之言「音形關係														
次類	同聲韻			同　聲			同　韻			對轉（旁對轉、異類轉）			旁　轉			通　轉
小類	同聲符	同形符	字形相異	同聲符	同形符	字形相異	同聲符	同形符	字形相異	同聲符	同形符	字形相異	同聲符	同形符	字形相異	同聲符	形體相異
數量	205	16	83	28	9	56	110	13	110	11	1	30	4	2	28	3	4

　　將《廣雅疏證》729 例「之言」以聲韻爲標記，分爲同聲韻 330 例，同聲 90 例，同韻 233，對轉 42 例，旁轉有 34 例，通轉有 7 例，特殊關係有 22 例。

　　在「同聲韻」330 例中，字形結構有關的有 221 例，其中同聲符有 205 例，同形符 16 例，字形結構相異的有 83 例。可見字形結構有關的比重最大，其中同聲符比重最大。「同韻」形體結構關係中，也以字形結構有關爲主，字形結構無關爲輔。字形結構有關中，又以同聲符爲主。

　　「同聲」、「對轉（旁對轉）」、「旁轉」形體結構關係中，都以字形相異爲主，即更傾向於「就古音以求古義，引申觸類，不限形體」。

　　綜合來看，在 729 例「之言」部分中，字形結構相異的有 307 例，字形結構有關的有 399 例。在字形結構有關的 399 例中，同聲符有 358 例，同形符僅有 41 例。說明「之言」部分以字形結構有關爲主，字形結構相異爲輔。在字形

結構有關的情況下，同聲符占絕對多數，超過了字形結構相異的數量，同形符只占極少數。說明字形結構有關的情況下，以同聲符爲主。可以說，「之言」主要顯示了兩個詞間形體上同聲符的特點。另外，在「之言」術語中，聲韻關係（同聲韻、同韻）緊密的情況下，形體關係也多相關且多以同聲符爲主，聲韻關係不緊密的情況下，形體關係多不相關，這顯示了音－形之間的正比關係。「因聲求義」的「聲」除了指稱聲韻關係的「聲」之外，還當指形體關係中的「同聲符」情況。由於聲符表意示源的特點，可以用來疏通更多的詞語。

5.1.3　「聲近義同」揭示的字形結構特點

大類	「聲近義同」形體關係																						
次類	兩個詞間			三個詞間									四個詞間						五個詞間				
				A-B			A-C			B-C			第一例		第二例		第三例		第一例			第二例	
小類	同聲符	同形符	形體相異	同聲符	同形符	形體相異	同聲符	同形符	形體相異	同聲符	同形符	形體相異	同聲符	同形符	同聲符	形體相異	同形符	形體相異	同聲符	同形符	形體相異	同聲符	形體相異
數量	61	18	43	13	5	6	9	5	10	15	4	5	2	2	1	3	1	3	1	4	5	2	8

　　兩個詞之間聲近義同共有 122 例，字形結構有關有 79 例，字形結構無關有 43 例，可見以字形結構有關爲主。在字形結構有關的 79 例中，同聲符有 61 例，同形符有 18 例，可見又以同聲符爲主。「聲近義同」中的「聲近」暗含了「同聲符」這種情況。

　　三個詞之間的聲近義同共有 24 例，其形體關係分成 A-B、A-C、B-C 三種類型 72 對進行討論。形體關係上，A-B 之間同聲符有 13 例，同形符有 5 例，字形相異有 6 例。A-C 之間字形相異有 10 例，同聲符有 9 例，同形符有 5 例。B-C 之間字形相異有 5 例，同聲符有 15 例，同形符有 4 例。可見 A-B、A-C、B-C 之間形體關係上看，以同聲符爲主。

　　四個此之間的「聲近義」同共有 3 例。第一個例子的形體關係上主要是同聲符和同形符。第二、第三個例子的形體關係主要是字形相異。

　　五個詞之間的「聲近義同」共有 2 例，形體關係可以分爲 A-B、A-C、A-D、A-E、B-C、B-D、B-E、C-D、C-E、D-E10 種情況，在第一例中，字形結構無

關的有 5 例，同形符有 4 例，同聲符有 1 例。在第二例中，字形無關有 8 例，同聲符有 2 例。可見五個詞之間的「聲近義同」形體關係以結構相異爲主。

「聲近義同」中的形體關係比較複雜，有「兩個詞」「三個詞」「四個詞」「五個詞」幾種類型，將其拆分成成對的（化歸爲兩個詞間的）以便討論。拆分後共有 226 對，其中字形結構相異的有 83 對，字形結構有關的有 143 對。在字形結構有關的 143 對中，同聲符有 104 例，同形符有 39 例。說明「聲近義同」形體關係總體上以字形結構有關爲主，字形結構相異爲輔。字形結構有關中，又以同聲符爲主，並且同聲符的數量超過了字形相異的數量。說明「聲近義同」的「聲」包含形體上同聲符的特點。

5.1.4 「猶」揭示的字形結構特點

類目	某猶某					某某猶某某也																	某猶某某也				猶言				
	A 猶 B					AA 猶 BB			AB 猶 CD					AB 猶 CB					AB猶AC		AB猶CA	A猶BB	A 猶 BC			AB猶CD（猶言）			猶言其他部分	
	有來源		無來源						有來源		無來源			有來源		無來源														
	同聲符	形體相異	同聲符	同形符	形體相異	同聲符	同形符	形體相異	同聲符	形體相異	同聲符	同形符	形體相異	同聲符	形體相異	同聲符	同形符	形體相異	同聲符	形體相異	形體相異	同聲符	同聲符	同形符	形體相異	同聲符	同形符	形體相異	同聲符	形體相異
	2	22	10	2	7	3	3	10	5	19	5	9	18	1	1	1	1	5	1	4	1	2	2	2	4	2	6	20	1	5

《廣雅疏證》「A 猶 B 也」共有 43 例，根據來源情況，可分爲「有來源的」和「無來源的」（即王念孫自造的）兩種。「A 猶 B 也」有來源的共有 24 例，以形體相異爲主。「A 猶 B 也」無來源的共有 19 例，這些「無來源」A、B 之間字形結構多有關係，且以同聲符爲主。說明王念孫在「猶」術語中傾向於利用形體間的相同聲符進行訓釋。

「AA 猶 BB 也」共有 16 例，以字形結構相異爲主。

「AB 猶 CD 也」「有來源」的形體關係中，A-B、A-C、C-D、B-D 之間都以字形相異爲主，有 19 例。「無來源」的「AB 猶 CD」中，A-B、 A-C、C-D、B-D 之間形體關係也是以字形相異爲主，有 18 例，但同聲符或同形符的量在各組中與來源於文獻的相比，有所增加，同聲符有 5 例，同形符有 9 例。

　　「AB 猶 CB 也」「有來源的」形體關係有同聲符的，有字形結構相異的，分別爲 1 例。「無來源的」的形體關係中，以字形結構相異爲主。結合聲韻關係看，王念孫自造的「AB 猶 CB」中，顯示了「就古音以求古義，引申觸類，不限形體」的特點。

　　「AB 猶 AC 也」中，B-C 之間以字形結構相異爲主，有 4 對，字形結構有關有 1 對，即同聲符 1 對。

　　「AB 猶 CA 也」有 1 例，其中 B、C 之間字形結構相異。

　　「A 猶 BB 也」形體關係上，A、B 之間有同聲符關係。

　　「A 猶 BC 也」字形結構 A-B 之間、A-C 之間、B-C 之間共有 15 對，其中字形結構相異的有 11 對，字形結構有關的有 4 對。可見，「A 猶 BC 也」字形結構以字形相異爲主，顯示了王念孫「引申觸類，不限形體」的訓詁特點。

　　「AB 猶言 CD」共有 7 例，形體關係從 A-B、A-C、B-D、C-D 四個對應進行討論，共有 28 對，其中字形結構相異的有 20 對，字形結構有關的有 8 對。可見，這四對以形體結構相異爲主。「猶言」其他部份共有 6 例，形體關係也是以字形結構相異爲主。

　　下面是「猶」連接兩個音義短句情況。「某之爲某，猶某之爲某」形體關係中，第 1 例、第 2 例、第 5 例、第 6 例都是 AB-CD 型，形體關係以字形相異爲主，有 6 例，同形符 3 例，同聲符有 4 例。第 3 例是 ABC-DEF 型，形體關係以字形相異爲主，有 8 例，同聲符有 1 例。第 4 例是 AB-CD-EF 型，形體關係中同形符有 3 例，同聲符有 3 例，字形結構相異有 3 例。

　　「某之轉爲某，猶某之轉爲某」共有 18 例，其形體關係可以看做 AB 猶 CD 型，寫成 AB-CD，主要從 A-B、C-D、A-C、B-D 四個對應討論形體關係。AB-CD 型音義關係中，A-B 之間形體關係主要是字形結構相異有 8 例，同形符有 10 例，沒有同聲符情況；C-D 之間形體關係主要是字形結構相異有 12 例，同形符有 6 例，沒有同聲符情況。A-C 之間形體關係主要是同聲符 11 例，字形相異 5 例；B-D 之間形體關係主要是同聲符 11 例，字形相異 2 例，同形符 1 例。可見，「轉」所連接的兩組內部（A-B、C-D）形體上以字形相異或同形符爲主要特徵。「猶」所連接的兩組之間（A-C、B-D）形體上以同聲符爲主，字形結構相異爲輔（但比重遠小於同聲符）。「AB-CD-EF-GH」型音義關係，主要從 A-B、A-C、B-D、C-D 討論 AB-CD 內部的形體關係，從 E-F、E-G、

G-H、F-H 討論 EF-GH 內部的形體關係，從 A-E、B-F、C-G、D-H 討論 AB-CD 與 EF-GH 之間的形體關係。AB-CD 內部形體結構相異有 3 例，形體結構有關有 1 例即同形符 1 例。EF-GH 內部形體關係全部是同形符的，有 4 例。AB-CD 與 EF-GH 之間形體結構全部是字形相異的，有 4 例。可見，AB-CD 內部以字形結構相異為主，EF-GH 內部以同形符為主，AB-CD 與 EF-GH 形體之間結構相異。「AB-CD-EF」型音義關係，主要從 A-B、C-D、E-F 討論三組內部的形體關係，從 A-C、A-E、CE、B-D、B-F、D-F 討論三組之間的形體關係。AB-CD-EF 內部全部是字形結構相異的，有 3 例。AB-CD-EF 之間全部是同聲符的，有 6 例。考察發現，三組內部字形結構相異，三組之間全部是同聲符情況。這一點與 AB-CD 型音義關係相同，可將 AB-CD-EF 型看作 AB-CD 型的擴展版。

「某謂之某，猶某謂之某也」共有 10 例，綜合來看，字形結構相異有 25 對，同聲符有 5 對，同形符有 2 對，同構件有 3 對，同字有 1 對。

「通作」A、B 之間字形結構相異有 4 對，同聲符有 1 對。C、D 之間字形結構有關，有 5 對。其中同形符 4 對，同聲符有 1 對。A、C 之間、B、D 之間字形結構有關有 8 對，同字有 2 對。可見，「通作」A、B 之間以字形結構相異為主，C、D 之間以同形符為主，「猶」所連接的 A、C 之間、B、D 之間以同聲符為主。

「某與某同訓為某，猶某與某同訓為某也」對應的形體關係有以下特點：橫向 A-B 之間、C-D 之間字形相異有 4 例，字形結構有 2 例，即同形符 2 例。縱向 A-C 之間、B-D 之間字形結構有關有 5 對，即同聲符 5 對。同字形有 1 對。橫向 A-B 之間、C-D 之間以字形結構相異為主，縱向 A-C 之間、B-D 之間以同聲符為主。縱向 A-E、C-E 都是字形相異的，各有 1 對，縱向 D-F、B-F 都是同聲符，各有 1 對，橫向 E-F 之間是同形符的，有 1 對。

總體上看，「猶」所聯繫的形體之間（包括外部之間和內部之間）形體相異的有 207 例，形體有關的有 153 例。形體有關的 153 例中，同聲符有 87 例，同形符有 66 例。可見，「猶」所聯繫的形體之間（包括外部之間和內部之間）以字形結構相異為主，字形結構有關為輔。字形結構有關中，又以同聲符為主，同形符為輔。

5.1.5　《廣雅疏證》術語揭示的構形特點比較

　　由上所述，可見術語「猶」和「一聲之轉」表現了相同的形體特點，即以字形結構相異爲主，字形結構有關爲輔。「之言」和「聲近義同」表現了共同的形體特點，即字形結構有關爲主，字形結構相異爲輔。同時，「猶」和「一聲之轉」內部也有差異，即在字形結構有關的情況下，「猶」顯示了以同聲符爲主的形體特徵，而「一聲之轉」顯示了同形符的特徵。「就古音以求古義，引申觸類，不限形體」這條訓釋原則在不同術語有不同特點，即使在相同術語下，也有不同表現。從形體關係上看，「聲」可指聲符。「形」可指形符，也可指不同形體。

5.2　《廣雅疏證》術語揭示的同源詞問題

　　首先討論《廣雅疏證》同源詞的判定標準問題，進而對《廣雅疏證》四個術語顯示的同源詞進行梳理。

5.2.1　《廣雅疏證》同源詞的判定標準

　　對於同源詞的判定標準，許多學者都有論定。曾昭聰在《漢語詞源研究的現狀與展望》[註1]一文中作過綜述，梳理了幾位專家對同源詞判定標準的認識。如王力先生認爲，「音義皆近，音近義同，或義近音同的字，叫做同源字。這些字都有同一來源。」[註2]針對這一觀點，張博先生、王寧先生、孟蓬生先生、崔樞華先生等提出了補充意見。我們同意王寧先生提出的區分「詞源詞義」和「詞彙詞義」的理論。王寧先生認爲，「詞源詞義和詞彙詞義是本質不同、有嚴格差別的：詞源詞義是從發生學角度確定的詞的命名來源，經過對這種來源的追溯，我們可以得到詞在命名時的依據；而詞彙詞義是詞產生後的一種屬性，也就是說，它是在語言交流中體現出來的內容，經過概括，我們可以得到詞彙詞義的義值。用術語確定它，詞源詞義就是構詞的『理據』。從不同的角度闡釋詞源詞義的實質和內涵，還可以用『詞義特點』『源義素』

〔註1〕曾昭聰，《漢語詞源研究的現狀與展望》，《暨南學報》（哲學社會科學），2003 年 7 月，第 25 卷第 4 期，頁 99～107。

〔註2〕王力，《同源字論》，《中國語文》，1987 年第 1 期。

『意象』等名稱。」〔註3〕作者認爲，「詞彙詞義指的是語言的詞的概括詞義，它是詞彙學的研究對象。詞源詞義指的是同源詞在滋生過程中由詞根（或稱語根）帶給同族詞或由源詞直接帶給派生詞的構詞理據，它是詞源學的研究對象。」〔註4〕在《廣雅疏證》中辯證詞義時，經常遇到「詞源詞義」和「詞彙詞義」的區別問題。由此看來，這一區分是必要的。王寧先生在論定具體一組同源詞的相同詞義時，把理據稱爲「核義素」，又從強調詞源詞義的角度稱爲「源義素」。由於主要處理兩個詞間的音義問題（兩個以上的詞間的音義問題可以化歸成兩個詞間的音義問題），在論證《廣雅疏證》同源詞時，將「核義素」稱爲「共同義素」。

區分了「詞源詞義」和「詞彙詞義」，實際上也認定了同源詞的性質。還有一個重要的條件是語音問題，鍾敬華先生在《同源字判定的語音標準問題》一文中認爲，「所謂同源字，它所包含的內容是比較複雜的。其中既有大量的滋生詞造成的同源字，也有許多方言詞（原本一詞，後來由於方音變化而詞義沒有分化，或者只有細微的差別，也造成同源字），也有在語言中實爲一詞，在文字上卻寫成不同的字（不是異體字）而造成的同源字。這種種原因造成的同源字，在語音上的關係非常錯綜複雜，它們決不可能只是某個單一音系內部的關係，也包含著複雜的方言差異和歷史差異。而方言差異和歷史差異是不可能比較語音遠近的。這裡不存在什麼語音遠近的問題，而只存在是否符合語音演變規律的問題。」〔註5〕在《廣雅疏證》中梳理同源詞問題上，也綜合參照了諸家聲韻系統，如以王力的三十韻部爲主，同時還參照《漢語大字典》中的聲韻系統，以及王念孫的古音系統。

在考察《廣雅疏證》音義問題時，以術語爲標記，在聲音相同（或相近）的情況下，主要從本義與本義、本義與方言義、方言義與方言義三個維度認定同源詞。如果本義與本義相近，即有共同義素，則認定兩個詞同源。如果本義

〔註3〕王寧，黃易青，《詞源詞義與詞彙詞義論析》，《北京師範大學學報》（人文社會科學版），2002年第4期，頁90～98。

〔註4〕王寧，黃易青，《詞源詞義與詞彙詞義論析》，《北京師範大學學報》（人文社會科學版），2002年第4期，頁90～98。

〔註5〕鍾敬華，《同源字判定的語音標準問題》，《復旦學報》（社會科學版），1989年第1期，頁64～72。

與方言義義近，即有共同義素，則認定兩個詞同源。如果方言義與方言義義近，即有共同義素，則認定兩個詞同源。對於本義與引申義之間的義近關係，本文一般看作是詞彙詞義上的義近，而不考慮同源問題。

5.2.2　《廣雅疏證》術語揭示的同源詞特點

從「一聲之轉」「之言」「聲近義同」「猶」四個術語展開討論。

5.2.2.1　「一聲之轉」揭示的同源詞

兩個詞間「一聲之轉」的聲韻關係以同聲為主，有 60 例，其次是旁紐，有 14 例，旁對轉和通轉各有 2 例，同聲韻最少，只有 1 例。

同聲中的韻類關係以異類相轉為主，有 18 例，然後旁對轉 14 例，其次是對轉 9 例，通轉 8 例，旁轉 11 例。

「一聲之轉」異類相轉有 18 例，其中字形無關的有 13 例，字形有關的有 5 例。在字形無關的 13 例中，同源有 6 例：俺——愛、漂——擎、句——戈、狼——戾、造——次、卷——頰。字形結構有關的 5 例中，同源有 4 例：簝——篇、饕——餮、啾——吙、空——窾。

「一聲之轉」同聲旁對轉字形結構無關有 10 例，其中同源有 6 例：膋——力、挈——夐、肜——繹、靈——祿、歷——壞、苛——妎。字形結構有關的情況有 4 例，全部屬同源：拈——捻、顴——頨、焯——燋、濾——漉。

「一聲之轉」同聲對轉字形無關部分有 6 例，其中同源有 3 例：族——叢、荒——憮、狐疑——嫌疑。同形符有 3 例，全部為同源詞：謾訑——謾誕、沆——湖、眅——皈（皈）。

「一聲之轉」同聲旁轉有 11 例，字形結構有關的有 7 例，其中同源有 6 例：佻——偷；刲——刳；玲——瓏；筞——笧；緧——縶；耕——構。字形結構無關的 4 例中，其中同源有 2 例，即「閭——里」、「呪——詶」。

「一聲之轉」同聲通轉有 8 例，字形結構無關的有 5 例，其中同源有 2 例：匼匜——椑匜、匾——椑。字形結構有關的有 3 例，其中同源有 1 例，即「蕈——苔」

「一聲之轉」同聲韻有 1 例，詞義關係為同源，即剗——刪。

「一聲之轉」旁紐同韻有 1 例，詞義關係為同源，即「私——穟」。

　　「一聲之轉」旁紐對轉字形結構無關的有 3 例，其中同源有 2 例，即「裹——羣」、「榜——輔」。字形結構有關的有 1 例，即同形符的「沸——濆」，二者同源。

　　「一聲之轉」旁紐旁轉有 3 例。字形結構無關的有 2 例，二者皆同源，即「鋪——脾」（《方言》義與《方言》義同源）、「衰——差」。字形結構有關的有 1 例，詞義關係為同源，即「斛——秏」。

　　「一聲之轉」旁紐旁對轉有 6 例，字形結構無關的 4 例中，同源有 1 例，即「軝——錡」。字形結構有關的有 2 例，即同形符 2 例。其詞義關係皆同源：鰲——鶴、荓——蘪。

　　「一聲之轉」旁對轉有 2 例，這兩例都同源：梧——竿、篋——械。

　　「一聲之轉」通轉情況有 2 例，其中同源有 1 例，即「巇——岙」。

　　三個詞（字）「一聲之轉」詞義關係共有 102 例，其中同源有 48 例：準——正、揭——摳、春——蠢、春——出、蠢——出、溢——涌、溢——矞、涌——矞、髡——頤、髡——頷、頤——頷、嬾——勞、嬾——傈、勞——傈、漏——欒、漏——淋、欒——淋、浚——渭、朴——皮、朴——膚、皮——膚、黏——黏、黏——敆、黏——敆、庸——由、庸——以、由——以、磧——洦、磧——礎、洦——礎、顛——題、顛——頴、頴——題、籔——匩、鞞——載、饐——餲、饐——饐、餲——饐、腳——膮、腳——臚、臚——膮、鼴——黳、鼴——黽、黽——黳、墳——墦、秆——稾、秆——稭、稭——稾。在 48 例同源中，本義與《方言》義同源有 2 例：黏——敆、黏——敆。

　　四個詞（字）「一聲之轉」共有 48 對，詞義關係中，同源有 28 例：窮——倦、爐——熼、爐——煨、爐——煴、熼——煨、熼——煴、煨——煴、蔫——菸、蔫——矮、蔫——蒸、菸——矮、菸——蒸、矮——蒸、漂——潎、漂——汫、漂——澼、潎——汫、潎——澼、汫——澼、悾——愨、悾——懇、悾——叩、愨——懇、愨——叩、懇——叩、掩——翳、掩——隱、翳——隱。

　　五個詞（字）「一聲之轉」A-B 型共有 30 對，同源有 9 對：否——秠、否——不、秠——不、剖——片、剖——胖、剖——半、片——胖、片——半、胖——半。在同源 9 對中，本義與《方言》義同源有 2 對：否——秠、秠——

不。

六個詞（字）一聲之轉共有 15 對 A-B 型詞義關係，其中同源有 10 對：居——踞；居——臮；居——跪；居——跽；踞——跽；踞——臮；踞——跪；跽——臮；跽——跪；臮——跪。

7 組 AB、CD 一聲之轉共有 35 對詞義關係，其中同源的有 11 對：翱——遊、翱——敖、遊——敖、翔——敖、浮——游、厓——岸、厓——垠、厓——堮、岸——垠、垠——堮、岸——堮。

綜上，兩個詞間「一聲之轉」共有 80 例，詞義關係中同源有 51 例，占較大多數。多個詞間「一聲之轉」有 230 例，同源有 105 例，比重占近一半。說明「一聲之轉」詞義關係中，同源占較大比重。「一聲之轉」顯示王念孫因聲求義的「義」較多的包含了同源情況。

5.2.2.2　「之言」揭示的同源詞

在同聲韻同聲符 205 對音義關係中，聲符為訓釋字和被釋字共同部份的有 113 對，聲符為訓釋字的有 83 對，聲符為被訓釋字的有 9 對。聲符為訓釋字中，聲符有示源示聲功能則訓釋字（聲符）和被釋字同源，有 61 例：舫——方、膀——旁、幋——般、鮊——白、懞——蒙、靪——丁、襌——單、隥——登、闥——（通）達、袮——突、榢——突、裶——兆、莁——烝、筙——（曲）折、紳——申、僐——善、檷——寫、糏——屑屑、隧——遂、覵——閒、秆——稈（干）、軵——印、蜿（蟺）——宛（轉）、案——安、茵——因、詠——永、蠃——蠃、欄——遮闌、囹——令、礪——厲、簍——婁、褓——保、箄——卑、蝙（蝙）——便（旋）、鑊——蔑、藤——縢、鐯——斮、釀——釀、烝——烝、膳——善、牸——字、縱——旋繞、（蝙）蝙——（便）旋、袧——句、鐈——喬然高、轎——喬、甌——區、椀——宛曲、掩——奄、㕮——合、嘍——婁、薀——濫、塿——婁婁、嶺——領、弱——弱、輮——柔、澳——奧、魣——幼、穀——殷、姓——生、撼——感。其中本義與《方言》義同源的有 5 例：懞——蒙、檷——寫、鑊——蔑、掩——奄、嘍——婁。

聲符為訓釋字和被釋字共同部份中，聲符示源示聲，則訓釋字和被釋字同源。聲符示源示聲的有 35 例：僄——飄——票、坯——胚胎——不、糒——備——葡、軷——跋——犮、媒——謀——某、縵——漫——曼、疗——貯——

宁、鎮——腆——典、簹——韜——舀、待——跱——寺、筀——沌——屯、鈕——紐——丑、籤——鐵——鐵、瘲——縱——從、鍤——插——舌、巉——巉巉——毚、胳——枝格——各、慌——荒——巟、緫——（恍）惚——忽、珩——衡——行、瓐——驢——盧、翄——妠妠——冉、希——卷束——桊、楅——偪——畐、麪——瑣瑣——貨、犗——割——害、徑——經——巠、煬——揚——昜、鍚——陽——昜、艫——檽——需、祏——碩大——石、贕——便——夬、緄——混（成）——昆、幟——識——戠、紗——眇——少。

聲符爲訓釋字和被釋字共同部份中，聲符單純示聲的有 76 例，其中訓釋字和被釋字同源有 53 例：

都——豬、隊——篆、韣——襡、禪——墠（通用）、熜——總、蛞（蟆）——詰（屈）、腱——健、瘖——暗、黯——闇、昕昕——炘炘、莌——銳（《方言》與本義同源）、餫——運（通用）、槬——籠、箥——食、壟——龍樅、韞——橐、浮——界垺（通用）、扉——棐、靶——把、暽——剽取、麼——靡（本義與《方言》義同源）、糜——靡細（本義與《方言》義同源）、胝——邸、靮——扚、蛻——脫、伣——侗、朕——啖、梃——挺、欑——鑽、增——增（通用）、栫——荐（通用）、鑱——劖、扤——机隉、晤——寤、圄——敔、耦——偶、醃——淹（漬）、鹹——穢、揮——揮（通用）、覨——偶、呡——（荒）忽、蠁——響、歈——揄、齻——嗛、蘘——籠、燎——繚繞、磏——廉、鱺——驪、鮏——痵、扅——移、膊——劗、燎——繚繞、鷂——搖（本義與《方言》義同源）。

聲符爲被釋字有 9 例，其中聲符與被釋字同源有 6 例：疑——擬議、暮（莫）——冥漠、帝——諦、寫——瀉（通用）、岡——綱、勺——酌（通用）。

同聲韻同形符問題有 16 例，訓釋字和被釋字詞義關係以同源爲主，有 14 對：葆——苞、媌——妙、菽——茂、腓——肥、幧——幀、鉊——釗、嫣——娟、闓——開、祭——營、輇——軒、捭——擘——蹢——躍、桄——橫、綄——緒。

同聲韻字形結構無關有 82 例，考察發現，同源有 49 例：黈——班、柄——秉、顬——（聯）緜、箕——縵、櫹——擣、昶——暢、波——播蕩、鈹——劈、葩——鋪、墦——般、絅——䋞、桃——超、（菌）藺——（巳）嘽、楎——楨、糅——擾、椶——總、選——宣、子——羼、疆——竟、冑——幬、

">剮──鐕、覝──閃、撍──進、妟──總、稷──總、箱──輔、攻──鞏
固、梗──剛、庚──更、呆──皎皎、鞏──拱抱、棋──句曲、唻──衕
衕、坑──康、敬──禦、翹──擁、搭──踊、晃──煌（煌）、衡──橫、
茭──基、畾──楄、窒──空、奧──幽、黝──幽、垣──環、霣──運
（轉）、辣──烈、划──過、鞸──屏藏。其中本義與《方言》義同源有 8
例：黻──班、顯──（聯）縣、篾──縪、橋──擣、鈹──劈、墦──般、
唻──衕衕、翹──擁。

同聲同聲符有 28 條。其中聲符為訓釋字和被釋字共同部份的最多，有 22
例，聲符為訓釋字的有 4 例，聲符為被釋字的有 2 例。

聲符為訓釋字和被釋字共同部份的 21 例中，訓釋字和被釋字同源有 17 例：
媥──翩、秛──披、稃（穋）──浮（流）、鼺──皤、蘪──濛、愫──遫、
擥──壓、酻──俖、脬──浮、蘪──蒙、漬──竇、俺──掩、誖──悖、
䁆──皜、露──落（本義與《方言》義）、（稃）穋──（浮）流、襛──濃。

聲符為訓釋字有 4 例，其中同源有 2 例：眛──夭、秣──末。

聲符為被釋字有 2 例，其中同源假借有 1 例：医──翳。

同聲同形符有 8 例，詞義關係全部是同源：悥──患、溽──濡、蘽──
蕤、陵──隆、蘸──芧、烈──爛、柯──榦、膭──肥。

同聲字形結構無關有 56 例，其中同源有 32 例：闠──茶、頤──懦、
溿──逼、篋──編、暮──冥、鬠──縣（連）、篃──刮、踦──傾、捝
──儀、骩──委（古今字）、怱──恍、戀──遺、昱──耀、哤──洪、
瓋──衛、（薅）蕩──（權）輿、虜──斂、被──拂、簿──比次、絼
──蔑、著──丁、軸──持、死──澌、餐──羞（本義與方言義）、曓──
拘、康──空、胺──壅遏、辰──隱、吻──荒（忽）、糯──闌、櫳──
牢籠、險──險巇。

同韻同聲符有 110 例。聲符為訓釋字和被釋字共同部份共有 75 例，其中聲
符僅示聲的有 59 例，聲符示源示聲的有 16 例。

聲符為訓釋字和被釋字共同部份，聲符僅示聲的有 59 例。其中訓釋字和
被釋字同源有 45 例：棓──掊擊、挂──剀、觰──奢、阻──齟齬、曙─
─明著、除──敘、盂──迂曲、睹──（題）署、軒──紆、粹──萃（通
用）、緋──棐（本義與《方言》義）、搐──墮、皴──被、尪──偏頗、

閼——撝、跂——偏倚、錡——踦、綱——苛（細）、磧——摘、澼——擗、磧——積、骼——垎、旳——灼灼、磌——鎮壓、鞬——鍵閉、湍——遄、綝——禁、超——迢、汔——訖、梻——拂、跋——發越（通用）、瞭——察、鏺——撥、倩——婧、鏦——摐、益——卷曲、拳——卷曲、轓——藩屏（通用）、薐蘠——權輿、欶——扰、鋑——刻（通用）、陳——廉、鐔——蕈、脰——豎立、鼓——殼。

聲符爲訓釋字和被釋字共同部份，聲符有示源示聲功能的有 16 例：俾——庳、俎——苴、梯——次第、鈹——破、蠹——憬（本義與《方言》義）、覆——複、陘——徑、趏——駿、軒——扞蔽、雩——吁（嗟）、軥——鉤、犟——掔（《方言》義與《方言》義）、匛——挾、髺——蠹蠹然、均——均、㦲——裁。聲符示源示聲則訓釋字和被釋字都同源。

聲符爲訓釋字有 27 例，其中同源有 21 例：椑——卑、麑——兒、致——至、紕——比、椑——比密、遍——過、滰——竟、軓——六、衖——共、紖——引、欄——親、挻——延、劇——虔、訣——失、櫛——節次、擪——會、廥——會、閑——介、盦——合、抍——升、煊——宣明。其中本義與《方言》義同源有 2 例：遍——過、劇——虔。

聲符爲被釋字有 5 例，詞義關係有同源 3 例：禹——聑、殳——投、尚——掌。

同韻同形符有 13 例。其中同源有 12 例：機——祈、角——觸、纗——縂、壇——坦（通用）、灷——炎炎、櫼——枸、颲——颲颲、喥——叱、蕾——蛆、讀——誕、繯——綰、鋅——鐵（通用）。

同韻字形結構無關有 111 例，其中同源有 77 例：佁——待、富——備、負——背、寺——止、械——礙、枏——刿、留（蓄）——才（生）、捊——划、抓——犴、濩——枯、賻——助、礎——苴、䃍——貯、陲——虧、鱔——菜、薄——迫、碼——藉、局——曲、柷——俶、霏——砰（匉）、霏——（砰）匉、喪——葬、娑——叢、倫——順、輪——員、錕——緄、顳——聯（縣）、冒——縉、蠮——回旋、幰——扞蔽、嫛——豔、珇——捆、虞——舉、芙蓉——敷蘠、樻——酢、穀——孺、庚——聚、豆——聚、藪——聚、灼——槁、皛——皎皎、旭——皓皓、窅——奧、杸——紐、檮——（盛）受、

秋——成就、隤——摧隤、敬——拂、劋——絕、絍——曳、緤——曳、脅——夾、徵——證明、夐——迴、籅——盛受、笙——星星、桯——經、庠——養、壯——創、胻——梗、封——豐、聰——通、綻——閒、遝——纏繞、判——片、飥——圓、釬——銲、欨——穿、薅蒚——權輿、蜿蟺——宛轉、琴——禁、醓——淫、撕——芝、輪——運、样——惕、扒——別、秅——都。

對轉同聲符共有 10 例，其中聲符爲訓釋字有 1 例，聲符爲訓釋字和被釋字共同部分有 9 例，且爲聲符僅示聲情況。聲符爲訓釋字和被釋字共同部分中，訓釋字和被釋字同源的有 6 例：校——較、鯷——緹、庖——頗、憪——愵、骹——較、侄——緻。

對轉（旁對轉）字形結構無關有 30 例，同源有 19 例：械——礙、櫝——容、頓——委、帍——圍、籔——縮、署——覊、芝——本、輚——（附）著、晰——（明）哲、搣——造、椇——（句）曲、匵——容、戯——（蔽）扞、骨——覆、緤——曳、澱——定、劑——（阿）曲、蜦——曲、梬——歹。其中《方言》義與本義同源有 1 例：搣——造。

旁轉同聲符只有 4 例，訓釋字和被釋字之間同源的有 2 例：稰——剖、劈——檗。

旁轉同形符有 2 例，同源有 1 例：斗——斟。

旁轉字形結構無關有 28 例，同源有 21 例：烆——窮、闟——疲（茶）、摻——纖、蕁——欑（聚）、菌藺——巳噋、殕——腐、蜻蛉——蒼筤、輵——關、（蛄）蠍——（詰）屈、勺藥——適歷、鱬——皞、糗——炒、淰——閃、窞——濙、轑——銳、匠——浚、箘——圓、厥——屈折、釜——府、僕——剝、怵——勃。

通轉有 7 例，形體關係中，字形結構無關的有 4 例，字形結構有關的有 3 例即同聲符情況。

通轉同聲符 3 例中，同源有 2 例：澣——擎、㨁——提。

通轉字形結構無關的有 4 例中，同源有 3 例：鬐——（墮）落、枷——攷、舶——博。

綜上，「之言」707 例中，同源有 508 例，可見，「之言」詞義部分中，同

源所占的比例爲 71.85%，比重較大。說明「之言」詞義關係主要是同源。

5.2.2.3 「聲近義同」揭示的同源詞

兩個詞間「聲近義同」同聲符部份有 61 例，詞義關係比較複雜，其中同源有 21 例：祖——俎、谷——郤、駭——佫、糒——㒞、磏——甗、瀰——彌、悛——竣、儧——欑、俺——奄、駙——拊、覾——嫡、潝——喬、熱——蓺、娌——釐、杧——打、覣——員、蛋——惡、覢——炗、骼——趌、餶——䖒、鬘——墮。其中本義與《方言》義同源有 4 例：祖——俎、糒——㒞、駙——拊、覣——炗。《方言》義與《方言》義同源有 1 例：娌——釐。本義與假借字義同源有 1 例：谷——郤（迟）。

16 例同形符的聲近義同詞義關係中，有 12 例屬於同源關係：釗——刓、焯——灼、靫——轓、橬——櫃、困——圓、齻——齡、坙——坕、揰——攢、攝——攕、憎——怯、鑽——鑴、斷——䪼。

字形無關有 35 例，詞義關係中同源有 10 例：伴——般、柔——㛮、瞤——瞡、忌——疙、寇——夠、官——糒、勹——砝、鞏——烤、秋——酋、哲——捴。其中有 3 例屬於本義與《方言》義同源，即寇——夠、鞏——烤、伴——般。

三個詞共有 24 例，可拆分成兩兩對應的 72 對，其中同源的有 42 對：讘——昌、別——攽、別——頒、迅——佝、離——蠡、離——劙、蠡——劙、欤——譆、欤——歚、佗——挓、炗——惔、炗——炎、惔——炎、焩——燼、掔——㰤、㰤——糕、掔——糕、銳——餤、銳——莌、餤——莌、輴——㟟、輴——耑、㟟——耑、涌——桶、涌——箭、桶——箭、擿——掃、悬——念、搏——拍、搏——拐、拍——拐、剝——卜、魕——疑、蝨——供、蝨——傾、供——傾、嬰——孃、嬰——穰、孃——穰、鎧——墰、鎧——磑、墰——磑。其中本義與《方言》義同源的有 3 例：欤——譆、蝨——供、蝨——傾。《方言》義與《方言》義同源的有：離——蠡、離——劙、蠡——劙。本義與假借字義同源的有 2 例：別——頒（與頒音近假借字同源）、欤——歚（與歚假借字譆同源）。

四個詞間聲近義同共有 3 例，可拆分成兩兩對應的 12 對，其中同源有 8 對：撫——掩、撫——憮、掩——俺、憮——俺、枳——句、枳——迟、句——曲、迟——曲。

　　五個詞之間的聲近義同詞義關係可以化歸到兩個詞之間的詞義關係問題，共 20 對。其中同源有 9 對：舀——挑、扰——挑、朓——挑、僻——顛、僻——異、撰——僻、顛——異、撰——顛、撰——異。

　　「聲近義同」有兩個詞間的、三個詞間的、四個詞間的、五個詞間的四種形式，將三個詞間的、四個詞間的、五個詞間的詞義關係拆分成兩兩對應的兩個詞間的詞義關係後，得出「聲近義同」共有 216 對，其中同源有 102 對。可見「聲近義同」中，同源占近一半的比重。說明「聲近義同」中的「義同」包含同源的特點。

5.2.2.4　「猶」揭示的同源詞

　　《廣雅疏證》「A 猶 B 也」共有 43 例，其中有來源的共有 24 例。字形結構無關共有 22 例，詞義關係中，同源有 4 例：幕——覆（旁紐旁轉）、夐——遠（旁紐旁對轉）、稷——束（對轉）、醨——濾（通轉）。字形結構有關 2 例沒有同源情況。無來源的有 19 例。字形結構無關的情況有 7 例，其中義近有 5 例，同源有 2 例。同源 2 例：象——遞（旁紐旁轉）、鑼——秡（旁紐旁對轉）。字形結構有關有 12 例，其中同聲符有 10 例，同形符有 2 例。同聲符 10 例，其中同源有 5 例：裱——表（同聲韻，本義與《方言》義）、枸——拘（同聲韻）、契——揳（旁轉）、鉏——拙（旁轉）、鍱——葉（同聲韻）。同形符 2 例，其中有 1 例同源：揞——揜（《方言》義與《方言》義）。

　　「AA 猶 BB 也」有 16 例，其中字形結構無關的有 10 例，詞義關係中，同源有 2 例：鱺——儢、鈴——轔。同聲符部份有 3 例，其詞義關係中義近有 2 例，同源有 1 例：炤——昭。同形符有 3 例，詞義關係全部是同源：謣——詻、翢——翿、莫——莽。

　　「AB 猶 BA 也」有 1 例，詞義關係為同源：鬐——鬑。

　　「AB 猶 CB 也」來源於王念孫自造的有 7 例，同源有 2 例：搖——掉、展——伸。

　　「AB 猶 AC 也」有 5 例，B-C 詞義關係中，同源有 2 例：慌——忘、庱——陜。

　　「猶言」其他部份共有 6 例，有 3 例同源：將——臧，浦——旁，濱——邊。

「某之爲某，猶某之爲某」有 6 例，同源有 2 對：湃——蘩、洴——漂。

「某之轉爲某，猶某之轉爲某」，將其看成 A 轉 B 猶 C 轉 D 型（簡稱 AB-CD 型）AB 同源的有 12 例：俺——愛，愆——哀、晞——暵、荒——憮、籔——匡、鬻——餰、謵——譁、巿——幓、㢮——彈、煤——爐、笒——籠、脧——臕。CD 同源有 12 例：掩——薆、薆——隱、亡——無、悾——款、數——算、饎——餁、鎬——鑄、巇——崝、彈——撢、篥——篇、玲——瓏、畖——壞。AB-CD-EF 型音義關係中，同源的有 2 例：榜——輔、旁——溥。

「某謂之某，猶某謂之某也」中，同源的有 14 例：取——聚、取——抒、取——掇、取——捃、聚——哀、脩——曘、眾——搜、聚——哀、穿——鑿、穿——釭、鑿——釭、鎌——刉、鎌——划、刉——划。

「某之通作某，猶某之通作某」中，同源有 1 例：殈——撽。

「某與某同訓爲某，猶某與某同訓爲某也」中，同源有 4 例：搖（假借爲「愮」後同源）——療、遙——遼、燿——燎、詗——讂。

「某名某，猶某名某也」中，同源的有 2 例：菘——私、韯——菘。

「猶」與「之（爲）言」共同使用時，同源的有 8 對：摻——纖、疆——竟、萩——莖、筱——小、痞——蠯、白——蛃、蹢——蹜、隴——特。

「猶」與「一聲之轉」共同使用時，同源有 1 對：啾——吺。

「猶」的情況比較複雜，詞義關係主要討論「A 猶 B 也」、「AA 猶 BB 也」、「AB 猶 BA 也」、「AB 猶 CB 也」、「AB 猶 AC 也」、「猶言」其他部分這幾種情況。這些詞義關係共有 76 對，其中同源的有 26 對，比重 34.2%。說明「猶」部分詞義關係中，同源的情況比重不高。

5.2.2.5 《廣雅疏證》術語揭示的同源詞情況比較

「一聲之轉」「之言」「聲近義同」各自詞義關係中，同源詞的比重都占一半左右。其中「之言」部分同源詞的比重最高，爲 71%。說明「之言」直接顯示了詞義上同源的特點。而在「猶」顯示的詞義關係中，同源的比重爲三分之一多一點。相比前三個術語，比重下降很多。說明在術語「猶」的詞義功能中，顯示同源已不是主要的。同時，考察沒有放進來討論的「猶」其他用例，同源的情況也不占多數。「猶」的作用主要是聯繫義近環境下的音形關係。

　　從「一聲之轉」「之言」「聲近義同」「猶」四個術語對《廣雅疏證》音義問題計量與考據研究之後，得出如下簡表，以供討論。需要說明的是該表為四大術語形音義情況的簡表，一些特殊用例並未列入表中，如「之言」特殊用例、「猶」連接兩個音義短句以及「猶」與其他術語共同使用情況。這些情況量不多，在討論該表時將附帶說明。據統計，《廣雅疏證》「一聲之轉」有132例，「之言」有762例，「聲近義同」有151例，「猶」有185例，共計1230例。「一聲之轉」部分有兩個詞間「一聲之轉」、多個詞間「一聲之轉」等情況。「聲近義同」和「猶」的情況與「一聲之轉」情況類似，為便於討論，都拆分成兩兩對應的形式。布隆菲爾德在《語言論》中說，「語言研究必須從語音形式開始而不是從意義形式開始。」〔註6〕我們首先從聲韻關係開始，並以聲韻關係為標記，討論形義問題。聲韻關係上，從同聲、旁紐、準旁紐、準雙聲四種聲轉關係出發，分析四個術語在四種聲轉統轄下的聲韻情況。形體關係主要對四個術語聯繫字詞構形情況進行討論，分為形體結構有關（包含同形符和同聲符兩種）、形體結構相異兩類。詞義關係上主要從三個角度展開討論，分別是訓釋條件下的義、形、音。義的方面主要指同源、義近、義遠、反訓等具體關係。形的方面主要是異體、古今字、正俗字等。音的方面主要是方言音近、音近假借等。

			一聲之轉	合計	之言	合計	聲近義同	合計	猶	合計
聲韻關係	同聲	同聲韻	19		301		59		34	
		同聲旁對轉	43		12		1		1	
		同聲異類相轉	75	227	18	393	3	82	7	64
		同聲通轉	38		7		3		3	
		同聲旁轉	23		32		12		9	
		同聲對轉	29		23		4		10	
	旁紐	旁紐異類相轉	27		4		3		6	
		旁紐對轉	9	67	13	147	4	63	1	29
		旁紐旁對轉	7		3		1		3	
		旁紐同韻	6		108		47		10	

〔註6〕〔美〕布龍菲爾德著，袁家驊等譯，《語言論》，北京：商務印書館，2009年第1
　　版，頁221。

大類	中類	小類								
		旁紐旁轉	13		15		8		6	
		旁紐通轉	5		4				3	
	準旁紐	準旁紐通轉	3	32	4	129	2	67	10	86
		準旁紐旁轉	5		16		11		11	
		準旁紐對轉	2		10		2		9	
		準旁紐同韻	9		97		45		32	
		準旁紐旁對轉	5		2		3		14	
		準旁紐異類轉	8				4		10	
	準雙聲	準雙聲通轉	3	12		35	2	11		5
		準雙聲旁轉	1		3		2		1	
		準雙聲異類轉	4		1					
		準雙聲對轉	1		2		1			
		準雙聲旁對轉	3		2		2		4	
		準雙聲同韻			27		4			
形體關係	形體有關	同聲符	5	126	355	397	104	143	34	63
		同形符	121		42		39		29	
	相異	形體相異	214	214	312	312	83	83	123	123
詞義關係	義	同源	159	334	509	683	102	212	29	176
		義近	123		161		90		71	
		義遠			7		7		19	
		義近假借					7		3	
		詞義同化					6			
		同義			3					
		反訓							1	
		狀形			3					
		詞義無關	52						53	
	形	異體			4	11	4	4		
		古今字			6					
		正俗字			1					
	音	音轉		5		15		9	1	2
		方言音近	1							
		單純音近	3		2					
		音近假借	1		13		9		1	

　　下面我們根據總表的數據和各章節的具體數據分析，對《廣雅疏證》的性質及其音義問題做總結性的討論。

5.3　《廣雅疏證》術語音形義關係

　　數據顯示，在聲韻關係上，「一聲之轉」以雙聲爲主。雙聲有 227 對，旁紐有 67 對，準旁紐有 32 對，準雙聲有 12 對。雙聲的量最多，旁紐其次。在雙聲統轄下的韻轉關係中，異類相轉量最多，有 75 對，占 33.04%，旁對轉其次，有 43 例，占 18.94%。另外，通轉、旁轉、對轉、疊韻都有一定的量。疊韻的量最少，有 19 例，占 8.37%。「一聲之轉」從聲韻關係上說，首先是雙聲條件下的韻類變換。雙聲居多的原因，錢坫在《詩音表・序》中曾論及，「雙聲者何？兒聲也。凡古人之以兩字相續者，非有所本，古人皆以意造。或以其形，或以其事，或以其聲，皆肖之耳。故兒者，意也。取其意之近似也。」〔註7〕雙聲在原初意義上能以聲造意，聲中有意，所以可作爲重要的訓釋手段。另外，「一聲之轉」旁紐、準旁紐、準雙聲統轄下的各自韻轉情況比「之言」「聲近義同」「猶」都較均衡。可以說，「一聲之轉」也指在旁紐、準旁紐、準雙聲條件下的韻類變換。詞義關係上，以同源和義近爲主，分別爲 159 對，123 對。義無關有 52 對，有一定量。「一聲之轉」常用來系聯聯綿詞。據考，義無關主要指涉聯綿詞間的字與字的意義關係。另外，沒有異體、古今字等字形方面的用例。音近、音轉有少量用例。可見，「一聲之轉」主要指在聲同聲近並且韻類轉變情況下的同源義近關係。戴震曾在《轉語二十章序》中論及聲近義通問題，「人之語言萬變，而聲氣之微，有自然之節限。是故六書依聲託事，假借相禪，其用至博，操之至約也。學士茫然，莫究（所以）。今別爲二十章，各從乎聲，以原其義。夫聲自微而之顯，言者未終，聞者已解，辨於口不繁，則耳治不惑。人口始喉下底脣末，按位以譜之，其爲聲之大限五，小限各四，於是互相參伍，而聲之用蓋備矣。……凡同位則同聲，同聲則可以通乎其義。位同則聲變而同，聲變而同則其義亦可以比之而通。更就方音焉，吾郡歙邑讀若「攝」（失葉切），唐張參《五經文字》、顏師古注《漢書・地理志》已然。「歙」之正音讀如「翕」，「翕」與「歙」，聲之位同者也。用事聽五方之音及少兒學語未清者，其展轉訛溷，必各如其位。斯足證聲之節限位次，自然而成，不假人意厝設也……」〔註8〕「同

〔註 7〕錢坫《詩音表》，嚴式誨編，《音韻學叢書》，第九冊，北京：國家圖書館出版社，2011 年，頁 543。

〔註 8〕〔清〕戴震著，楊應芹整理，《東原文集》（增編），合肥：黃山書社，2008 年版，

位」即發音部位相同，「位同」即發音方法一致，在這種情況下，聲同聲近則義通義近。王念孫在《廣雅疏證》中用「一聲之轉」等術語具體實踐了其師戴震的這一音義思想。李葆嘉在《清代古聲紐學》一書中對《經傳釋詞》古聲紐排序法的研究，也認爲「高郵王氏父子的『一聲之轉』，源自戴震的『轉語說』。」〔註9〕

　　「之言」的聲韻關係很有特點。在同聲、旁紐、準旁紐、準雙聲四類中，以同聲爲主，有 393 對，占 55.82%。在同聲中，又以同聲同韻爲主，有 301 對，占 76.59%。在旁紐、準旁紐、準雙聲三類統轄下的韻轉關係中，又都以同韻爲主。其中旁紐同韻有 108 對，占旁紐總量的 73.47%。準旁紐同韻有 97 對，占準旁紐總量的 75.19%。準雙聲同韻有 27 對，占準雙聲總量的 77.14%。說明「之言」的聲韻特點以聲同韻同或聲近韻同爲主。形體關係上，「之言」同聲符的量有 355 對，在「之言」形體關係中是最多的，與其他三個術語中同聲符情況相比，也是最多的。聲符有示聲示源作用。據考，「之言」同聲（包括同聲韻）且同聲符中的同源有 176 對，占同聲（包括同聲韻）總量比重的 62.63%。「之言」同韻且同聲符中的同源有 85 例，占同韻總量比重的 48.85%。說明兩個詞間的聲韻聯繫越緊密，兩個詞同源的可能性就越大。

　　「聲近義同」中的「聲近」從聲韻關係上看，首先指涉同聲、旁紐、準旁紐這三種，分別有 82 對、63 對、67 對。以同聲的量最多。準雙聲的比重較小，只有 11 對。具體看來，在同聲韻轉關係中，同聲同韻（同聲韻）的量最多，有 59 對，占同聲比重的 71.95%。在旁紐韻轉關係中，旁紐同韻的量最多，有 47 對，占旁紐比重的 74.60%。在準旁紐韻轉關係中，準旁紐同韻的量最多，有 45 對，占準旁紐比重的 67.16%。這種情況與「之言」類似。可見，「聲近義同」中的「聲近」具體還指涉同聲韻、旁紐同韻、準旁紐同韻這樣三種聲同韻同或聲近韻同情況。準雙聲同韻的量不多，這一點與「之言」準雙聲同韻情況不同。形體關係上看，「聲近義同」同聲符有 104 對，占總量的 72.73%。可以說，「聲近義同」中的「聲近」還暗示「同聲符」情況。詞義關係上，同源有 102 對，義近有 90 對，分別占總量的 48.11%、42.45%。可見，

頁 139〜140。

〔註 9〕李葆嘉，《清代古聲紐學》，上海：上海古籍出版社，2012 年，頁 139。

「聲近義同」中的「義同」主要包含詞義同源和義近兩種情況。

「猶」在聲韻關係上也以同聲、旁紐、準旁紐為主，分別有 64 對、29 對、86 對。準雙聲量最少。具體各部分看，在同聲韻轉中，同聲同韻（同聲韻）的量最多，有 34 對，占同聲比重的 53.13%。旁紐韻轉關係中，旁紐同韻的量最多，有 10 對，占旁紐總量的 34.48%。在準旁紐韻轉關係中，準旁紐同韻的量最多，有 32 對，占準旁紐總量的 37.21%。說明「猶」的聲韻關係聲同韻同或聲近韻同為主。這與「之言」「聲近義同」聲韻特點類似。形體關係上，「猶」連接的形體關係以字形相異為主。詞義關係上看，以義近為主，詞義無關為輔，同源的量較少。說明「猶」的訓釋屬於語文學範疇，不屬於語言學範疇。

從音形義關係上看，《廣雅疏證》四個術語在形式和功能上有聯繫也有區別。聲韻關係上，「一聲之轉」與「之言」「聲近義同」「猶」不同，「一聲之轉」主要顯示了聲同聲近關係下韻的異類相轉關係。而後三者主要顯示了聲同韻同或聲近韻同的聲韻關係。「一聲之轉」更強調聲類的聯繫。後三者更強調韻類的聯繫。形體關係上，「一聲之轉」與「猶」有相似性，即都以形體相異為主。形體有關（同聲符和同形符）的量不占多數。這一點與「之言」「聲近義同」不同。後兩者以形體有關（同聲符和同形符）為主，形體相異為輔。且同聲符的量多於形體相異的量。「一聲之轉」和「猶」多強調形體的異，而「之言」和「聲近義同」多強調形體的同。利用諧聲關係進行訓釋是術語「之言」和「聲近義同」的重要特色。詞義關係上，「一聲之轉」「之言」「聲近義同」詞義同源的量在詞義情況比重中最大，而「猶」詞義義近的量在詞義情況比重中最大。「一聲之轉」詞義關係中，詞義無關的量也較多。考察發現，這主要指聯綿詞的兩個字字義無關。「猶」的詞義關係中，詞義無關的量也較多。這主要指「猶」連接的詞來源於兩種不同的概念。可以說，「一聲之轉」「之言」「聲近義同」更多的屬於語言學的範疇，「猶」更多的屬於語文學的範疇。加上沒有列入表格的「猶」連接兩個音義短句的用例，可以更清楚的認識到王念孫在《廣雅疏證》中運用術語「猶」主要是進行語文學實踐。

5.4　《廣雅疏證》術語音義關係特點

段玉裁曾在《廣雅疏證序》中論及形音義的相關問題，「小學有形、有音、有義，三者互相求，舉一可以得其二；有古形、有今形、有古音、有今音、

有古義、有今義，六者互相求，舉一可以得其五。古今者，不定之名也。三代為古，則漢為今；漢魏晉為古，則唐宋以下為今。聖人製字，有義而後有音，有音而後有形。學者之考字，因形以得其音，因音以得其義。治經莫重於得義，得義莫切於得音。周官六書，指事、象形、形聲、會意四者，形也；轉注、假借二者，馭形者也，音與義也。……《爾雅》《方言》《釋名》《廣雅》者，轉注假借之條目也，義屬於形，是為轉注，義屬於聲，是為假借。」〔註10〕段玉裁認為漢字的形音義具有歷時性、層次性。這是對的。蔣紹愚先生在《音義關係析論》一文中從音義發生的角度討論了音義關係的特點。首先舉例歸納古漢語的音義關係類型，如「音表事物的特徵」「一組音表一組義」「一組音表多組義」「多組音表一組義」「多組音表多組義」，進而分析認為，「古漢語的音義是有一定聯繫的，但這種聯繫只存在於一定的範圍之內，從總體上看，音義之間的關係是任意的。」〔註11〕「從總體上看」，實際上是指從「音義發生」的角度看，作者在後文的分析說明了這一點。蔣紹愚先生引用索緒爾在《普通語言學教程》中對語言符號的任意性的論述，將詞的音義關係分為三類，一是「音來自所指的某一特徵」，二是「音來自另一個（組）相關的詞的音」，三是「音是任意的符號」。蔣紹愚先生認為，前兩類多是可論證的，有一定理據性，後一類是不可論證的，是絕對任意的。但「理據性」也是相對可論證的，「是在語言符號系統任意性的大前提下，存在於一部分詞之中的。」〔註12〕蔣紹愚先生說，「從整體上說，語言符號系統的任意性是無可非議的，印歐語是如此，漢語也是如此。」蔣紹愚先生著重引用索緒爾的話論述這一認識，「一切都是不能論證的語言是不存在的，一切都可以論證的語言，在定義上也是不能設想的。」〔註13〕也就是說，音義關係是任意的。但這種任意性主要是從音義發生的角度來講的。因此，此文的重點可能還是在強調音義

〔註10〕轉引自王念孫，《廣雅疏證》，南京：江蘇古籍出版社，1984 年，頁 2。

〔註11〕蔣紹愚，《音義關係析論》，原載《中國語文研究》2001 年第 1 期，《漢語詞彙語法史論文續集》，北京：商務印書館，2012 年，頁 249～261。

〔註12〕蔣紹愚，《音義關係析論》，原載《中國語文研究》2001 年第 1 期，《漢語詞彙語法史論文續集》，北京：商務印書館，2012 年，頁 249～261。

〔註13〕蔣紹愚，《音義關係析論》，原載《中國語文研究》2001 年第 1 期，《漢語詞彙語法史論文續集》，北京：商務印書館，2012 年，頁 249～261。

的發生學上的任意性，也就是偶然性。齊沖天先生在《論音義聯繫》〔註14〕一文中不讚成音義聯繫的任意性，強調音義聯繫的必然性。這種觀點側重從共時性來看音義聯繫。陸宗達、王寧先生在《「因聲求義」論》一文中曾論及「音與義的關係」，指出兩種情況。一種即蔣紹愚先生所論的音義關係的偶然性，陸宗達、王寧先生用《荀子·正名論》所說的「名無固宜，約之以命，約定俗成謂之宜，異於約，則謂之宜」的理論論述之。另一種情況，就是音義結合的必然性，「同一語根的派生詞——即同根詞——往往音相近，義相通。在同一詞族中，派生詞的音和義是從其語根的早已約定俗成而結合在一起的音和義發展而來的，因此帶有了歷史的、可以追索的必然性。這就是所謂的『音近義通』現象。」〔註15〕陸宗達、王寧先生強調音與義關係的兩點，即音義結合的偶然性與必然性。結合《廣雅疏證》四個術語顯示的音義關係問題，發現這種說法很有道理。

　　通過對《廣雅疏證》音義問題的分析，結合以上諸家的討論，可以得出：從發生學上講，音義關係的特點之一是音義關係偶然性與必然性的統一、有序和無序的統一。音義關係的這一特點是思維和社會長期發展的結果。黃易青先生說，「人們對自然、客觀世界事物的認識，當然是從對具體事物及其運動的觀察、感受開始的，但人類初期並不是從一開始看到或觀察就能夠認識而給予命名，而是必須經過相當漫長的感受、體驗過程，到了人類可以命名時，則已經有了歸納和抽象。所以命名從特徵開始。章太炎說的『語言之初當先緣天官，然則表德之名最夙矣』，就是這個道理。」〔註16〕這種說法是對的。「之言」同聲韻且形體結構相異的 82 例中，同源有 49 例，如「柄——秉」，柄、秉同源，共同義素爲把。柄、秉，幫母陽韻。用幫母陽韻這個音指稱「成把成束的」這一義素是任意的、偶然的、無序的，柄，在六書屬形聲，秉，在六書屬象形。用這個「秉」形指稱這個音義是任意的、偶然的、無序的。有學者指出，「柄」與「秉」同源，有可能是諧聲假借造成的，即聲符「丙」借「秉」字音義造成「柄」與「秉」同源。諧聲假借是必然性、有序性的體現。「柄」的

〔註14〕齊沖天，《論音義聯繫》，《南大語言學》第四編，北京：商務印書館，2012年，頁255～259。

〔註15〕陸宗達、王寧，《「因聲求義」論》，《遼寧師院學報》，1980（12）。

〔註16〕黃易青，《上古漢語同源詞意義系統研究》，北京：商務印書館，2007年，頁158。

聲符爲「丙」，形符爲「木」，用「丙」這個形指稱「幫母陽韻」這個音卻是偶然的、任意的、無序的。但一經約定俗成，就有了必然性、有序性。「柄」與「秉」聲音相同、詞義同源，就成了一種必然性、有序性。從詞義關係上看，同源和義近的量最大。同源、義近在一定意義上都是「帶有了歷史的、可以追索的必然性」，但同源、義近的兩個詞各自在發生學上，其音義結合又是任意的、偶然的。《廣雅疏證》四個術語顯示的音義關係多是層累的共時的呈現在文本上的，都是音義結合的「必然性」「有序性」，但從歷時上看，又暗示了「偶然性」「無序性」。

音義關係具有層次性。〔註17〕在《廣雅疏證》「之言」「聲近義同」兩個術語中，形體關係以同聲符爲主。聲符和形符是形聲字兩部分。聲符在訓釋中扮演著重要作用，功能比較複雜。聲符，一般示聲，有時示源。曾昭聰先生論及聲符示源有多種類型和特點。〔註18〕實質上顯示了音義關係的層次性。沈兼士在《右文說在訓詁學上之沿革及其推闡》一文中評述從晉楊泉《物理論》、宋人王安石《字說》、王子韶「右文說」、王觀國《學林》「字母說」、張世南《遊宦紀聞》、戴侗《六書故·六書通釋》「六書推類說」、明末黃生《字詁》、錢塘《溉亭述古錄·與王無言書》「聲同則義得相通」說、段玉裁《說文解字注》「以聲爲義」、王念孫《釋大》、郝懿行《爾雅義疏》、焦循《易餘籥錄》、阮元《揅經室集》卷一《釋且》《釋門》、宋保《諧聲補逸·自序》、陳詩庭《讀〈說文〉證疑》、朱駿聲《說文通訓定聲》、近人章太炎《國故論衡·語言緣起說》《文始》、劉師培《左盦集》卷四「字義起於字音說」等「右文說」理論，在此基礎上揭示了右文的一般公式，重點分「音符爲本義者」和「音符爲借音者」兩種。在右文一般公式中，沈兼士較系統的討論了音義關係的七

〔註17〕 黃易青先生在《上古漢語同源詞意義系統研究》一書中也談到層次問題，他說，「這種層次性是從系聯的程序發現的，也是依系聯的程序安排的。這是因爲，同源詞的系聯和研究，是由流溯源的工作，我們最先看到、最易發現的，一般是同源關係的表層。系聯和發現只能由表及裡，由淺入深，這個順序的逆向也應當放音同源系聯派生時的順序。」（《上古漢語同源詞意義系統研究》，北京：商務印書館，2007年，頁119）可見，他著眼於詞源意義的內部，本文的音義層次著眼於詞義的外部，如同源方面，義素A與義素B有不同層次；義近方面，本義與引申義、引申義與借義、本義與借義之間屬於不同層次。

〔註18〕 曾昭聰，《形聲字聲符示源功能述論》，合肥：黃山書社，2002年。

種類型，如「本義分化式」「引申義分化式」「借音分化式」「本義與借音混合分化式」「複式音符分化式」「相反義分化式」〔註19〕等。這些類型實際上顯示了音義關係的層次性。音義關係有層次性。「借音分化式」和「本義與借音混合分化式」都顯示了音義在不同層次上的對應。《廣雅疏證》「之言」同聲韻中，聲符爲訓釋字有 83 例，其中聲符示源示聲的有 61 例。聲符示源示聲即沈兼士所論的「音符爲本義者」或「本義分化式」情況。這是最基本的情況。《廣雅疏證》「之言」同聲韻關係中，聲符僅示聲時，聲符與被訓釋字有多層級的音義關係，如「本義與引申義義近」「引申義與借義義近」「本義與借義義近」等。「本義與借義義近」類似於沈兼士「借音分化式」情況，如「裎——呈」，裎，本義爲裸露，呈，本義爲平，借義爲露出，二者本義與借義義近，皆有裸露義。本義、借義、引申義三者顯示了詞義的層次性。《廣雅疏證》其他術語同樣顯示了音義的層次性，如兩個詞間「聲近義同」術語中，義近情況包含了本義與借義、借義與借義、借義與引申義、借義與反訓義、引申義與引申義、引申義與本義等不同層次的音義關係。總之，《廣雅疏證》四個術語聯繫的詞之間顯示了音義關係的層次性。

《廣雅疏證》四個術語顯示了義素與義位複雜的對應關係。高名凱在《語言論》一書第三章「語言中語義系統的結構及其演變」第二節「義位與義素」中論及義素與義位的性質與關係。他說，「作爲語言中的語義單位的是個不同於概念的結構，它是由一個或幾個與概念在外延與內涵上一致的語義成素及其附加的各種語義色彩組合而成的結構。這結構就是語言中的語義單位。語言中的最小的語義單位稱爲義位。從整個的義位來說，語義的最小單位并不和作爲思維材料的最小單位的概念在外延和內涵上一致，但是組成這個義位的表抽象思維的語義成素卻在外延和內涵上和某一概念相一致。」〔註20〕也就是說，義位由一個或多個義素構成。義素是一個個概念，義位作爲義素的整體，又高於義素。義素結合爲義位有三個條件，即「語音物質外殼的制約、語義彼此之間的聯繫、語言的語義系統的制約」〔註21〕在《廣雅疏證》術語

〔註19〕沈兼士，《右文說在訓詁學上的沿革及其推闡》，《沈兼士學術論文集》，北京：中華書局，1986 年，頁 124～154。

〔註20〕高名凱，《語言論》，北京：商務印書館，2011 年第 2 版，頁 242。

〔註21〕高名凱，《語言論》，北京：商務印書館，2011 年第 2 版，頁 244。

「猶」中，「猶」連接兩個音義短句時，這兩個短句之間意義關聯不大，但這兩個短句內部或義近或同源，這兩個短句有音形上的聯繫。如「皤之爲繁，猶皤之爲蹯」，第一個小句中，皤、繁義近，指「白」；第二個小句，皤、蹯義近，指「獸足」。皤、繁、蹯皆爲並母。而義素「白」與義素「獸足」不同，但都屬於義位「皤」。又如「居、踞、跽、聂、啓、跪，一聲之轉。其義竝相近也（1984：97 卷三下釋詁）。」踞、跽同源，共同義素爲蹲；踞、聂同源，共同義素爲長跪；踞、跪同源，共同義素爲跪。「踞」有三個義素，這三個義素之間略有差別，但都統一於「跪」這一義位。

索緒爾在《普通語言學教程》中說，「語言符號連結的不是事物和名稱，而是概念和音響形象。後者不是物質的聲音，純粹物理的東西，而是這聲音的心理印跡，我們的感覺給我們證明的聲音表象。」〔註22〕又說，「每一個單位將包含一個與某一概念密不可分的聲音的切分成分，沒有概念，聲音的切分將無法劃定。」〔註23〕「能指（聽覺）成分和所指（概念）成分，是構成符號的兩個成分。」〔註24〕「在心理學領域，我們可以說概念是個複雜的單位，如果屬於語言學領域，概念僅僅是（聽覺）形象的價值，或者準確地說，如果我們把概念帶入語言學領域，它就是一種抽象單位。」〔註25〕這些論述是語言的聲音和概念兩個成分的精彩論述，對討論王念孫《廣雅疏證》音義問題很有啓發。《廣雅疏證》中的音義用例實際上涉及到了語言學中的聲音形式與概念的關係問題。蔣紹愚先生在《讀〈廣雅疏證〉札記》一文中分三種情況討論了詞、概念、詞的語音形式之間的關係。如「甲乙兩個相同或相關的概念，可以同樣用 A、B、C、D 等幾個詞來表達，而且這幾個詞是有音轉關係的」〔註26〕等，這是對

〔註22〕索緒爾等編，高名凱譯，岑麒祥、葉蜚聲校注，《普通語言學教程》，北京：商務印書館，1980 年版，頁 101。

〔註23〕索緒爾著，張紹杰譯，《普通語言學教程》（1910～1911 索緒爾第三度講授），長沙：湖南教育出版社，2001 年版，頁 89。

〔註24〕索緒爾著，張紹杰譯，《普通語言學教程》（1910～1911 索緒爾第三度講授），長沙：湖南教育出版社，2001 年版，頁 102。

〔註25〕索緒爾著，張紹杰譯，《普通語言學教程》（1910～1911 索緒爾第三度講授），長沙：湖南教育出版社，2001 年版，頁 87。

〔註26〕蔣紹愚《讀〈廣雅疏證〉札記》，原載《紀念王力先生百年誕辰學術論文集》商務印書館，2002 年，又收在《漢語詞彙語法史論文續集》，北京：商務印書館，2012

《廣雅疏證》音義關係性質的有利探索。在此基礎上，我們可以總結出《廣雅疏證》四個術語音義關係的基本特點：兩個詞間若有共同聲符，且共同聲符示源時，共同義素即共同聲符的本義（即表示同一種概念），在聲韻相同的情況下，兩個詞有同源關係，如「之言」「聲近義同」中大量的有共同聲符的詞；形體相異（即沒有共同聲符）的兩個詞，若有共同義素（即同一概念），在相同相關的語音形式下，可同源；形體相異（即沒有共同聲符）的兩個詞，詞義的層次不同，在相同相關的語音形式下，一般是義近的關係；同一個詞，有多個概念且概念（義素）之間沒有關聯或關聯不大時，可以據形據音系聯出一組或多組與該詞義近或同源的詞；有相同相關概念的兩個詞，可以根據相同相關的聲音形式系聯多組詞，這幾組詞之間詞義上或有聯繫或無聯繫；有音義關係的兩個詞，可以根據各自相關的聲符系聯另一組有音義關係的詞，但這兩組詞的詞義關聯不大，如「籔之轉爲匯，猶數之轉爲算矣。（1984：222卷七下釋器）」，籔、匯同源，共同義素爲淘米器，數、算同源，共同義素爲計算，但籔與數、匯與算詞義關聯不大。

　　結合以上論述，可以概括《廣雅疏證》音義關係的總特徵：《廣雅疏證》音義關係是歷時音義和共時音義的統一，是異質〔註27〕音義和同質音義的統一。例如，同聲韻條件下的同源、義近顯示了共時音義或同質音義的問題，雙聲韻轉或聲轉疊韻條件下的同源、義近顯示了歷時音義或異質音義的問題。音義的複雜性包含了歷時音義和共時音義混同、同質音義和異質音義混同的情況。

年，頁262～276。

〔註27〕關於異質語言理論的探討，可以參看李開先生《試論歷史語言學研究中的異質語言理論問題》，原載《語言科學》第4卷，第4期，2005年7月，北京：科學出版社，又收在《漢語古音學研究》（江山語言學叢書），上海：上海人民出版社，2008年版，頁298至308。徐通鏘先生《語言發展的不平衡性和歷史比較研究》《語言變異的研究和語言研究方法論的轉折》《變異中的時間和語言研究》《結構的不平衡性和語言演變的原因》（這些文章收在《徐通鏘自選集》，鄭州：河南教育出版社，1993年）等都對語言變異的歷時共時問題進行論述。

參考文獻

一、典籍文獻及工具書

1. 〔漢〕許慎撰，〔宋〕徐鉉校定，說文解字，北京：中華書局，1963.12（2009.3 重印）。

2. 〔宋〕王觀國撰，田瑞娟點校，學林，北京：中華書局，1988.1（2006 重印）。

3. 〔清〕黃生撰，黃承吉合按，包殿淑點校，字詁義府合按，北京：中華書局，1984。

4. 〔清〕戴震著，楊應琴編，東原文集（增編），合肥：黃山書社，2008.10。

5. 〔清〕錢大昕撰，楊勇軍整理，十駕齋養新錄，上海：上海書店出版社，2011。

6. 〔清〕段玉裁撰，說文解字注（第 2 版），上海：上海古籍出版社，1988.2（2009.5 重印）。

7. 〔清〕王念孫，廣雅疏證，（高郵王氏四種之一），南京：江蘇古籍出版社，2000。

8. 〔清〕王念孫，讀書雜志，（高郵王氏四種之二），南京：江蘇古籍出版社，2000。

9. 〔清〕王念孫，王引之，經義述聞，（高郵王氏四種之三），南京：江蘇古籍出版社，2000。

10. 〔清〕王引之，經傳釋詞，（高郵王氏四種之四），南京：江蘇古籍出版社，2000。

11. 〔清〕王念孫著，鍾宇訊點校，廣雅疏證，北京：中華書局影印，1983。

12. 〔清〕王念孫等撰，羅振玉輯印，高郵王氏遺書，南京：江蘇古籍出版社，2000.9。

13. 趙爾巽等撰，清史稿，第四三冊，卷四七六至卷四八三（傳），北京：中華書局，1977。

14. 漢語大字典，四川、湖北辭書出版社，1986-1990。

15. 漢語大詞典，漢語大詞典出版社，1990-1993。

16. 宗福邦等編，故訓匯纂，北京：商務印書館，2003。

二、論　著（按作者姓名首字母音序排列）

1. 陳復華、何九盈，古韻通曉〔M〕，北京：中國社會科學出版社，1987.10。

2. 陳祖武、朱彤窗，乾嘉學派研究〔M〕，石家莊：河北人民出版社，2007.9。

3. 陳建初，《釋名》考論〔M〕，長沙：湖南師範大學出版社，2007.4。

4. 郭錫良編著，漢字古音手冊（增訂本）〔M〕，北京：商務印書館，2010。

5. 高名凱，語言論〔M〕，北京：商務印書館，2011。

6. 管錫華，古漢語詞彙研究導論〔M〕，臺北：臺灣學生書局，2006。

7. 何九盈、蔣紹愚，古漢語詞彙講話〔M〕，北京：中華書局，2010。

8. 華學誠，揚雄《方言》校釋論稿〔M〕，北京：高等教育出版社，2011 年。

9. 黃焯著，丁忱編，黃焯文集〔M〕，武漢：湖北教育出版社，1989 年。

10. 黃金貴，古漢語同義詞辨釋論〔M〕，上海：上海古籍出版社，2002。

11. 黃易青，上古漢語同源詞意義系統研究〔M〕，北京：商務印書館，2007。

12. 胡繼明，《廣雅疏證》同源詞研究，成都：巴蜀書社，2003。

13. 蔣紹愚，漢語詞彙語法史論文續集〔M〕，北京：商務印書館，2012。

14. 蔣紹愚，古漢語詞彙綱要〔M〕，北京：商務印書館，2005。

15. 陸宗達，訓詁簡論〔M〕，北京：北京出版社，1980。

16. 陸宗達、王寧，訓詁方法論〔M〕，北京：中國社會科學出版社，1983。

17. 陸宗達主編，訓詁研究（第一輯）〔M〕，北京：北京師範大學出版社，1981。

18. 劉精盛，王念孫之訓詁學研究〔M〕，長春：吉林大學出版社，2011。

19. 劉鈞杰，同源字典補〔M〕，北京：商務印書館，1982。

20. 孟蓬生，古漢語同源詞語音關係研究〔M〕，北京：北京師範大學出版社，2001。

21. 濮之珍，中國語言學史〔M〕，上海：上海古籍出版社，2002。

22. 裘錫圭，文字學概要〔M〕，北京：商務印書館，1988。

23. 任繼昉，漢語語源學〔M〕，重慶：重慶出版社，1992。

24. 舒懷，高郵王氏父子學術初探〔M〕，武漢：華中理工大學出版社，1997。

25. 〔瑞士〕索緒爾，普通語言學教程〔M〕，北京：商務印書館，1999。

26. 盛林，《廣雅疏證》中的語義學研究〔M〕，上海：上海人民出版社，2008。

27. 單殿元，王念孫王引之著作析論〔M〕，北京：社會科學文獻出版社，2009。

28. 王力，清代古音學〔M〕，北京：中華書局，1992.8。

29. 王力，同源字典〔M〕，北京：商務印書館，1982。

30. 王力，漢語史稿〔M〕，北京：中華書局，1980。

31. 王力，漢語音韻〔M〕，北京：中華書局，1980。

32. 王力，漢語音韻學〔M〕，北京：中華書局，1956。

33. 王寧，訓詁學原理〔M〕，北京：中國國際廣播出版社，1996.8。

34. 王俊義、黃愛平，《清代學術文化史論》，台北：台北文津出版社，1999。

35. 萬獻初，漢語音義學論稿〔M〕，北京：中國社會科學出版社，2012.11。

36. 萬獻初，音韻學要略（第二版）〔M〕，武漢：武漢大學出版社，2012.9。

37. 徐興海，《廣雅疏證》研究〔M〕，南京：江蘇古籍出版社，2011。

38. 徐復主編，廣雅詁林〔M〕，南京：江蘇古籍出版社，1998。

39. 陽海清、褚佩瑜、蘭秀英編，文字音韻訓詁知見書目〔M〕，武漢：湖北人民出版社，2002.10。

40. 殷寄明，漢語語源義初探〔M〕，北京：學林出版社，1998。

41. 殷寄明，語源學概論〔M〕，上海：上海教育出版社，2000。

42. 章太炎，文始，收入《章氏叢書》第 2-6 冊，揚州：江蘇廣陵古籍刻印社，1981。

43. 張希峰，漢語詞族叢考〔M〕，成都：巴蜀書社，1999。

44. 張希峰，漢語詞族續考〔M〕，成都：巴蜀書社，2000。

45. 張博，漢語同族詞的系統性與驗證方法〔M〕，北京：商務印書館，2003。

46. 張先坦，《讀書雜志》詞法觀念研究〔M〕，成都：四川出版集團·巴蜀書社，2007。

47. 張其昀，《廣雅疏證》導讀〔M〕，北京：社會科學文獻出版社，2009。

三、研究論文（按作者姓名首字母音序排列）

B

1. 班吉慶、殷俊，簡論錢大昕《説文》研究的特點〔J〕，揚州大學學報（人文社會科學版），2009（3），13,2,107-112。

2. 〔日〕濱口富士雄著，盧秀滿譯，王念孫訓詁之意義〔A〕，中國文哲研究通訊（揚州研究專輯）〔C〕，10,1,115-129。

C

1. 蔡文錦，論王氏父子學術研究的方法論意義〔J〕，揚州職業大學學報，2009（3），13,1,30-33。

2. 曹森琳，試論《廣雅疏證·自序》中的訓詁思想〔J〕，重慶科技學院學報（社科版），2011,23。

3. 曹強，江有誥《詩經韻讀》和王念孫《古韻譜》用韻比較〔J〕，安康學院學報，2010（12），22,6,41-47。

4. 曹煒、曹培根，試論《讀書雜志》在漢語語法學上的貢獻〔J〕，揚州師院學報（社會科學版），1993,3,134-137。

5. 曹秀華，統計方法在《經義述聞》中的運用〔J〕，讀與寫雜志.2007（2），4,2。

6. 褚紅，論《畿輔方言》的「因聲求義」〔J〕，保定學院學報，2010（7），23,4,69-72。

7. 陳亞平，清人「因聲求義」述評〔J〕，玉溪師範學院學報，2005,4,21,78-82。

8. 陳穎，試論方以智對戴侗「因聲求義」的繼承與發展〔J〕，四川師範大學學報（社會科學版），2006（11），33,6,113-118。

9. 陳偉，因聲求義之歷史沿革及其推闡〔J〕，四川教育學院學報，2011（10），27,10,63-66。

10. 崔帥、王影，「因聲求義」與訓詁〔J〕，南昌教育學院學報，2011,25-26。

11. 程豔梅，《讀書雜志》運用「類比手法」釋詞淺析〔J〕，韶關學院學報（社會科學）2009（4）30,4,53-56。

12. 程豔梅，《讀書雜志》運用「類比手法」說明假借字簡析〔J〕，河北大學學報（哲學社會科學版）2012（7）37,4,114-117。

13. 程豔梅，王念孫《讀書雜志》說略〔J〕，內江師範學院學報，2012,26,5,56-59。

D

1. 鄧福祿，王刪郝疏訓詁失誤類析〔J〕，古漢語研究.2003,2,65-69。

2. 杜麗榮，試析《廣雅疏證·釋詁》「一聲之轉」的語音關係〔J〕，漢字文化.2004.3.23-25。

3. 董恩林，論王念孫父子的治學特點與影響〔J〕，古籍整理研究學刊，2007（5），3,73-77。

4. 董志翹，簡評《〈讀書雜志〉句法觀念研究》〔J〕，貴州師範大學（社會科學版），2011,5。

F

1. 方一新，試論《廣雅疏證》關於聯綿詞的解說部分的成就〔J〕，杭州大學學報，1986（9），16,3,87-97。

G

1. 甘勇，《廣雅疏證》同源字系統研究〔J〕，漢字文化（語言文字學術研究），2006.5.44-47。

2. 甘勇，論清人「因聲求義」的二元性〔J〕，語言研究.2008（4），28.2.79-81。

3. 郭瓏，王念孫《廣雅疏證》迭音詞釋義術語研究〔J〕，廣西教育學院學報，2011.3。

4. 郭愛玲，論「因聲求義」理論的發展與演變〔J〕，淮北職業技術學院學報，2010（12）9,6.108-109。

5. 郭明道，王氏父子的訓詁思想和方法〔J〕，古籍整理研究學刊，2005(7)，4,31-34,75。

6. 古德夫，王念孫父子與校勘〔J〕，徐州師範學院學報（哲學社會科學版），1985,2,108-113。

H

1. 胡正武,《廣雅疏證》對《廣雅》脫文補正及其方法淺探〔J〕,內蒙古師大學報（哲學社會科學版）,1990,1.78-83。

2. 胡繼明,《說文解字注》和《廣雅疏證》的右文說,四川大學學報（哲社版）1993.4。

3. 胡繼明,《廣雅疏證》的「字異而義同」〔J〕,古漢語研究,1995.3.69-73。

4. 胡繼明,《廣雅疏證》系聯同源詞的方法和表達方式〔J〕,漢字文化.2002.4.10-14。

5. 胡繼明,《廣雅疏證》研究同源詞的成就和不足〔J〕,西南民族學院學報（哲學社會科學版）,2003（1）,1,299-303。

6. 胡繼明,《廣雅疏證》研究同源詞的理論和方法〔J〕,遼寧師範大學學報（社會科學版）,2003（5）,26,3,64-66。

7. 胡繼明,《廣雅疏證》同源詞的詞義關係類型〔J〕,樂山師院學報,2003（4）,18.2.24-30。

8. 胡繼明,《廣雅疏證》中的同源詞研究〔J〕,西南民族大學學報（人文社科版）,2004（7）,25.7.395-398。

9. 胡繼明,就王念孫《廣雅疏證》研究同源詞的方法與梅祖麟教授商榷〔J〕,重慶三峽學院學報,2005.6.21.60-67。

10. 胡繼明,王念孫《廣雅疏證》對漢語同源詞研究的貢獻〔J〕,重慶三峽學院學報,2007,4,23,72-76。

11. 華學誠等,就王念孫的同源詞研究與梅祖麟教授商榷〔J〕,古漢語研究.2003.1.8-13。

12. 華學誠,論《方言箋疏》的「因聲求義」〔J〕,揚州師院學報（社會科學版）,1989.1.54-60。

13. 黑維疆,《讀書雜志》「意疑」析〔J〕,陝西師範大學學報,1997,4。

14. 韓陳其、立紅,論因聲求——《經義述聞》的語言學思想研究〔J〕,北京理工大學學報（社會科學版）,2004（2）,6,1,36-39。

J

1. 蔣禮鴻,《廣雅疏證》補義（上、中、下）〔J〕,文獻,1980,1981。

2. 蔣冀騁、邱尚仁,從《經義述聞》看王氏父子的治學方法〔J〕,江西師範大學學報（哲學社會科學版）,1987,1,42-46。

3. 姜寶琦、李茂山,《廣雅疏證·序》理論與實踐意義芻議〔J〕,雲南師範大學學報（哲學社會科學版）,1994（4）,26.2.82-87。

4. 金小春,王念孫「連語」說等四種釋例及重評〔J〕,杭州大學學報,1989（3）,19,180-87。

L

1. 陸宗達、王寧,「因聲求義」論〔J〕,遼寧師院學報,1980（12）。

2. 劉凱鳴,《廣雅疏證》辨補〔J〕,文獻,1986。

3. 劉凱鳴,《廣雅疏證》辨補續編〔J〕,文獻,1987。

4. 劉凱鳴,《廣雅疏證》辨補續編〔J〕,文獻, 1988。

5. 劉殿義、張仁明,《廣雅疏證》同源字的語義問題〔J〕,畢節師專學報,1995.3.51-60。

6. 劉精盛,芻議研究王念孫之訓詁理論與實踐的意義〔J〕,漢字文化（語言文字學術研究）,2011,29-34。

7. 劉精盛、葉桂郴,王念孫《讀書雜志》對大型辭書修訂的價值和意義〔J〕,欽州學院學報,2012（9）,27,5,29-33。

8. 劉精盛,論王念孫《讀書雜志》的「義不相屬」〔J〕,長江師範學院學報,2010（9）,26,5,55-60。

9. 劉精盛,王念孫《釋大》「大」義探微〔J〕,古漢語研究.2006.3,88-94。

10. 劉精盛,論《釋大》同源詞研究的啓示與不足〔J〕,廣西社會科學,2005,10,127-129,164。

11. 劉福根,方以智《通雅》中的因聲求義法〔J〕,湖州師專學報,1992.3.37-40。

12. 劉金榮,《說文解字注》中的聲訓〔J〕,紹興文理學院學報,2002（10）,22.5.50-53。

13. 劉瑤瑤、楊曉宇,《說文解字注》聲訓條例述評〔J〕,蘭州學刊,2006.6.81-82。

14. 劉文清,《經義述聞·周易》補正〔J〕,周易研究.2012,4,37-48。

15. 劉川民,略論《方言箋疏》中的「聲轉」和「語轉」〔J〕,杭州大學學報,1996（12）,26.4.64-74。

16. 梁保爾、雷漢卿,《廣雅疏證》的寫作時間〔J〕,四川大學學報（哲學社會科學版）,1991.1。

17. 梁保爾,略說王念孫「相對爲文」的語境觀〔J〕,修辭學習,1998,5。

18. 梁孝梅、單殿元,《廣雅疏證》中與修辭相關的術語〔J〕,齊齊哈爾大學學報（哲學社會科學版）,2007（9）,121-123。

19. 李豔紅,《廣雅疏證》《方言箋疏》中「乘」的釋義指瑕〔J〕,古漢語研究.2004.1.106-108。

20. 李恒光,由《廣雅疏證》析王念孫父子對訓詁學的貢獻〔J〕,唐山學院學報,2009（3）,22.2。

21. 李先華,論《說文解字注》因聲求義〔J〕,河南大學學報（社會科學版）,1984.5.115-122。

22. 李嘉翼,論邵晉涵《爾雅正義》因聲求義的訓詁成就〔J〕,江西社會科學,2008（4）,214-217。

23. 李傳書,清人對《釋名》的整理與研究〔J〕,長沙電力學院學報（社會科學版）,1998.2.112-116。

24. 李書良,淺論因聲求義法的使用——以《毛詩傳箋通釋》爲例〔J〕,科教文匯.2008（3）,159。

25. 李中耀，論清代王念孫、王引之訓詁研究之成就〔J〕，新疆師範大學學報，1988.4.103-107。

26. 李淑敏，淺議聯綿詞——兼對王念孫的「連語」辨析〔J〕，唐山師範學院學報，2006（7），28,4,26-29。

27. 李朝紅，王念孫「『脩』、『循』形近而誤說」獻疑〔J〕，西南交通大學學報（社會科學版），2010（10），11,5,33-37。

28. 李運富，王念孫父子的「連語」觀及其訓解實踐（上）〔J〕，古漢語研究，1990,4,28-36,27。

29. 李運富，王念孫父子的「連語觀」及其訓解實踐（下）〔J〕，古漢語研究，1991,2.64-71。

30. 李素紅，讀王念孫《讀書雜志》分析古書致誤原因〔J〕，大眾文藝（漢語言研究），2009（11）。

31. 李麗，《經義述聞》訓詁方法舉證〔J〕，西安文理學院學報（社會科學版），2009（2），12,1,22-24。

32. 呂立人，段王語言學說管窺〔J〕，新疆師範大學學報（社會科學版），1984（1），105-108。

33. 黎千駒，「音近義通」原理論〔J〕，保定學院學報，2009（9），22.5.82-86。

M

1. 馬建東，也談王念孫的音訓——讀《廣雅疏證》〔J〕，天水師專學報（哲社版），1990.2。

2. 馬建東，王念孫的語言學思想——再讀《廣雅疏證》〔J〕，天水師專學報（哲社版）1994.1。

3. 馬景侖，《廣雅疏證》散文對文所涉同義詞詞義狀況分析〔J〕，徐州師範大學學報（哲學社會科學版），2006（5），42-47。

4. 馬景侖，《廣雅疏證》所揭示的「二義同條」之詞義關係分析〔J〕，南京師大學報（社會科學版），2006（9），5.119-124。

5. 馬景侖，《廣雅疏證》所涉「正反同詞」現象成因探析〔J〕，揚州大學學報（人文社會科學版），2006（9），10,5,40-46。

6. 馬景侖，《廣雅疏證》訓詁術語「相對成文」淺析〔J〕，南京師大文學院學報，2006（6）2。

7. 馬景侖，《廣雅疏證》以模擬手法說明被釋詞與解釋詞音義關係情況淺析〔J〕，徐州師範大學學報（哲學社會科學版），2007（9），33.5.70-74。

8. 馬景侖，《廣雅疏證》以類比手法所說明的語音變化造成的語言現象淺析〔J〕，常州工學院學報（社科版），2007（8），25.4.74-80。

9. 馬景侖，《廣雅疏證》運用類比手法說解文字現象析〔J〕，南京師範大學文學院學報，2007（3），1,172-176。

10. 馬景侖，《廣雅疏證》部分訓詁術語的含義和用法淺析〔J〕，南京師範大學文學院學報，2008（6），2。

11. 馬景侖，《廣雅疏證》類比手法的部分用法管窺〔J〕，南京師範大學文學院學報，2009（9），3。

12. 馬景侖，《廣雅疏證》以「凡」語說明各種詞義現象情況淺析〔J〕，東南大學學報（哲學社會科學版），2009（11），11.6.88-91。

13. 馬景侖，《廣雅疏證》以「凡」語說明「名」「實」「義」關係情況淺析〔J〕，安徽大學學報（哲學社會科學版），2010.2.97-102。

14. 馬景侖，從名、實、義關係角度看《廣雅疏證》對事物命名方式的揭示〔J〕，語言科學，2010（9），9,5,499-508。

15. 馬克冬，語源學、詞族學和廣義「因聲求義」說〔J〕，河西學院學報，2008.24.1.80-116。

16. 馬振亞，王氏父子與訓詁實踐〔J〕，東北師大學報（哲學社會科學版），1984,4,61-66。

17. 毛玉玲，段玉裁的以聲說義〔J〕，昆明師範學院學報，1983（3），70-75。

P

1. 彭慧，論《廣雅疏證》的「因聲求義」〔J〕，中州學刊，2006（3）2.248-250。

2. 彭慧，王念孫《廣雅疏證》關於《文選》李善注的質疑〔J〕，鄭州大學學報，2006.39.3。

3. 彭慧，「求變」與「求通」——試析段玉裁《說文解字注》與王念孫《廣雅疏證》詞義引申研究的不同〔J〕，信陽師院學報（哲學社會科學版），2010（5），30.3。

4. 彭慧，巧用名字釋古語——論王念孫詞義疏解的一種方法〔J〕，語文知識（語言學研究），2012,3.24-26。

Q

1. 齊沖天，《廣雅疏證》的因聲求義與語源學研究〔J〕，漢字文化（語言文字學術研究），2006,1,38-40。

2. 喬秋穎，江有誥、王念孫關於至部的討論及對脂微分部的作用〔J〕，徐州師範大學學報（哲學社會科學版），2006（5），48-51。

3. 祁龍威，關於乾嘉學者王念孫》對王念孫的學術成就進行評論〔J〕，學術月刊，1962（7），55-58。

S

1. 舒懷，高郵王氏父子《說文》研究緒論〔J〕，古漢語研究，1997.4,65-70。

2. 孫雍長，合則雙美，離則兩傷——論段、王訓詁學說之互補關係〔J〕，湖南師大社會科學學報，1988,82-85。

3. 孫雍長，王念孫「義類說」箋識〔J〕，湖南師大學報（社會科學版），1985,5,100-105,57。

4. 孫雍長，王念孫「義通說」箋識〔J〕，貴州民族學院學報（社科版），1984,4,127-135。

5. 孫雍長，王念孫形音義辯證觀箋識〔J〕，湘潭師範學院學報，1990（10），11,5,37-43。

6. 孫良明，王念孫的句式類比分析法〔J〕，古漢語研究，1994,4,41-48。

7. 孫剛，《廣雅疏證》訓詁方法淺析〔J〕，上饒師專學報，1988,3、4.77-88。

8. 孫玄常，《廣雅疏證·釋詁》箚記——音訓篇〔J〕，運城高專學報，1993.1。

9. 孫玄常，《廣雅疏證·釋詁》箚記（續）——音訓篇〔J〕，運城高專學報，1993,2。

10. 孫玄常，《廣雅疏證·釋詁》箚記〔J〕，運城高專學報，1993.3。

11. 孫德平，《廣雅疏證》的電腦處理〔J〕，南陽師範學院學報（社會科學版），2004（7）.3.7。

12. 孫德平，《廣雅疏證》在同義詞研究上的貢獻〔J〕，漢字文化（語言文字學術研究），2007,5,43-47。

13. 孫玲，試論《讀書雜志·漢書雜志》的訓詁方法〔J〕，湖北廣播電視大學學報，2010（9），30,9,90-91。

14. 宋秀麗，《廣雅疏證》校勘方法淺說〔J〕，貴州大學學報，1989.1.51-56。

15. 宋鐵全，高郵王氏是正《說文解字注》失誤例說〔J〕，西華師大學報（哲學社會科學版），2013,2,93-98。

16. 盛林，《廣雅疏證》對語義運動軌跡的認識〔J〕，南京社會科學，2005.8.78-84。

17. 盛林，《廣雅疏證》中的「依文釋義」〔J〕，浙江師範大學學報（社會科學版），2006,2,31,55-58。

18. 盛林，略論《廣雅疏證》中的「對文異，散文通」〔J〕，東南大學學報（哲學社會科學版），2006（11），8.6.107-109。

19. 盛林，《廣雅疏證》中的同義觀〔J〕，安徽大學學報（哲學社會科學版），2009（5），33,3,71-75。

20. 時建國，清代「小學」的發展與成就〔J〕，圖書與情報，1998.3。

21. 單殿元，高郵王氏的學術成就和學術風格〔J〕，文史雜志（文化透視）2012.2.7-11。

22. 單殿元、梁孝梅，王念孫《丁亥詩鈔》解讀〔J〕，湖南城市學院學報，2007（11），28,6,53-56。

W

1. 汪耀楠，王念孫、王引之訓詁思想和方法的探討〔J〕，湖北大學學報（哲社版），1985.2。

2. 王雲路，王念孫「乘」字說淺論〔J〕，杭州大學學報，1988（3），18.1.81-86。

3. 王雲路，《讀書雜志》方法論淺述〔J〕，杭州大學學報，1990（6），20,2,121-128。

4. 王雲路，《讀書雜志》志疑〔J〕，古漢語研究，1988.1,45-49。

5. 王小莘，王氏父子「因聲求義」述評〔J〕，華南師範大學學報（社會科學版），1988.4.85-92。

6. 王寶剛，論《方言箋疏》中的「古同聲」〔J〕，淮陰師範學院學報（哲學社會科學版），2002（1），24,130-134。

7. 王其和，論俞樾的訓詁思想和方法〔J〕，山東師範大學學報（人社版），2008.53.1.15-19。

8. 王學斌，論清代《管子》校勘中得學術傳承——以王念孫、陳奐、丁世涵、戴望為系譜的學術考察〔J〕，管子學刊，2010.1,25-28,49。

9. 王翰穎，《讀書雜志》「相對爲文」的語境運用初探〔J〕，滁州學院學報，2007（9），9,5,33-34。

10. 吳澤順，王氏四種韻轉考〔J〕，臨沂師專學報（社會科學版），1991.3.88-94。

11. 吳澤順，論鄭玄的音轉研究〔J〕，青海師範大學學報（哲學社會科學版），2004.4.100-103。

12. 吳澤順，王氏父子通假研究和出土文獻資料之比較〔J〕，古漢語研究，1991,4,92-94。

13. 吳榮範，《廣雅疏證》類同引申說的成就與不足〔J〕，長江論壇.2006.4.80-82。

14. 吳根友，試論王念孫對古典人文知識增長的貢獻〔J〕，文史哲.2012,4,92-101。

15. 吳蘊慧，《讀書雜志·漢書雜志》訓詁二則〔J〕，蘇州職業大學學報，2005（2），16,1,57-58。

16. 韋岩實，小議《廣雅疏證》的「因聲求義」〔J〕，賀州學院學報，2011.27,4。

17. 萬世雄，淺談黃侃對「聲近義通」現象產生原因的認識〔J〕，湖北師範學院學報（哲學社會科學版），1996.16.2.90-95。

18. 溫美姬，王念孫、俞樾校釋《荀子》特色差異之研究〔J〕，南昌大學學報（人文社會科學版），2006（1），37,1,137-141。

X

1. 薛其暉，《廣雅疏證》淺探〔J〕，華中師院學報，1984.1.103-110。

2. 薛正興，談王念孫的推理校勘〔J〕，社會科學戰線，1985.2.296-302。

3. 徐興海，王念孫傑出的訓詁學思想〔J〕，古籍整理研究學刊，1988,2.35-38。

4. 徐玲英，從《方言疏證》看戴震的訓詁特色〔J〕，四川師大學報（社會科學版），2011（11），38,6,109-113。

5. 蕭德銑，《讀書雜志》與訓詁學習〔J〕，懷化師專學報（哲社版）1987,1,45-47,55。

6. 熊加全，淺談王念孫《讀書雜志》詞語考證的方法〔J〕，大眾文藝（文史哲），2009,3。

7. 謝俊濤、張其昀，《經義述聞》因文求義說略〔J〕，語言科學，2008（7），7,4.430-436。

Y

1. 殷孟倫，王念孫父子《廣雅疏證》在漢語研究史上的地位〔J〕，東嶽論叢，1980,04-30.108-117。

2. 楊建忠、賈芹，方以智《通雅》「因聲求義」的理論〔J〕，古籍整理研究學刊，2003（7），4.36-40。

3. 楊建忠，方以智《通雅》「因聲求義」的實踐〔J〕，黃山學院學報，2004（2），6.1.68-74。

4. 楊琳，論因聲求義法〔J〕，長江學術.2008（3）。

5. 楊錦富，高郵王念孫、王引之父子治學方法析論〔J〕，美和技術學院學報，2009,28,2,49-68。

6. 楊效雷，王引之《經義述聞》對虞翻《易》注的辨駁〔J〕，古籍整理研究學刊，2009（7），4,11-13,53。

7. 俞樟華，論乾嘉學派考證《史記》的成果〔J〕，古籍整理研究學刊，1996,5,1-5。

8. 姚曉丹，淺談《讀書雜志》中的語法分析〔J〕，鹽城師專學報（哲學社會科學版），1994,2,46-49。

Z

1. 周祖謨，讀王念孫《廣雅疏證》簡論〔J〕，蘭州大學學報（哲學社會科學版），1979.1.102-105。

2. 周光慶，王念孫「因聲求義」的理論基礎和實踐意義〔J〕，荊州師專學報（哲學社會科學版），1987,2,19-25。

3. 周勤、胡繼明，《廣雅疏證》研究單音節同義詞的方法〔J〕，揚州大學學報（人文社會科學版），2008（7），12.4.108-119。

4. 周勤，論《廣雅疏證》中蘊含的同義詞辨析理論〔J〕，求索.2011（5），191-193。

5. 周信炎，論《說文繫傳》中的因聲求義〔J〕，貴州大學學報，1993.2.77-82。

6. 周遠富，《通雅》古音學及其應用〔J〕，南通大學學報（社會科學版），2006（5），22.3.70-74。

7. 趙德明，「播，抵也」補正〔J〕，古漢語研究，1998.3.25。

8. 趙思達，戴震轉語理論對右文說的發展和對清代訓詁學的影響〔J〕，焦作大學學報，2010（4）2,19-20。

9. 趙航，貫通經訓兩碩儒〔J〕，揚州師院學報（社會科學版），1983,3,115-119。

10. 朱國理，《廣雅疏證》的聲訓法〔J〕，固原師專學報（社會科學版），1999.5.55-57。

11. 朱國理，《廣雅疏證》中的「同」〔J〕，殷都學刊，1999.87-90。

12. 朱國理，《廣雅疏證》的「命名之義」〔J〕，語言研究.2000.3.107-113。

13. 朱國理，《廣雅疏證》對右文說的繼承與發展〔J〕，上海大學學報（社科版），2000.7.4。

14. 朱國理，《廣雅疏證》中的「通」〔J〕，古籍整理研究學刊，2001,1.56-60。

15. 朱國理，《廣雅疏證》「聲同聲近聲通」考〔J〕，黃山高等專科學校學報，2001（2），3.1.67-71。

16. 朱國理，試論轉語理論的歷史發展〔J〕，古漢語研究.2002.1.32-36。

17. 朱國理，《廣雅疏證》中的轉語〔J〕，上海大學學報（社會科學版），2003（3），10.2。

18. 朱國理，《廣雅疏證》同源詞的詞義關係〔J〕，上海大學學報（社會科學版），2005（3），12,2,107-112。

19. 朱國理，《廣雅疏證》訓詁術語「之言」探析〔J〕，井岡山大學學報（社會科學版），2011（1），32,1,97-101。

20. 朱冠明，方以智《通雅》中的因聲求義〔J〕，解放軍外國語學院學報，1999（3），22.2.50-52。

21. 朱彥，漢語以聲求義流變淺述〔J〕，廣西師大學報（研究生專輯），1999.2.104-109。

22. 朱小健，王念孫箚記訓詁所體現出的治學方法與精神——以王念孫對《毛詩》舊注的糾正爲例〔J〕，井岡山師範學院學報（哲學社會科學），2001（2），22,1,13-18。

23. 張治樵，王念孫訓詁述評〔J〕，四川師範大學學報（社會科學版），1992,2,90-96。

24. 張仁明，《廣雅疏證》同源字組間的語義關係〔J〕，畢節師專學報，1997.3.61-63。

25. 張其昀、謝俊濤，《廣雅疏證》對同源詞的揭示〔J〕，鹽城師範學院學報（人文社會科學版），2009（4），29,2。

26. 張其昀，聲訓之源流及聲訓在《廣雅疏證》中的運用〔J〕，湖南文理學院學報（社會科學版），2009（7），34.4.105-110。

27. 張其昀，《廣雅疏證》證義的單複相證〔J〕，揚州大學學報（人文社會科學版），2009（7），13,4,102-107。

28. 張其昀，對文證義與連文證義及其在《廣雅疏證》中的運用〔J〕，陰山學刊，2009（10），22,5,30-35。

29. 張其昀，《廣雅疏證》證義的異文相證與互文相證〔J〕，南陽師範學院學報（社會科學版），2010（5），9.5.28-32。

30. 張其昀，《廣雅疏證》「輕重」、「緩急」、「侈弇」解〔J〕，信陽師院學報（哲學社會科學版），2010（1），30.1.102-105。

31. 張其昀，《廣雅疏證》之合聲證義與倒言證義〔J〕，綿陽師範學院學報，2010（4），29.4.40-43。

32. 張其昀，《廣雅疏證》對於名物關係的闡釋〔J〕，湖北師範學院學報（哲社版），2010.30.1。

33. 張其昀、謝俊濤，論音義關係與訓詁之因聲求義〔J〕，揚州大學學報（人文社會科學版），2008（3），12.2.67-72。

34. 張金霞，顏師古對音義關係的認識〔J〕，古籍整理研究學刊，2003（1），1.66-70。

35. 張冬雲，胡紹煐與乾嘉聲韻訓詁理論〔J〕，南陽師範學院學報（社科版），2003（1），2.1.42-44。

36. 張博，漢語音轉同族詞系統系初探〔J〕，寧夏社會科學，1989,6,36-40。

37. 張博，試論王念孫《釋大》〔J〕，寧夏大學學報（社會科學版），1988,1,33-38.26。

38. 張錦少，王念孫《呂氏春秋》校本研究〔J〕，漢學研究，2010（9），28,3.291-324。

39. 張小麗，論王念孫王引之父子的治學特色〔J〕，貴州社會科學，2006（3），2,157-160。

40. 張相平，論俗字在《讀書雜志》中的應用〔J〕，惠州學院學報（社會科學版），2011（10），31,5,74-75。

41. 張家英，讀《讀書雜志‧史記雜志》箚記〔J〕，綏化師專學報，1997,2,58-63。

42. 張家英，讀《讀書雜志‧史記雜志》〔J〕，蒲峪學刊，1994,3,12-14。

43. 張先坦，從《讀書雜志》看王念孫詞性觀念的表現方式〔J〕，貴州師範大學學報（社會科學版），2012,2,56-60。

44. 張先坦，再論《讀書雜志》在漢語語法學上的貢獻〔J〕，貴州師範大學學報（社會科學版），2009,6,100-104。

45. 張令吾，《釋大》訓詁理論探流溯源〔J〕，湛江師範學院學報（哲學社會科學版），1994,1,73-82。

46. 張令吾，王念孫《釋大》同族詞研究舉隅〔J〕，湛江師範學院學報（哲學社會科學版），1996（3）17,1,72-76,94。

47. 張聯榮，《釋大》讀後記〔J〕，廣播電視大學學報（哲學社會科學版），2003,2,91-95。

48. 鄭吉雄，清代儒學中的會通思想〔J〕，中華學苑，2011（2），55,61-95。

49. 左民安，王念孫校讎學初探〔J〕，寧夏社會科學，1986,3,95-100,49。

四、學位論文（按作者姓名首字母音序排列）

1. 安豐剛《〈廣雅疏證〉連綿詞研究》（浙江師範大學碩士學位論文，2012 年）。

2. 陳志峰《高郵王氏父子「因聲求義」之訓詁方法研究》（台灣大學文學院中國文學系碩士論文，2007）。

3. 陳志峰《清代中葉之形音義關係論及其發展》（台灣大學文學院中國文學系博士論文，2013）。

4. 程豔梅《〈讀書雜志〉專題研究》（南京師範大學博士學位論文，2007）。

5. 曹秀華《〈經義述聞〉詞義訓詁方法初探》（曲阜師範大學碩士學位論文，2007）。

6. 豐素貞《〈讀書雜志〉假借字研究》（曲阜師大碩士學位論文，2009）。

7. 甘勇《〈廣雅疏證〉的數位化處理及其同源字研究》（華中科技大學碩士學位論文，2005 年）。

8. 甘勇《清人小學注疏五種詞源學的研究》（華中科技大學博士學位論文，2008 年）。

9. 胡繼明《〈廣雅疏證〉同源詞研究》（四川大學博士學位論文，2002 年）。

10. 胡海瓊《〈爾雅義疏〉同族詞研究》（華中科技大學碩士學位論文，2004）。

11. 胡彭華《段玉裁對〈說文〉聲訓的闡釋與發展》（江西師大碩士學位論文，2007）。

12. 郝中岳《王念孫詩經小學研究》（河南大學碩士論文，2006）。

13. 劉江濤《〈經義述聞〉音訓及同族詞研究》（中南大學碩士學位論文，2012）。

14. 劉巧芝《戴震〈方言疏證〉同族詞研究》（西南師大碩士學位論文，2005）。

15. 劉精盛《王念孫的訓詁理論與實踐研究》（陝西師範大學博士學位論文，2007）。

16. 梁孝梅《〈廣雅疏證〉術語研究》（揚州大學碩士學位論文，2008 年）。

17. 彭慧《〈廣雅疏證〉中〈文選〉通假字研究》（鄭州大學碩士學位論文，2004）。

18. 彭慧《〈廣雅疏證〉漢語語義學研究》（四川大學博士學位論文，2007 年）。

19. 孫瑩《郝懿行〈爾雅義疏〉訓詁研究》（山東師大碩士學位論文，2006）。

20. 王文玲《〈廣雅疏證〉名物訓釋研究》（揚州大學碩士學位論文，2010 年）。

21. 王翰穎《〈讀書雜志〉的語境運用初探》（曲阜師範大學碩士學位論文，2005）。

22. 王輝《从〈經義述聞〉看王引之的訓詁方法》（陝西師範大學碩士學位論文，2006）。

23. 吳榮範《〈廣雅疏證〉類同引申研究》（蘭州大學碩士學位論文，2007）。

24. 游睿《〈讀書雜志〉詞義考證專題研究》（曲阜師範大學碩士學位論文，2010）。

25. 葉輝《〈釋大〉同族詞研究》（華中科技大學碩士學位論文，2011）。

26. 張章《〈廣雅疏證〉聯綿詞研究》（復旦大學碩士學位論文，2008 年）。

27. 張月芹《〈字詁〉〈義府〉訓詁方法論》（曲阜師大碩士論文，2008）。

28. 張先坦《王念孫〈讀書雜志〉語法觀念研究》（安徽大學博士學位論文，2006）。

29. 張治樵《論〈廣雅〉〈廣雅疏證〉兼談訓詁學基本問題》（四川師範大學碩士學位論文，導師劉君惠 1990）。

30. 趙海寶《〈廣雅疏證〉研究——以與〈經義述聞〉〈讀書雜志〉等的比較研究爲中心》（吉林大學博士學位論文，2010 年）。

後　記

　　博士學位論文寫完，心情頗複雜。細細想來，又覺得任重道遠。夫學，何為也？將以解蔽也，牖吾心知也，志乎聞道也。多年來，我一直思考如何從傳統小學文獻的整理與研究中做點事情。然而生性愚魯，常常不滿意自己的作品。朱熹的話激勵著我，「舊學商量加邃密，新知培養轉深沉。卻愁說到無言處，不信人間有古今。」（朱熹《鵝湖寺和陸子壽》）心誠求之，雖不得，不遠矣。

　　追溯這篇論文所關注的問題，可以追溯到本科學位論文。因此，若要致謝，首先應該感謝培養我的本科母校，江蘇師範大學（原徐州師範大學）。其中的語言文字學者如廖序東、古德夫等前輩，他們厚重篤實的治學精神沾溉後學不少。多年來，我總是循著這種精神前行。遇有困難，也多以樸實堅毅之精神砥礪自己。「夫孝者，善述人之志，善繼人之事。」此言得之。

　　生活有樂有苦。多年來，我對這「苦」「樂」二字體會頗深。至於論文寫作之苦樂，王鳴盛所言可以喻之。他在《十七史商榷序》中說，「暗砌蛩吟，曉窗雞唱，細書歡格，夾注跳行，每當目輪火爆，肩山石壓，猶且吮殘墨而凝神，搦禿豪而忘倦，時復默坐而玩之，緩步而繹之，仰眠床上，而尋其曲折，忽然有得，躍起書之，鳥入云，魚縱淵，不足喻其疾也。顧視案上，有藜羹一盃，粝飯一盂，於是乎引飯進羹，登春臺，饗太牢，不足喻其適也。」在論文寫作中離苦得樂，要靠自己，也需要師友的幫助。

　　這篇論文，最應感謝的是我的博士生導師萬獻初老師。他也是我的碩士生導師。萬老師治學貴從文獻中定性而定量，定量而定性，這對我的論文寫作思

路有很多啓發。萬老師指導貴從宏觀入手，先立其大者，這對我的論文框架佈局有很多啓示。論文初稿寫成後，萬老師讓我繼續拔高，把結論寫好，說要把結論寫的「像掉在地上的鋼珠」，意思是擲地有聲，有說服力，有深度。萬老師一直致力於改造我的說話與寫作，讓我說話敘述要簡潔明快，不要繞、不要含糊。「言行，君子之樞機也。」善哉言。

碩博階段，最應該感謝的還有駱瑞鶴老師。駱老師博學、認眞、低調、淡泊，而且對學生極負責。他經常語重心長的對我說，「搞扎實點」。他的凡事不苟的精神對我影響巨大。昔戴東原有言曰：「立身守二字曰‘不苟’，待人守二字曰‘無憾’。事事不苟，猶未能寡恥辱，念念求無憾，猶未能免怨尤。此數十年得於行事者。其得於學，不以人蔽己，不以己自蔽，不爲一時之名，亦不期後世之名。有名之見其弊二，非掊擊前人以自表曝，即依傍昔儒以附驥尾。二者不同，而鄙陋之心同，是以君子務在聞道也。」（《戴東原集》卷九《答鄭丈用牧書》）我覺得這「不苟」二字不但立身，就是治學也可以。細細點檢這些年，每有慚愧處、羞恥處，多與「苟且」有關。恥之於人亦大矣哉！孔子曰：「知恥近乎勇。」孟子曰：「人不可以無恥，無恥之恥，無恥矣。」顧亭林曰，「士大夫之無恥，是謂國恥。」立得「不苟」二字，對人對己則可以遠恥辱矣，則修身、治學自可上一層樓。

鄧福祿老師很關心我的論文寫作。他視學術如生命、學問如生活，勤奮治學，踏實誠懇，這種精神對我影響很多。于亭老師曾對我的論文提出不少寶貴建議和意見，使我積極從更廣的視角分析問題。羅積勇老師視野廣闊，不但對修辭學、詞彙學、文獻學、訓詁學、音韻學、詩詞格律學、文章學等有深入研究，而且對法學、政治學、哲學等相關問題有很多獨到見解。拜讀他的書，感受他的學術關懷，我受益匪淺。羅老師還送我他的新書，我從羅老師新書中吸取很多與我博士論文相關的知識，並積極對相關問題向其請教，他都耐心細緻解答，我對此很感動。羅老師這種低調有恆的精神對我影響很大。我有論文寫作以及生活方面的疑惑也經常向蕭毅老師、陳海波老師請教。蕭老師對問題的見解很深刻很直截，我很受益。陳老師一直以來都誠心誠意的對待生活，對待自己，對待他人，我有心靈方面的疑惑，多向他請教，他對我的影響深遠。

論文寫作期間，經常向江蘇師大喬秋穎老師、李榮剛老師諮詢生活學習事

情，兩位老師給我提供了很多有意義有價值的意見和建議，感謝他們。

學友李廣寬樸實耿介，很有古人風範，治學堅實，不慕虛榮，我當向他學習。學友劉水清眞誠敏慧，治學簡練明達，我當向她學習。北大師兄陳雲豪熱情熱心，我經常打擾他向他求資料，他都耐心回覆。「十分感謝阿笨貓（陳雲豪師兄 QQ 名字）的電腦，像機器貓的口袋一樣，什麼都有，爲我提供了不少有價值的資料。」同門師弟王賢明幫我校對部份引文，花費他不少時間，實在感激。師妹范學然幫我校對參考文獻等，表示感謝。南京大學博士生蔣宸兄經常在網上與我相互鼓勵，交流分享對社會人生之觀感，學術學者之軼事，每有會意，欣然忘食。上海師大博士生段勇義兄也經常詢問論文寫作進展，每次來漢都要暢聊一番，十分愜意。華中師大鄧凱兄贈送相關論文電子書，平時常以古德相砥礪，台灣東華大學博士生洪德榮兄贈送台灣相關碩博論文等資料，十分感謝。友達解宇、胡一兵在碩士同宿舍時便結下了不解感情，多年來一直相互珍重，關鍵時候給予各種諮詢、建議、安慰、鼓勵，有你們，我的生活更精彩。

2011 級博士班同學王應平、張益偉、陳霞、徐邦俊、杜文濤、吳琼、李文寧、王國念等常常聚餐遊玩，天地萬物，無所不談。作爲班長，和你們在一起共事學習，眞的很快樂、很幸福。

另外朱棟博士師兄、方正博士師兄、楊蔭沖博士師兄、李華斌博士師兄、黃雪晴博士師姐、黃修志博士師兄等，碩士同學周麗霞、楊眞、劉彥、劉維、張家莉等，師弟杜玄圖、李偉達、赫兆豐、鄭建雄等，大學同學苑可、戴神聖、楊成、何斌等經常關心我的生活學習，從開題到寫作、從論文到工作方面都經常問詢、叮嚀，在此一幷致謝。

感謝我的父母一直以來對我的支持與理解。感謝弟弟妹妹對我的支持與幫助。感謝愛妻周玉函多年來對我的包容與體貼！愛是永不止息。

最後，感恩所有幫助我的人們！

是爲記

初記於台北陽明山上中國文化大學校史館內，

後修改於珞珈山武漢大學楓園 11 舍 201 室

李福言

2014 年 5 月 19-22

出版後記

本書底稿爲我的博士學位論文的部分內容，是江西師範大學博士科研啓動金項目「《廣雅疏證》因聲求義研究」成果，也是江西師範大學文學院語言與語言生活研究中心成果。

2014 年 6 月博士畢業後，進入江西師範大學文學院漢語教研室從事古代漢語教學與研究，漢語教研室李小軍老師、曹躍香老師、劉楚豪老師、肖九根老師、黃增壽老師、邱進春老師、余光煜老師、梅晶老師、張勇生老師、周敏莉老師、徐靜老師等老師在教學與科研方面對我指導幫助，使我感動不已。兩年來，緊張忙碌的教學科研之餘，我一直念念不忘修改出版自己的博士論文，以更好的向廣大專家學者請教。

根據出版要求，我對論文進行了相應修改：

一、正文部分，觀點結論基本不變，對若干不得體的語句進行修改，對引用文獻進一步核查原文，並刪掉了一些意義不大的論證材料，調整了一些格式。

二、修改了一些錯別字、脫衍文，改正了一些異體。

三、原稿後記予以保留，作爲本人在武漢大學五年碩、博讀書生活的寶貴記憶。

最後，我要感謝導師萬獻初百忙之中賜序，感謝花木蘭出版社的楊嘉樂老師、許郁翎編輯的細心工作，他們爲本書的出版做了很多具體的工作，令人感動！清代學者因聲求義問題還有待於深入挖掘，本人愚魯駑鈍，對一些問題的認識還有待於深入，書中存在的問題，一概由本人負責。

2016 年 2 月 18 日於南昌艾溪湖畔守拙盧

索 引

晤——寤	75	莫——慔	209	
梏——鞫	97	莒之為言猶渠。	354	
族——叢	25	莫莫——莽莽	319	
條——（條）治	228	蜘蛻——蠮螉——蠖	64	
梯——次第	160	袧——句	78	
梗——剛	115	祖——俎	260	
械——礙	139	術——率	170	
	242	衰——渾	187	
梗——覺	32	訰——頓	270	
梗概——辜較	66	造——次	32	
淰——閃	232	逑——尳	278	
混庉——渾沌	324	造——曹	157	
瓠落——廓落	326	逞——鋌	264	
移——佗——扜	293	靪——丁	106	
笙——星星	180	肰——夭	215	
挑——超	83	霄——吁嗟	149	
祭——察	173	雪——刷	175	
箄——贖	165	陵——隆	224	
笒之轉為籠，猶〔玲〕之轉為〔瓏〕。		釪——鞍	198	
	343	都——豬	73	
粖——末	249		316	
紳——申	122	盇——卷曲	195	
紲——曳	174	軻——印	110	
絇——拘	78	姟——（兼）該	138	
被——披	206	剠——刖	45	
荼——徒	308	劇——虔	199	
胫——豎立	150	幒——屯聚	190	
聆——靈	109	愱——嫉	241	
荚——夾	104	擠——墮	161